DOMINIQUE SYLVAIN

PANIQUE EN ARMORIQUE

Une enquête d'Ingrid Diesel et de Lola Jost

LA BÊTE NOIRE
Robert Laffont

ISBN 978-2-221-26326-6
ISSN 2431-6385
Dépôt légal : janvier 2023
Éditions Robert Laffont – 92, avenue de France – 75013 Paris

« Ce qui distingue les hommes de leurs frères innocents, les animaux aux mille formes, ce n'est pas le langage articulé, ce n'est pas l'art, ce n'est pas la raison, ce n'est même pas cette civilisation qui ne se grave pas dans notre chair et qui demeure dans nos livres, non, ce qui distingue les hommes, c'est leur grand appétit de souffrance. »

Georges Duhamel

1.

Nuit du mercredi 2 au jeudi 3 novembre
Finistère sud

Il cacha sa longue chevelure noire sous un bonnet de laine et sortit de chez lui.

Sous le ciel piqueté d'étoiles, la fraîcheur nocturne l'enveloppant, il marcha vers l'endroit où était planquée la camionnette.

En dépassant la boucherie-charcuterie du coin, il pensa au rêve qu'il venait de faire.

La silhouette se déplia dans son esprit.

Celle de son père, jeune, aminci, assis tranquillement dans son fauteuil à bascule. Il se balançait en donnant des miettes aux oiseaux, son chien endormi à ses pieds. Paisible, oui. Très.

Mais il portait des gants écarlates. Serrés aux poignets, et luisants.

Sa vie durant, son vieux avait été l'allié de tueurs en série.

Un fait incontestable.

Et, dans ce monde, ils ne se reverraient pas autrement qu'en rêve. Déjà six ans sans lui. Et sans sa mère qui, elle, lui manquait.

Comment réagiraient ses parents s'ils savaient ce qu'il

s'apprêtait à faire ? Ils ne pigeraient pas. En réalité, pour s'imaginer qu'il reprendrait la boucherie familiale un jour, il fallait ne rien piger à rien.

Avant de monter à bord du véhicule, il vérifia que personne ne traînait dans les parages. Il mit le contact et prit la direction de la gare.

Dix minutes plus tard, il repéra Vali sous l'arrêt de bus, en train de fumer. Il ralentit, s'arrêta. L'autre écrasa sa clope, ouvrit la portière et se cala dans le siège passager.

— Salut. En forme ?

— Salut, Puma. Ouais, ça va.

Difficile de savoir s'il gambergeait. Vali avait à peu près toujours la même trogne renfrognée.

Il était temps d'aller chercher les autres.

Les deux colonnes des phares léchaient la route, de l'électro planante jaillissait des enceintes et Puma entendait ses amis discuter à l'arrière. Tout se déroulait dans la fluidité. Le scénario avait été écrit, il suffisait de le suivre. Il se sentait bien. Calme et les idées claires.

Il se revit, quelques mois en arrière. En partance pour leur première opération commando. Ses mains mouillaient le volant de sueur, son cœur palpitait dans son crâne, son ventre gargouillait en mode tourista. Il tremblait.

Cette fois, c'était différent. La trouille s'était évaporée.

Le seul point d'interrogation concernait Vali. Il jeta un coup d'œil à son profil. Décidément, un drôle de zèbre, qui n'avait lâché qu'une poignée de mots depuis qu'il était passé le prendre. Le regard fixé sur la route, il souriait vaguement au vide comme s'il se racontait une histoire intéressante.

Puma se demandait de plus en plus souvent s'il partageait le même idéal qu'eux. Il n'était peut-être qu'un paumé à la recherche d'une famille de substitution. Ou un abruti amateur de sensations fortes.

Pas grave. Il avait déjà croisé des types qui se faisaient

mousser avec la cause. Souvent du genre à se débiner quand ça devenait vraiment dangereux. Une simple discussion entre hommes et il en aurait le cœur net.

Il se gara sur le sentier repéré la semaine précédente. Les arbres en bordure rendaient leur véhicule invisible depuis la départementale. Il se trouvait à environ cinq cents mètres de leur objectif.

Leur groupe descendit de la camionnette. On attendit que les yeux s'accoutument à l'obscurité. La lune fit dégouliner un halo suffisant pour s'y retrouver.

Chacun portait sa tenue kaki et ses bottes en caoutchouc. Louvette, la seule fille de la bande, nageait un peu dans son treillis. Il ne fallait pas se fier à son gabarit, elle était la plus vaillante du groupe.

Puma tendit le cou vers les arbres majestueux. Leurs sombres têtes de géants s'étalaient sur le ciel violet. Ils sentaient bon, les champs et les prés détrempés aussi.

La nature lui murmurait son soutien.

Il ferma les yeux et prit une grande inspiration pour se donner de l'énergie.

La voix d'adjudant de Vali le fit sursauter :

— Eh, les gars, vous avez tous bien vos balaclavas ?

Les autres les enfilèrent sans moufter. Puma marqua un temps d'arrêt, puis enleva son bonnet et le remplaça par sa cagoule. Cette question aurait dû lui revenir. *Tu oublies que le fondateur du groupe, c'est moi*, pensa-t-il. *Ici, on ne vénère pas trop les petits chefs.*

Vali était certes le vétéran, mais surtout le dernier arrivé. Ça lui venait d'où, cette soudaine poussée de testostérone ?

Cette discussion en tête à tête devenait urgente.

On enfila les gants, on agrippa les jerrycans, la boîte à outils, les lampes torches, et on se mit en route en file indienne.

23 h 45. Peu de risques de croiser une voiture, mais on était convenus que si ça arrivait, on s'affalerait dans les

fossés en attendant que le danger s'éloigne. Les fringues et les cagoules se fondraient dans les herbes et la terre.

Laissant le sentier derrière eux, ils débouchèrent sur la départementale et parcoururent une centaine de mètres.

Petit à petit, les senteurs des prés moururent. Un remugle tout différent venait à leur rencontre.

Cette odeur répugnante, Puma ne la connaissait que trop bien. Il s'agissait de celle de la torture. Et de celle de ces milliers de créatures condamnées à crever après une vie aussi courte qu'absurde.

La ferme-usine parvenait à empuantir l'atmosphère de très loin, ses effluves dégueulasses souillaient le vent. Un cocktail aigre, visqueux et malsain de fientes, de sang, de chair putréfiée et d'angoisse. Le baiser lépreux de la mort.

Coup de chance, en dehors d'eux, personne n'avait eu l'idée de s'aventurer dans le coin et ils ne croisèrent aucune voiture.

Bientôt, ils furent devant le grillage encerclant l'exploitation. Face à eux, le bloc aux parois laiteuses et aux portes couleur hémoglobine, bordé par les silos gavés de céréales. Les rayons lunaires faisaient luire le hangar.

C'était propre, lisse. Un énorme foutage de gueule, en réalité.

Un instant, ils se tinrent immobiles et écoutèrent.

On n'entendait que le pépiement innocent des bêtes et le ronronnement des ventilateurs.

— C'est parti ! lança Puma.

Choucas prit la cisaille et taillada la clôture. Un simple grillage en mailles losange, rien de méchant. Ils se glissèrent l'un après l'autre à travers l'ouverture.

Un bruit de déchirure accompagna le passage de Grizzli. Puma réprima une grimace. *Il s'applique, mais quel balourd ! Ah, pour ça, il s'est bien choisi son nom de code.* Le dos de la veste de treillis avait morflé. Grizzli éclaira le grillage avec sa lampe torche, repéra le bout de tissu déchiré, le décrocha et le fourra dans sa poche. Pas question de laisser des traces derrière eux.

Ils s'engagèrent sur l'allée goudronnée, arrivèrent devant les bureaux. Ils baignaient dans l'obscurité. L'éleveur rêvait de se faire une montagne de fric et travaillait comme un forcené. Mais son employé et lui ne différaient pas des autres animaux humains et non humains : ils avaient besoin de dormir. Cette loi biologique allait coûter cher à ce foutu capitaliste. Ses rêves minables s'évaporeraient cette nuit. Et ce serait un message fort pour ceux qui n'avaient pas pigé à quel point leur mode de vie était devenu cinglé.

L'espèce fonçait vers le gouffre. Par égoïsme, par je-m'en-foutisme, par connerie.

Les membres du groupe longèrent la façade nord du hangar jusqu'à la porte principale. Ils savaient qu'un gros cadenas la barrait. Quand la cisaille de Choucas patina, on passa à la disqueuse, qui mugit en lançant des étincelles bleutées. Le cadenas céda dans une dernière plainte.

Le vacarme avait effrayé les bêtes. Leurs pépiements avaient enflé.

Les faire sortir du bâtiment sans les terroriser ne serait pas facile. Dans leur prison, ils s'entassaient à plus de trente-cinq mille.

Louvette et Vali firent coulisser les panneaux de la porte sur leurs rails. Ils s'écartèrent dans un chuintement d'acier neuf.

Il sembla à Puma qu'un gigantesque ogre aux dents pourries lui soufflait son haleine fétide au visage.

Il recula.

Comprimés les uns contre les autres dans des allées délimitées par les lignes rouges des centaines de mangeoires, de jeunes poulets à l'allure de clones avec leur plumage clair et leurs yeux noirs le regardaient fixement.

« Jeunes », d'accord, mais c'était juste un adjectif.

Ils étaient surtout des zombies. En tout cas, ils schlinguaient aussi fort. Et ils souffraient, chaque minute, chaque seconde de leur existence.

À longueur de journée et de nuit, ils piétinaient leurs

propres déjections, sans compter les cadavres de leurs congénères qui n'avaient pas tenu le choc. Leurs pattes n'avaient jamais effleuré le moindre pré ; ils survivaient sur un tapis grouillant de plumes encrassées, de larves en tous genres et de milliers de ténébrions, ces redoutables insectes vecteurs de maladies.

Les poussins largués dans cet enfer ne voyaient pas la lumière du soleil et étaient engraissés scientifiquement, c'est-à-dire le plus vite possible.

L'endroit n'avait de ferme que le nom. On y faisait d'eux des produits consommables en à peine trente-cinq jours.

Rien n'était laissé au hasard. Ils avaient été sélectionnés génétiquement pour leur caractère charnu. La promenade en plein air était interdite histoire qu'ils ne dépensent pas de calories inutiles et collent aux courbes de croissance prévues. La hauteur des mangeoires avait été calculée de sorte qu'ils se goinfrent.

Quand une génération atteignait le kilo et demi attendu par individu, son élevage était terminé. On passait alors au ramassage. Les bêtes s'entassaient à trente par cagette, peu importait le nombre de pattes ou d'ailes brisées dans l'opération. On empilait les cagettes dans les camions qui filaient aussitôt vers l'abattoir. La mise à mort se révélait aussi cruelle que l'élevage. Chaque poulet était pendu par les pattes, puis électrocuté.

Restait à livrer les carcasses aux industriels de la filière viande. Les parties nobles finissaient sous cellophane ou dans des plats préparés. Comme il n'y avait pas de petit profit, le moindre résidu des bêtes était raclé, récupéré, recyclé ; la moindre lamelle de chair et le moindre morceau de cartilage étaient prélevés pour être broyés dans des mixeurs qui produisaient un torrent de purée beigeasse destinée à la fabrication de saucisses.

Et dans un finale glorieux, les jolies étiquettes créées par les as du marketing persuadaient les consommateurs circulant dans les allées des hypermarchés qu'il n'y avait pas de problème à acheter ces produits.

Les questions gênantes, on va les aider à se les poser, pensa Puma en ajustant sa cagoule pour être certain de ne pas dévoiler ses traits. On n'était jamais assez prudent. D'après ses infos, cette ferme-usine neuve était encore dépourvue de système de vidéosurveillance. Mais l'éleveur avait pu bricoler quelque chose en attendant. D'une manière générale, on devait faire gaffe. Flics et gendarmes avaient des fourmis dans les pattes. L'État n'appréciait pas de voir la thématique de la cause animale monter dans l'opinion. La flicaille dépensait de l'énergie à sonder les mouchards éventuels. La filière viande réclamait haut et fort qu'on assure sa sécurité.

Les poulets frétillaient, sans pour autant chercher à s'échapper. Leurs plumages maculés de merde formaient une mer crasseuse. Une mer retenue par une digue invisible, celle de la terreur qu'on leur avait fourrée dans le crâne. Ces bêtes n'avaient aucune notion du monde extérieur, elles croyaient que l'univers se réduisait à ce hangar.

— On y va en douceur, comme on a dit, fit Puma en s'engageant dans l'allée centrale.

Il la remonta jusqu'au bout en veillant à ne pas blesser ni affoler la volaille qui se pressait contre ses bottes. Puis il pencha son buste en avant, étendit les bras et avança vers la sortie en entraînant les animaux dans son sillage. Il se donnait l'allure d'un grand oiseau protecteur. Ses compagnons l'imitèrent.

Moins d'une heure plus tard, les animaux étaient dehors. Combien s'en tireraient ? Difficile à dire. En tout cas, ils avaient pu goûter à la liberté. Et avec ce qui allait arriver à ce foutu élevage en batterie, ils ne réintégreraient pas de sitôt leur bagne.

Demeuraient dans le hangar les cadavres, les malades et les blessés incapables de se mouvoir. Puma avait repéré une pelle et une brouette à l'extérieur. Autant les utiliser pour sortir les survivants de là. Ces pauvres créatures respireraient de l'air pur au moins une fois dans leur vie.

Quand l'espace fut dégagé, ils agrippèrent les jerrycans et aspergèrent soigneusement le sol d'essence. Pour faire bonne mesure, ils arrosèrent aussi les silos à nourriture. Le mélange de blé, de maïs et de soja brûlerait aussi bien qu'un brasier de la Saint-Jean.

Ils organisèrent quatre départs de feu. Et bientôt les flammes commencèrent à lécher le toit de l'horrible usine à viande.

Puma se tourna vers ses compagnons. Louvette, Grizzli et Choucas observaient le spectacle, l'air content. Vali se tenait à l'écart, tranquille. Puma avait appris de Louvette qu'il sortait de la Légion étrangère. La dureté de son regard verdâtre qui perçait la cagoule ne démentait pas.

— Rien de plus pur que le feu, articula Vali sans bouger d'un centimètre et comme conscient d'être dévisagé.

Pour une fois, Puma approuvait.

Impossible de savourer la scène. Les flammes se verraient de loin, sans compter l'odeur de fumée qui s'envolait avec la brise. Le temps manquait.

Ils revinrent au petit trot jusqu'au sentier, remontèrent dans la camionnette, se débarrassèrent de leurs cagoules. Puma mit le contact et s'engagea prudemment sur la route. Il avait prévu un détour pour rentrer à Quimper. On devait éviter qu'un témoin fasse le rapprochement entre l'incendie et leur fourgonnette. Il l'avait déguisée en véhicule d'artisan. Avec un faux logo, une adresse bidon, pour jouer au Sioux jusqu'au bout.

Ils roulaient depuis une vingtaine de minutes lorsque les premières gouttes claquèrent sur le pare-brise. Puma ne fut pas surpris, il avait consulté son appli météo pour être certain de ne pas planter les départs de feu. Ils avaient choisi le bon créneau.

Il déposa d'abord Choucas, qui habitait un patelin

juste avant Quimper. Ensuite, ce fut au tour de Grizzli, dont le van datant des années soixante-dix poireautait sur un parking d'un quartier paisible de la ville. Vali leur fit son petit numéro en demandant à être largué à un feu rouge. Il comptait rentrer chez lui à pied. Un besoin de « décompresser ». C'était une idée débile, l'averse virait au déluge, le gars serait vite trempé jusqu'aux os.

Puma pensa soudain qu'il ignorait où habitait Vali. Il avait parlé du quartier de la Providence, sans plus.

À quoi joue ce type ?

Louvette le remplaça sur le siège avant et ils le regardèrent s'éloigner. La capuche de son blouson avait avalé son crâne rasé. La pluie faisait déjà briller ses épaules.

— Je te dépose chez toi ou tu préfères te taper un délire sous la flotte, toi aussi ? plaisanta Puma.

— J'ai un côté bourgeois, j'aime bien mon petit confort ! répliqua-t-elle en frottant ses mains que la froide nuit d'automne picorait.

Ils roulèrent un instant dans un silence agréable. Puma appréciait sa présence. Même fatiguée, Louvette tenait le coup sans jamais râler. Il avait cru comprendre qu'elle était militante associative. Bref, elle évitait de ne songer qu'à sa gueule. Ce n'était pas quelqu'un de naïf. Elle devait avoir à peine vingt-deux ou vingt-trois ans, pourtant elle n'hésitait pas à se colleter avec la noirceur du monde.

Arrivé dans sa rue, il trouva à se garer sur une place de livraison.

— Louvette, tu penses quoi de Vali ?

— Pourquoi ?

— Quand il parle de notre cause, j'ai l'impression qu'il répète ce qu'il a chopé dans nos conversations.

— C'est clair que c'est pas l'intello du siècle…

— Il fait peut-être ça pour se sentir exister. Pas pour les animaux mais pour l'image que ça lui donne… On en connaît plein des comme ça.

Elle se tourna vers lui. Ses yeux cernés lui allaient bien.

— Oui, admit-elle. Sauf que lui, dans la Légion, des sensations fortes, il en a eu.

— Ouais, trop, sûrement. Du coup, soit il s'emmerde dans le civil et il lui faut sa dose d'adrénaline, soit il nous fait un syndrome post-traumatique… Ou alors il veut se racheter.

— Il y aurait de quoi, j'imagine… Je ne suis pas fan de son passé dans l'armée, je t'avoue. Je sais bien qu'on n'est pas assez nombreux pour les objectifs qu'on s'est fixés, mais ce type…

— On peut avoir mille raisons de s'engager dans la Légion. Il suffit de traîner quelques conneries et de vouloir repartir de zéro.

— Là ce serait plutôt repartir de moins quinze.

— Il y a une autre possibilité.

— Laquelle ?

— Je me suis dit qu'il pouvait être infiltré…

— Un flic ?

— Ouais, enfin c'est le parano qui parle…

— Je ne sens pas ça chez lui. À mon avis, ce qu'il aime… c'est le pouvoir.

— Oui, ça se pourrait.

— Vali voudrait nous diriger à ta place.

— Bah, si c'est ça l'histoire, ça ne m'inquiète pas. Ce dont j'aimerais être sûr, c'est qu'il croit à notre cause.

— Moi aussi. À mon avis il croit surtout en lui-même. Et il s'adore. De la tête aux pieds !

Elle partit d'un éclat de rire contagieux.

— On s'est tous donné des noms d'animaux, sauf lui, reprit-elle. Alors, j'ai voulu savoir. Vali, c'est le dieu nordique de la Vengeance.

— Ah, carrément !

— Et il a fait plus fort que les poulets…

— Qui ça ?

— Le dieu. Il ne lui a pas fallu trente-cinq jours pour devenir adulte, mais une seule nuit. La classe, non ?

— Je voyais pas ce mec comme un expert en légendes nordiques.

— Vali est aussi le nom d'un héros de jeu vidéo. Cherche pas plus loin.

— Je me disais aussi.

Elle descendit souplement de la camionnette. Puma attendit qu'elle ait atteint la porte de son immeuble. Elle se retourna, ils s'adressèrent un petit signe, et il redémarra. Il ne connaissait ni son job ni sa véritable identité : une règle impérative dans leur groupe, histoire de se protéger les uns les autres en cas d'arrestation. Cette nuit, juste là, il aurait aimé savoir son prénom.

Il devait se garer dans le garage de son oncle, son employeur. Il faudrait tout remettre en état pour qu'il ne s'aperçoive de rien le lendemain matin.

La pluie continuait de tomber dru, à une verticale que le vent n'était pas assez costaud pour coucher. La tronche de Vali squattait toujours sa tête. Quand il était sorti de la fourgonnette et lui avait lancé un dernier regard, Puma avait éprouvé une sensation bizarre. Il avait cru voir les flammes de l'incendie continuer de gigoter sur ses rétines.

— Le dieu de la Vengeance, et puis quoi encore ! rigola-t-il en rallumant l'autoradio.

2.

La même nuit
Paris

— TIGER ! TIGER ! TIGER !

Associés aux applaudissements rythmés et aux coups de talons martelant le parquet du Calypso, les cris enthousiastes des aficionados faisaient trembler les murs et sourire de plaisir Ingrid Diesel. Penchée devant le miroir de sa loge, la trentenaire américaine venait de gluer ses épais faux cils sur ses paupières et maquillait ses lèvres avec soin. À son humble avis, la teinte était impeccable. Un vert émeraude satiné qui irait à ravir avec sa tenue « aquatique ».

Comme disait son amie Lola, jamais en reste d'une expression française imagée, elle « avait mis le paquet », « mouillé sévèrement la chemise » et « joué le grand jeu ». Constituée d'une dizaine de tissus différents minutieusement sélectionnés, cette scintillante robe de scène aux subtils reflets marins avait nécessité douze jours de conception et la complicité avisée de l'excellente costumière du cabaret. Cette nuit, elle métamorphosait Ingrid en une créature mystérieuse, entre plante et animal, et elle était merveilleusement assortie à sa longue perruque argentée ponctuée de mèches violettes.

— Enfonce-toi bien dans le crâne que tu es une diva de l'océan, ma chérie ! assena Ingrid, dans sa langue natale, à son reflet nacré. Tu vas surgir des abysses et noyer ton public dans la joie.

Elle connaissait sa nouvelle chorégraphie sur le bout de ses doigts aux faux ongles laqués, mais une petite séance d'autoencouragement n'était jamais superflue.

Elle enfila ses vertigineux escarpins blancs, se leva et observa le résultat dans le miroir en pied.

Parfait.

Gabriella Tiger, dite également « la Flamboyante », allait tout donner à son cher public pour son dernier spectacle avant des vacances bien méritées.

Elle s'enroula dans sa cape piquetée d'étoiles de mer. *Show time !*

Elle ouvrit la porte de sa loge et se campa sur le seuil. Ses *boys*, leurs têtes coiffées de grandes gueules ovales de requins à la denture aussi menaçante qu'immaculée, patientaient gentiment dans le couloir. Les uns s'étiraient en papotant, les autres répétaient quelques pas de danse. Leurs torses nus et bleutés luisaient, leurs fessiers étaient moulés dans de sombres caleçons longs imitant soigneusement une peau de squale, et personne n'avait oublié son bouquet d'algues en plastique. Tout ça était de *très* bon augure.

Avisant la présence de Gabriella, les requins se turent, placèrent leurs masques sur leurs visages, agrippèrent leurs grappes d'algues et s'alignèrent dans une sorte de garde-à-vous assez sensuel. Tel un général travesti passant ses troupes en revue, Ingrid s'avança vaillamment dans le couloir en lançant un petit mot à chacun. Facile, elle les connaissait tous par leur prénom.

Avec aisance, elle allongea le pas jusqu'au rideau de scène latéral. Déambuler sur des talons de quinze centimètres était devenu une seconde nature. Si nécessaire, elle aurait pu faire vingt fois le tour de la place Pigalle en petites foulées là-dessus avec la même facilité que dans ses fidèles Converse.

— TIGER ! TIGER ! TIGER ! TIGER !

Les cris avaient redoublé. La foule amassée dans la salle avait retrouvé son effectif d'avant la pandémie. C'était compréhensible. Longtemps privés de leur divertissement favori, les clients du cabaret comptaient rattraper le temps perdu. En ce sens, Ingrid s'en voulait. S'offrir des vacances au moment où la joie des retrouvailles était à son comble relevait de l'égoïsme. Mais elle n'y pouvait rien. Lola, qui serait du voyage, détestait les changements de dernière minute. On avait prévu de partir, on partirait. Le fait était déjà gravé dans le marbre mental de l'exigeante ex-commissaire. *Qui par ailleurs est ma meilleure amie*, songea Ingrid. *Et les amis, ça se respecte !*

— TIGER ! TIGER ! TIGER ! TIGER !

— BON, ON Y VA, MON P'TIT ? beugla le maître de cérémonie.

Ingrid le surplombait de vingt-cinq bons centimètres. Qu'à cela ne tienne, il avait le droit de l'affubler de surnoms désuets.

— OUI, ANNONCE-MOI ! brailla-t-elle.

Elle jeta un dernier coup d'œil au-dessus de son épaule. Les requins formaient une file ordonnée et impatiente. Les yeux frétillaient et, à n'en pas douter, derrière les masques en plastique, les sourires s'élargissaient. Les répétitions avaient été joyeuses. Ces braves *boys* dansaient autant pour gagner leur vie que pour le plaisir.

Les pans du lourd rideau rouge glissèrent lentement. Un énorme « Aaaahhh ! » de soulagement, rauque et spontané, s'éleva du public. Le maître de cérémonie vint se planter au bord de la scène et les revers soyeux de son smoking brillèrent sous les projecteurs. « Tiger ! Tiger ! Tiger ! » continuaient de hurler les plus passionnés. Le maître de cérémonie réussit à les faire taire en agitant sa canne à pommeau doré dans la lumière.

— Et maintenant, mesdames et messieurs, voici celle que vous attendez tous avec une impatience non dissimulée ! *And now, ladies and gentlemen, the one and only, the extraordinary*… L'incroyable, la merveilleuse, l'inoubliable reine de vos nuits… La Flamboyante au nom bien mérité… *The Pigalle's empress, the queen of love.* J'ai nommé… la divine, unique et inimitable Ga-bri-el-la Tiiiigeerrrrr !

Cris et applaudissements jaillirent telles des vagues de magma. Les talons percutèrent de plus belle les lattes du parquet. Des bras ondulèrent.

Le maître de cérémonie s'évapora dans les coulisses avec l'agilité d'un lutin. La musique démarra et gagna illico le match contre le boucan énamouré des fans.

Gainsbourg. « Love on the Beat. » Un tube des années quatre-vingt, sexy à mort. Ingrid ne laissait jamais la programmation musicale au hasard.

Les requins entrèrent en scène les premiers et commencèrent à chauffer la salle avec leurs déhanchements aguichants.

« D'abord je veux avec ma langue / Natale deviner tes pensées… »

En arrière-plan, un écran géant diffusait une vidéo évoquant les grands fonds.

« Mais toi déjà déjà tu tangues / Aux flux et reflux des marées… »

Des gerbes de bulles, de doux frissonnements d'anémones, d'improbables mais ravissants courants colorés, des passages subits de bancs de poissons, des ballets rigolos d'hippocampes, des duels de concombres de mer, de gentilles tempêtes d'étrilles. Ingrid avait donné carte blanche à l'un de ses amis et il lui avait fignolé une vidéo des plus poétiques. Ça n'allait pas spécialement avec les paroles suggestives du grand Serge, mais le contraste était intéressant.

Ingrid Diesel *alias* Gabriella Tiger fit enfin son entrée et le public poussa un rugissement qui semblait sortir d'une seule gorge géante. L'artiste marqua un léger temps d'arrêt pour sourire à ses adorateurs et à ses adoratrices (il y en avait tout de même un sympathique petit quart), joua avec sa toison d'argent, puis attendit que ses requins viennent lentement la délester de sa cape aquatique.

Arrachée, la cape révéla la robe fatale. Laquelle était supposée la faire ressembler à une méduse géante avec ses tentacules, ses filaments, ses transparences, ses froufroutements et ses évocations de mucus lactescent.

La Flamboyante tournoya gracieusement sur elle-même, libérant une féerie opalescente et gratifiant son public de lents mouvements natatoires. Elle incarnait une méduse heureuse, s'ébrouant dans son élément translucide et bulleux, encore peu consciente du danger que représentait la bande de squales. Joueuse, mais ni farouche ni effrayée.

Elle accepta de se lancer dans une danse syncopée, soutenue par les mouvements langoureux des requins, qui n'avaient pas encore révélé leurs véritables intentions. Mais bientôt celles-ci devinrent aussi limpides que les courants qui sillonnaient l'écran géant. Les requins chagrins passèrent à l'attaque. Ils foncèrent, puis reculèrent aussitôt, apeurés par les poussées d'urticaire que la mirifique méduse était susceptible de leur occasionner. Ragaillardis, ils attaquèrent encore et encore. Une tentative réussit, puis une autre, puis une autre.

À présent, chacun de leurs assauts se concluait par l'arrachement d'un voile gélatineux. Les squales épluchaient la robe comme un artichaut. Méthodiquement.

La reine des méduses fut dénudée. Mais non sans révolte. À moitié voluptueuse, à moitié vertueuse, elle se déhanchait, se cambrait, s'offrait un peu, se refusait beaucoup.

Certains spectateurs osaient piétiner les accents de Gainsbourg avec leur « *I love you, Tiger !* », leurs « Oh oui, c'est ça, Gabriella ! » et leurs « Encore ! ».

Finalement, l'artiste se retrouva en sous-vêtements de

dentelle blanche. Bien plantée sur ses jambes galbées par ses escarpins immaculés, elle plaqua ses mains sur ses seins. Le requin le plus malin se faufila derrière son dos et défit l'agrafe de son soutien-gorge.

La lutte devenait inutile. Gabriella « Medusa » Tiger leva les bras en l'air, semblant prier Poséidon de la sortir de ce mauvais pas. Les courbes de sa poitrine extirpèrent des cris émus à l'assistance. Le geste était également le moyen de révéler au public ses aisselles ornées de poils blonds et assortis à ceux qui débordaient de son string. Elle refusait que ses fans la voient tel un objet fatal. Ils devaient l'accepter comme une femme de chair, de sang et de poils. Une femme joyeuse, parfaitement imparfaite. « Les pointilleux constateront que tu es une vraie blonde », avait répliqué Lola d'un ton goguenard quand elle lui avait annoncé qu'elle cessait de s'épiler.

Elle tourna le dos à son public, lui donnant l'occasion d'admirer son dos. Un maître japonais y avait dessiné une geisha penchée au-dessus d'un étang où folâtraient des carpes. À Pigalle, cet imposant tatouage dorsal qui englobait une partie de sa fesse gauche était connu. Il représentait la marque de fabrique de Gabriella Tiger. Et un concept subtil : même nue, sa peau n'était pas complètement dévoilée. Son *tattoo* préservait une part du mystère Gabriella.

Dans un dernier geste, elle arracha sa perruque, exposant ainsi ses cheveux blond pâle, matés en un chignon serré. Elle ne verrait plus ses aficionados pendant deux longues semaines, ça valait bien un petit cadeau. Après un moulinet du bras droit, elle lança la tignasse vers l'assistance, créant une mini-bousculade et recueillant des cris de joie. Un spectateur très réveillé confisqua le postiche et le glissa aussitôt sous sa veste.

— Paris, c'est mon pays ! lâcha Gabriella dans le plus pur style Joséphine Baker. Et vous êtes mes amours !

— Ne nous quitte pas, Gabriella ! brama un grand

rouquin à la voix éraillée par l'émotion depuis le troisième rang.

Les ondes chaleureuses du public montaient vers elles, l'entouraient, la berçaient, la caressaient, la cajolaient. C'était si bon.

De retour dans sa loge, elle se démaquilla en prenant son temps. Gabriella Tiger redevint doucement Ingrid Diesel. Laquelle se dit que ce serait dur de se passer de tout ça lorsque, l'âge venant, elle devrait renoncer à ses shows chéris.

Elle entendit la voix de sa meilleure amie comme si celle-ci patientait dans son dos : « Oui, mais on ne peut pas être et avoir été. »

Eh bien moi, j'aimerais vivre une éternité, songea Ingrid en jetant ses petits cotons ronds souillés de fond de teint et de mascara dans la poubelle.

*

— Bon sang, cette foutue blanquette ne passe pas ! grommela Lola Jost en se redressant dans son lit.

Elle chaussa ses mules fourrées de laine de mouton et s'emballa dans sa robe de chambre. Il y avait quelques siècles de cela, quelqu'un lui avait lâché que ce lourd vêtement bordeaux lui donnait l'air de Clark Gable dans *Autant en emporte le vent*. C'était loin d'être un compliment, et encore plus loin d'être faux. Aujourd'hui, elle s'en moquait bien. Cet habit élimé, mais douillet et totalement couvrant, remplissait son office. *Une mémère a le droit d'avoir son doudou*, pensa-t-elle en fonçant vers l'armoire à pharmacie.

Elle jeta un comprimé effervescent dans un verre d'eau et alla s'asseoir à la table de sa cuisine. Demain, elle entamerait un périlleux voyage vers la Bretagne en compagnie de son amie Ingrid. Quatre heures auparavant, afin de se détendre, elle s'était accordé une descente aux Belles de jour comme de nuit, le petit restau de son ami Maxime. L'ardoise annonçait en lettres blanches et soigneuses une blanquette de veau et un baba. Elle avait accompagné ces mets mitonnés avec amour d'un petit condrieu de derrière les fagots. Et puis Maxime avait arrosé le baba d'une louche de rhum cubain. Maxime était généreux.

Un peu trop pour mon estomac, soupira-t-elle.

Au fond, si on y réfléchissait bien, tout ça, c'était à cause de la SNCF. On aurait pu prendre tranquillement le train à la gare Montparnasse et se laisser transporter sans se soucier de quoi que ce soit jusqu'à Quimper. Mais une grève impromptue en avait décidé autrement. Plus de train, il fallait miser sur ses propres ressources. Dès demain matin, elle devrait se jucher sur un monstre mécanique. Piloté par Ingrid. Et elle serrerait dents et fesses dans les virages.

Dans sa version Gabriella Tiger, la belle amie américaine avait des kilotonnes de fans. L'un de ses fervents admirateurs avait rendu l'âme récemment. Avant sa mort, il n'avait pas trouvé mieux que de lui léguer sa petite maison perdue au fin fond de la campagne quimpéroise. Et surtout son fidèle destrier : une moto BMW dotée d'un side-car.

Et c'était sur cette inquiétante machine qu'il allait falloir souffrir pendant des heures pour rallier le Finistère. *Si on a de la chance !*

Lola poussa un long soupir qui se termina en grognement.

Les lampadaires de la rue de l'Échiquier éclairaient vaguement la table. Un puzzle de deux mille pièces la colonisait. Un bidule pour champion que son ex-adjoint au commissariat du dixième arrondissement lui avait offert pour son anniversaire. Il représentait une mappemonde. Rien que des tons beiges avec quelques pointes de rouge. Une reproduction du temps où des fous furieux s'aventuraient sur des rafiots de bois pour braver l'inconnu et découvrir les limites de la planète.

Bon, moi, je ne vais que jusqu'à Quimper, alors pas de quoi se tourmenter, se sermonna-t-elle. *Allez, extinction des feux.*

Elle s'accorda un petit rot mélodieux. Au moins, le comprimé effervescent avait commencé à faire le job.

Pleine d'espoir, elle retourna dans sa chambre et s'assit sur son lit sans quitter la robe carmin de l'incomparable Clark.

Le sommeil viendrait.

Ou pas.

La Covid n'avait pas seulement manqué de la dévorer en deux bouchées ; après leur confrontation, elle lui avait laissé un garde-chiourme. L'insomnie. Une bestiole butée et vicieuse, qui gagnait en puissance quand on lui résistait.

Disciplinée, Lola s'allongea sur le dos et croisa les mains sur son ventre. *À la façon d'un gisant ?* Elle expropria vite cette pensée lugubre. *Ouste ! Barre-toi du domaine de mon esprit.*

À la question de savoir si l'insomnie abîmait le cerveau, sa psychiatre, une spécialiste du sommeil, avait déclaré : « Ce n'est pas tant le manque de sommeil qui est dangereux que le fait de s'en inquiéter. » Des paroles bien sibyllines.

Cette femme lui avait toutefois recommandé l'autohypnose et sa propre méthode : « Faites de vos paupières un écran. Quand des silhouettes apparaîtront, vous serez déjà en phase d'endormissement ! »

Lola ferma lentement les yeux et ouvrit tout aussi lentement son cinéma intérieur…

3.

La même nuit
Campagne de Quimper

Quelqu'un sciait des barres de métal avec un outil rouillé. Ça n'en finissait pas.

Gisèle Tanguivieux ouvrit brusquement les yeux. Le plafond de sa chambre lui déroula son théâtre d'ombres coutumier. Celui des arbres du jardin malmenés par le vent. Personne ne sciait quoi que ce soit. En revanche, son smartphone sonnait.

Elle avait l'habitude de le laisser sur le plan de travail de la cuisine afin que la sonnerie ne la réveille pas trop violemment. Elle fila répondre en pensant à son rédacteur en chef. Sans doute allait-elle devoir partir en reportage. Tant mieux.

— Allô ?

— …

— Qui est à l'appareil ?

L'importun raccrocha. Gisèle écrasa un juron. Ça faisait trois réveils en sursaut cette semaine. Certains avaient beaucoup trop de temps libre. Mais impossible de débrancher son téléphone la nuit durant : son job lui imposait d'être disponible à tout moment, et le Finistère n'était pas cette contrée assoupie qu'imaginaient les Parisiens.

Elle joua quelques secondes avec l'aimant en forme de drapeau breton adhérant à la porte de son réfrigérateur et décida d'aller se recoucher.

Son réveil était posé sur la table de chevet. Il voisinait avec le bouquin d'un militant écologiste qui brisait tout espoir pour l'humanité de trouver une planète B après saccage de la planète A, et indiquait qu'il était 4 h 02. Ce qui signifiait qu'il allait sonner dans moins de deux heures…

Elle se rallongea sur le dos, ferma les yeux et tenta de faire le vide dans son esprit. La silhouette de Laurent Danglois vint fouler le sable de ses pensées. Elle se concentra pour évacuer l'image et le souvenir de ce coyote à foie jaune.

Elle tanguait dans les vagues ramollies de sa conscience lorsque la sonnerie du smartphone se manifesta à nouveau.

Elle retourna à la cuisine en maugréant, lança un regard mauvais à l'appareil, répondit :

— Qu'est-ce que vous voulez, à la fin ? !

— Va donc jeter un coup d'œil à ta bagnole, salope…

Et son interlocuteur raccrocha. Une voix grave. Peut-être bien celle d'un homme mûr. À l'accent local marqué.

Elle récupéra le tisonnier de sa cheminée, enfila son ciré et ses bottes, se précipita au-dehors. Son visage fut réveillé par la bruine. On n'y voyait rien. De gros nuages cachaient la lune.

Son break se trouvait à l'extérieur de sa propriété. Pour filer en vitesse le matin, c'était plus facile que quand il était garé à l'abri de la palissade. *On ne m'y reprendra pas*, se jura-t-elle en priant pour que tout ça ne soit qu'une sale blague ou que les dégâts soient insignifiants.

Son intrusion activa la cellule photoélectrique et le jardin s'éclaira.

Elle déverrouilla prudemment son portail métallique et passa une tête. La rue était déserte. Aucune lumière ne filtrait à travers les fenêtres des rares maisons du hameau. Sa voiture formait une masse grise sur sa gauche, à quelques mètres. Rien de suspect *a priori*…

Le vent tanguait sur place. Quand il vira, les narines de Gisèle lancèrent l'alerte.

— C'est quoi, cette odeur… ? articula-t-elle en resserrant le poing sur son tisonnier.

Le soupçon grossit tandis qu'elle progressait à pas lents. Elle actionna la fonction lampe de poche de son téléphone portable et l'orienta vers son break.

On aurait dit que des pustules brunâtres avaient poussé sur sa peau d'acier. Verdict : le véhicule était recouvert de fumier.

— Les enfoirés…, marmonna-t-elle.

Ce n'était pas la première fois qu'elle subissait des tentatives d'intimidation. Pour une journaliste spécialisée dans l'écologie et les méfaits de l'agro-industrie, ces « messages » semblaient même assez logiques. Mais jusque-là, ces types se contentaient de laisser des insultes anonymes par mail et sur son répondeur, de badigeonner sa boîte à lettres de sauce tomate ou de graffiter son portail.

Ils devenaient plus menaçants.

Il fallait se constituer un stock de preuves. Elle prit une série de photos.

Elle fit demi-tour, brancha le tuyau d'arrosage au robinet du jardin, le déroula jusqu'à sa voiture, lava la carrosserie au mieux.

Plus menaçants, mais jusqu'à quel point ? se demanda-t-elle. Soulevant le capot, elle observa le moteur. Apparemment, pas de quoi s'inquiéter : aucun câble sectionné. Elle pensa aux pneus. Elle les éclaira, vérifia. Rien à signaler. Elle dirigea le faisceau vers la route. Personne n'avait eu l'idée d'y disperser des clous.

Elle monta à bord, mit le contact, gagna l'allée de graviers scindant son jardin en deux, se gara et referma le portail à clé.

Une fois rentrée chez elle, elle se fit du café. Même si

elle avait hérité de son père un solide sang-froid, elle savait qu'elle ne parviendrait pas à se rendormir. Sa nuit, elle la finirait sûrement avec le bouquin de l'écologiste. Ce ne serait pas du temps perdu.

Gisèle plaça sa mallette dans le coffre, monta à bord de son break et prit la direction de Quimper.

Malgré les événements de la nuit, elle se sentait de bonne humeur. Elle se rappelait avoir piqué du nez aux petites heures de l'aube et rêvé de Laurent, mais c'était un souvenir acceptable. Sans doute commençait-elle à lui pardonner sa lâcheté et son insouciance. De toute façon, le prétentieux patron de la start-up Animax ne valait pas la peine qu'on pensât trop longtemps à lui.

L'horizon se teintait de rose et de bleu ; à travers la vitre légèrement baissée, l'air embaumait.

Elle remarqua une trace de fumier qui s'éternisait sur le pare-brise. Elle décida qu'elle irait finalement porter plainte contre X à la gendarmerie. Il ne fallait jamais rien laisser passer avec ces crétins.

Arrivée en centre-ville, elle se gara à une centaine de mètres de la halle du marché et récupéra son matériel d'enregistrement dans le coffre.

Le groupe était censé se trouver devant l'entrée principale. Elle les connaissait bien : ça faisait des années que Rosie Monier et ses amis militaient tous azimuts pour l'écologie. Cette fois, la petite troupe manifestait contre la prolifération des algues vertes. Pendant ce temps, le compagnon de Rosie tenait le stand à l'intérieur de la halle et proposait les produits de leur ferme bio aux clients ; une efficace répartition des tâches.

Elle les aperçut de loin avec leurs cirés orange vif. Damien Le Guern distribuait des tracts en donnant de la voix, Rosie discutait avec des badauds. Quant aux autres, ils agitaient leurs pancartes en souriant avec bonhomie. Gisèle put bientôt lire les messages : « Halte à la menace des algues vertes ! » « L'État laisse faire ! » « Stop à l'élevage industriel ! »

Le problème, identifié au début des années soixante-dix, n'avait cessé de s'aggraver. Dans certaines zones bretonnes et normandes, ces algues qui dégageaient des gaz violemment toxiques en se décomposant pullulaient. Le lien avec les méthodes de l'agro-industrie ne pouvait pas être réfuté : les élevages industriels rejetaient beaucoup de nitrates. Lesquels augmentaient le taux en azote des eaux. Le cocktail idéal pour une prolifération. Les autorités fermaient les yeux. La Bretagne étant devenue un eldorado en matière de production d'œufs, de lait et de viande, les enjeux économiques étaient trop importants.

Gisèle enregistra des sons d'ambiance. Les cloches de l'église chantaient en sourdine au loin, et les passants bavardaient en sortant de la halle avec leurs Caddie et leurs cabas débordants.

Elle salua les militants, échangea quelques amabilités et proposa à Rosie une courte interview. En bonne habituée de Radio Breizh 43, celle-ci ne se fit pas prier. Elle savait parler de la manière d'élever dignement les volailles ou de la lutte au quotidien pour l'écologie avec le même enthousiasme communicatif.

Une fois l'entretien bouclé, le smartphone de Gisèle se mit à vibrer dans la poche de son pantalon cargo. Le patronyme de son rédacteur en chef s'afficha sur l'écran. La nouvelle qu'il lui annonça la secoua. Elle lui confirma qu'elle couvrirait le sujet, puis raccrocha.

— T'en fais une tête, constata Rosie.

— Écoute, j'ai une mauvaise nouvelle…

— Qu'est-ce qui se passe ?

— C'est au sujet de la ferme de ton frère.

— Attends, de quoi tu parles ?

— Il y a eu un incendie.

Rosie se tut un instant.

— Mais Morgan n'est pas blessé, j'espère ! reprit-elle. Hein, dis-moi ! Il va bien ?

— Autant que je sache.

— Sa foutue ferme est neuve, je ne comprends pas…

— On parle d'un incendie criminel…

Il n'y avait rien d'étonnant à ce que Rosie Monier ne soit pas au courant des gros déboires de son frère cadet : ils ne s'adressaient plus la parole depuis qu'il avait décidé de transformer son exploitation traditionnelle en une usine à poulets. Entre la fermière bio et l'exploitant implacable du vivant, le lien s'était rompu.

En attendant, Rosie prenait sur elle. Mais Gisèle savait qu'elle se rongeait les sangs. Au-delà des divergences idéologiques, la famille restait la famille.

— Si tu veux mon avis, il n'a que ce qu'il mérite, ton frangin.

Les deux femmes se tournèrent vers Damien Le Guern. Rosie serra les dents. Gisèle hocha la tête d'un air navré. Bien que militant écologiste de la première heure, l'artisan spécialisé en rénovation avait toujours eu la subtilité d'une truelle.

4.

Le même jour
Quimper

Comme souvent, ils s'étaient donné rendez-vous dans le quartier de l'Eau-Blanche, chez la grand-tante de Grizzli. Elle n'avait plus toute sa tête. C'était triste pour elle, mais pratique pour leurs réunions. La vieille dame ne risquait pas de vendre la mèche.

Louvette venait de se connecter au site. Elle se tourna vers eux. Puma lui trouva l'air frais. Pourtant, elle n'avait pas dû beaucoup roupiller.

— Qu'est-ce que vous pensez de ça ?

Et elle leur lut le texte qu'elle venait de taper :

— « L'homme n'est qu'un animal comme les autres. Il n'a aucun droit d'emprisonner, de torturer et de tuer des êtres sensibles à la souffrance et capables d'émotions. Cette nuit, la Tribu rouge est passée à l'action. Notre groupe a forcé la porte de la ferme-usine de Plouard aux méthodes nazies. Les flammes ont lavé la cruauté. La fumée a asphyxié la douleur. L'antispécisme rend sa dignité à l'être humain. Nous ne céderons jamais face à l'autorité. Le profit ne guidera pas nos vies. Quand vous voudrez faire couler le sang d'animaux innocents, nous nous tiendrons devant vous. Nous n'avons pas peur. Mais vous, si vous ne changez pas, préparez-vous à trembler. Notre lutte n'aura pas de fin. » Alors ?

— C'est bien, réagit Puma. C'est même super.

— Bof, c'est trop *poétique*, ricana Vali.

— Comment ça ? s'énerva Louvette.

— « Laver la cruauté », « asphyxier la douleur »... Ouais, bon.

— Le message est clair, reprit Louvette. On revendique l'incendie. Et on les menace. Pour que les choses bougent dans ce fichu pays. C'est ce qu'on veut, non ?

— Exactement, dit Puma. Ceux qui sont d'accord pour qu'on envoie cette revendication telle quelle, levez la main.

Grizzli, Choucas, Louvette ne se firent pas prier. Vali finit par agiter vaguement les doigts d'un air méprisant.

— C'est parti, on balance en ligne, confirma Puma.

Louvette fit ce qu'il demandait. Après ça, Grizzli et Choucas mirent les voiles. Ils étaient attendus à leur travail, quel qu'il soit.

Louvette vint se caler bien en face de Vali, mains sur les hanches.

— C'était quoi, ce numéro de séparatisme ?

— Hein ?

— T'es vraiment en phase avec nous, mec ?

— Bien sûr. C'est juste que tu te fais plaisir.

— S'exprimer correctement aide à faire passer le message, non ?

— Tu aimes la branlette intello, pourquoi pas. Moi, je me casse.

Il fila vers la sortie. Louvette et Puma échangèrent un regard, et ce dernier décida qu'il était temps d'avoir *cette* discussion avec Vali. Il lui courut après et le rattrapa dans la rue.

— Attends ! (L'autre se retourna. Ses yeux avaient viré au lance-flammes.) C'est quoi, ton problème ?

— Cette nana, si t'as envie de te la taper, vas-y, t'y verras plus clair.

— Louvette est une fille géniale. De quoi tu parles ?

— De choses que tu peux pas connaître parce que tu les as pas vécues. C'est des jolies phrases qu'on veut ? Les flics te réciteront des poèmes quand ils t'embarqueront ?

— Et toi, tu veux quoi ?

— La même chose que toi, Puma. Faire sauter le système. Louvette oublie sa vie merdique en jouant à se faire peur avec nous, mais elle n'a rien dans le ventre. Si le proprio avait débarqué, qu'est-ce qu'on aurait fait ? Tu crois qu'elle aurait accepté de le voir cramer au milieu de sa ferme ? Parce que ça, ça aurait eu de la gueule ! Et ça aurait été un putain de message !

Le visage de Vali était tendu comme un poing. Puma l'observa sans répondre. *Tu as dû vivre de très sales trucs, mon gars*, se dit-il.

— Ne me déçois pas, Puma. Toi, je sais que t'es un pur. Ne deviens pas un mou.

Il partit droit devant lui, mains dans les poches et courbé contre le vent.

*

Le capitaine Basile Chauvigny se tourna vers la fenêtre et jeta un coup d'œil à la grisaille du ciel automnal en songeant aux Caraïbes. Une pensée que pulvérisa la sonnerie du téléphone. Il décrocha.

— Baz, dans mon bureau ! lui ordonna-t-on avant de lui raccrocher au nez.

Il s'en alla retrouver son supérieur. Les manières expéditives de ce dernier ne le dérangeaient pas. Bien au contraire : il avait toujours eu en horreur les faux culs qui jouaient la carte de la diplomatie pour mieux vous embourber. Le commandant était un pète-sec qui savait reconnaître la valeur de ses hommes. Par ailleurs, il vous accordait de longues plages de silence pendant lesquelles il vous écoutait. Très attentivement.

Le capitaine entra, salua son chef et orienta son regard vers l'écran d'ordinateur que celui-ci pointait du doigt.

— Ça vient d'arriver. Une revendication pour l'incendie de la ferme de Morgan Monier.

— De qui ?

— De la Tribu rouge.

— Sur le site extrémiste habituel ?

— Exact.

Le capitaine le lut et reconnut le même style allumé et grandiloquent que la dernière fois. Quand ces antispécistes s'en étaient pris à des boucheries quimpéroises, ils avaient laissé dans leur sillage des vitrines fendillées et des graffitis « Assassins » en lettres de faux sang. Ils avaient franchi une étape : la ferme-usine de Plouard avait pris cher. À l'aube, après l'alerte donnée par un habitant du hameau, les collègues avaient fait les constat' ; vu la vitesse de propagation, ça sentait l'incendie criminel.

La cellule Demeter devait entrer en piste.

— Bon, c'est reparti.

— On dirait bien, Baz. Vas-y avec tes hommes. On aura peut-être plus de chance que sur les boucheries. Ces cinglés ont la peau aussi lisse que des maquereaux écaillés, mais on finira par leur mettre la main dessus.

— À vos ordres, commandant.

Ses hommes et lui prirent la direction de Plouard, *via* la départementale. Le hameau était à une douzaine de kilomètres de Quimper. Le gendarme conduisant l'Estafette expliqua que la ferme-usine se trouvait assez loin des dernières maisons, autrement dit en rase campagne. Une cible facile, d'autant que le propriétaire n'avait pas de système de surveillance.

On se demande bien à quoi pensent les gens, songea le capitaine en soupirant.

D'ailleurs, la surprise avait été de taille, quatre mois auparavant, quand il avait débarqué dans le Finistère après trois années passées dans l'archipel de la Guadeloupe. Il s'était attendu à une mutation trop tranquille pour son tempérament. À Pointe-à-Pitre notamment, chauffée à bloc par les ravages de la Covid-19, il avait connu les manifestations musclées des antivax et des revendicateurs sociaux. Entre les tirs à balles réelles, les blocages routiers et les pillages, il avait eu l'occasion de faire son job à deux cents pour cent.

Dans la foulée, la crise sanitaire lui avait coûté la liaison la plus torride de son existence. Peu de temps après son arrivée en Guadeloupe, il était tombé raide dingue d'Héloïse, une infirmière de Basse-Terre, jolie et joviale. Jusqu'au jour où il s'était aperçu que la religion occupait un territoire plus vaste que prévu dans la psyché de sa belle. Il avait alors compris que le fossé ouvert entre eux ne serait jamais comblé. Malgré l'humour, malgré le sexe. « Mon corps est un temple qui n'appartient qu'à Dieu, Baz. Personne ne m'injectera ce satané vaccin ! » lui avait balancé sa chérie. Elle avait pourtant vu ses proches mourir du virus. Mais ça n'avait en rien entamé sa foi dans les vertus de l'hydroxychloroquine. Le capitaine Chauvigny ne s'était pas senti d'attaque pour concurrencer ce vieux druide de professeur Raoult : il avait déclaré forfait.

Aujourd'hui, Héloïse ne revenait qu'épisodiquement hanter ses rêves, et côté paysages les champs de tournesols et de betteraves avaient remplacé les plantations de cannes à sucre. L'atmosphère de sa nouvelle affectation était, dans tous les sens du terme, moins brûlante, mais, pour lui, les missions s'enchaînaient au moins à un tempo rapide.

La cellule Demeter avait été créée peu de temps auparavant pour lutter contre les agressions à l'encontre du monde paysan. Ainsi nommée, dans un grand élan poétique, en hommage à la déesse grecque des Moissons, elle veillait à recueillir un maximum d'infos sur les groupes extrémistes afin d'anticiper leurs actions. Et ces bandes rivalisaient d'imagination. L'agribashing était très tendance depuis quelques années.

Basée en région parisienne, la cellule déployait des spécialistes formés sur tout le territoire. On les appelait les « référents ». Chauvigny était celui du Finistère sud.

Un boulot passionnant. Le seul problème restait son supérieur au sein de Demeter. Il exigeait des rapports fréquents, l'abreuvait d'avertissements, ne cessait de lui rappeler les enjeux. Un type mal embouché, et dont le vocabulaire évoquait celui d'un légionnaire endurci.

D'ailleurs, le moment était venu de le prévenir.

Chauvigny lui téléphona et lui détailla ce qui venait de se passer.

La discussion se conclut par : « Sortez-vous les doigts du cul, Chauvigny ! »

Comme à l'accoutumée, une conversation *vivifiante*.

Lorsqu'ils arrivèrent à la ferme-usine, l'équipe scientifique avait déjà déployé ses effectifs et son matériel. Le capitaine avisa un technicien qu'il connaissait.

— Salut, Baz. Tu tombes à point.

— Tu me fais un petit topo ?

Le technicien lui confirma qu'un catalyseur puissant avait été utilisé et qu'on avait identifié cinq départs de feu. Le bâtiment principal avait été très sérieusement endommagé, l'intense chaleur ayant déformé les parois métalliques. Une partie des silos avait fondu, les céréales destinées aux animaux avaient fourni un excellent combustible. Vu le résultat, cette bande d'extrémistes devait être très organisée.

Ce reliquat de hangar schlingue, pensa le capitaine. *Mais mon nez me dit que la suite ne sentira pas la rose non plus.* Forts de leur succès, les antispécistes seraient probablement tentés par la récidive. Et l'accélération. Les boucheries de Quimper avaient encaissé des dégâts réparables. Ici, c'était la bérézina. Le texte de revendication ne laissait guère de doute : « Si vous ne changez pas, préparez-vous à trembler. Notre lutte n'aura pas de fin. »

— Où est l'exploitant ?

— Je lui avais demandé d'attendre ton arrivée, mais il est parti comme une flèche je ne sais où.

— Ne me dis pas que son projet est de se faire justice lui-même…

— Prions le ciel. Morgan en a gros sur la patate. Il arrivait à peine à articuler.

— Tu le connais ?

— Oui, il avait une ferme traditionnelle dans le temps. Ensuite, il a fraternisé avec le P-DG de Poulets Dorés. Qui l'a incité à se lancer dans l'élevage industriel.

On parlait de Bertrand Kernec, le dirigeant de la plus grosse boîte d'abattage et de commercialisation de poulets et de produits transformés du coin. Le capitaine Chauvigny avait eu l'occasion de le rencontrer dans le cadre de ses enquêtes. Un type dynamique et assez direct. Qui considérait que les agressions contre la filière viande étaient devenues « un vrai fléau » ces dernières années.

— Kernec l'a soutenu financièrement ?

— À vérifier, mais je crois bien. Morgan a tout joué là-dessus. Bilan : ses économies ont flambé avec son exploitation.

— J'imagine que c'était automatisé ici, mais il ne gérait pas ça seul, quand même ?

— Non, avec un employé. Il est sur place, lui.

Il désigna un jeune homme en combinaison kaki et bonnet rouge, mains dans les poches et le regard perdu vers les champs parsemés de taches blanches.

En s'approchant, Chauvigny vit que cet effet pointilliste était causé par les milliers de poulets hébétés évacués par leurs « sauveurs » avant l'incendie.

Questionné, l'employé répondit qu'il n'avait pas idée de l'endroit où se trouvait son patron. Le capitaine obtint qu'il lui communiquât le numéro de téléphone mobile de Morgan Monier, puis appela. Il laissa un message sur son répondeur, le priant de le rappeler d'urgence dans le cadre de l'enquête sur l'incendie de son exploitation.

Il demanda ensuite à l'employé de lui raconter ce qu'il

savait. Ça se résumait à pas grand-chose : son patron avait été réveillé par le maire de Plouard à l'aube, lequel lui avait annoncé que sa ferme flambait et que les pompiers avaient été alertés. Monier avait alors ameuté l'employé et ils avaient déboulé ici pour découvrir le bâtiment dévoré par les flammes. À sa connaissance, son patron n'avait reçu aucune menace préalable. Et personne n'avait repéré d'individus suspects avant ou après l'incendie.

— Il n'y avait ni alarme ni vidéo. Pourquoi ?

— L'artisan devait passer la semaine prochaine pour installer la vidéosurveillance.

— Pourquoi si tard ?

— Une question de pièces manquantes. À cause du foutu corona, il y a plein de livraisons retardées et les artisans ne savent plus où donner de la tête.

À quoi tenait le sort ?

En attendant, Chauvigny nota dans son carnet le nom de l'artisan spécialisé en vidéosurveillance. Une personne à interroger sans faute.

5.

Le même jour
Quimper

Posant le pied sur le sol breton, Lola Jost s'accorda un soupir d'ourse avant de regarder sa montre. Cette expérience extrême était terminée.

Elles avaient rallié Quimper en un peu plus de six heures.

Une véritable odyssée. Arrimée à la taille de l'athlétique et intrépide Américaine, et bien qu'ayant souvent fermé les yeux sous l'effet de l'épouvante, elle se souvenait d'avoir doublé une infinité de camions, bravé un vent impétueux et une bruine poisseuse, défié les lois de l'équilibre et encaissé des millions de secousses. La puissante moto avait été tenue vaillamment en respect par les cuisses d'airain d'Ingrid.

Sa meilleure amie était décidément de la race des dompteuses et des battantes. Elle ne s'était accordé que trois maigres pauses. Notamment pour ingurgiter quelques peu ragoûtantes nourritures végétariennes.

Le side-car avait rempli son office de malle improvisée. Bourré à ras bord de leurs effets personnels comprimés dans leurs sacs à dos respectifs, il avait eu le bon goût de ne pas se dévisser en route.

Lola se débarrassa de l'instrument de torture qu'était son casque intégral avec une joie non dissimulée et dégourdit ses jambes endolories. Elle enchaîna sur une série d'exercices ridicules mais utiles pour détendre ses mâchoires crispées par le stress. Perché sur un lampadaire, un goéland l'observait d'un air qui lui semblait goguenard.

En tout cas, une certitude s'imposait : on était enfin arrivées à destination et le résultat valait le déplacement. Le centre-ville en mettait d'emblée plein la vue avec la cathédrale gothique Saint-Corentin et ses deux flèches imposantes, ainsi qu'avec le charme médiéval de ses rues bordées de maisons à colombages et encorbellements. En prime, le ciel avait l'amabilité d'offrir une toile bleue picotée de nuages propres. *Il n'aurait plus manqué qu'on soit accueillies par une saucée*, pensa l'ex-commissaire en regardant sa jeune camarade enlever son casque orné d'un dragon rouge et lui décocher un sourire lumineux.

Moulée dans sa combinaison en cuir noir, les cheveux explosés et les joues rosies, elle était très en beauté, et un balayeur en gilet vert fluo avait fait une petite halte pour poser son menton sur ses mains croisées au bout de son balai et la reluquer d'une façon tranquillement approbatrice.

Quant à moi, je dois ressembler à un morse sans ses défenses d'ivoire, admit Lola en rentrant le ventre. Elle s'étonnait encore d'avoir pu glisser ses rondeurs dans cette combi atrocement serrée aux entournures, mais Ingrid avait été intransigeante. Selon elle, pour un long trajet, les motards sérieux ne négligeaient jamais leur équipement.

Morse ou pas, et les lamentables propositions des restauroutes ne l'ayant pas convaincue, Lola se sentait gagnée par un appétit animal. Ingrid avait eu l'idée de se garer non loin d'une halle. On pouvait parier sur la présence d'un marché couvert. Afin d'éviter les lourdeurs du trafic, Ingrid, malgré ses tardives danses à Pigalle, avait souhaité quitter Paris et le canal Saint-Martin vers 6 heures du matin. Sur le moment, un horaire abominable. Mais à l'instant, Lola aurait pu entonner un cantique à sa gloire. Il était moins de 13 heures, cette halle providentielle devait être encore ouverte.

— Allons au marché, Ingrid. À nous les joies gastronomiques de la Cornouaille française !

— Mais, avant, on pourrait se la couler molle, *no ?*

— On se la coulera *douce* après. N'oublions pas qu'on doit se sustenter.

— *What... ?* On sera tentées de sucer quoi ?

— Bah, je t'expliquerai plus tard.

Non seulement Ingrid avait conservé un accent ricain impayable mais, en prime, ses innombrables années passées dans la patrie de Molière n'avaient jamais vaincu sa conception folklorique de la syntaxe locale. Pour elle, le français était plus qu'une langue vivante. C'était un terrain de jeu permanent qui méritait toutes les expériences, surtout les plus saugrenues. Lola, qui avait eu plusieurs vies dont une de prof de lettres, frisait souvent la migraine en corrigeant les élans de sa Yankee favorite.

Elles enfilèrent leurs sacs à dos, mirent leurs masques anti-Covid et pénétrèrent dans la halle.

On arrive juste avant le coup de gong, estima Lola en fonçant sur le stand d'un crêpier à qui elle acheta dix crêpes de froment et quatre galettes de sarrasin. Elle freina ensuite devant l'émouvante vitrine d'un aimable charcutier pour faire emplette de rillettes d'oie, d'un saucisson ultrasec, de salade de museau et de tranches d'andouille de Guémené.

— C'est prospère comme nourriture, Lola.

— *Riche*, tu veux dire. Mais achetons aussi ce que tu aimes. Vise un peu ce moustachu. Il vend des légumes bio.

— J'y vais !

Ingrid avait vécu trop longtemps en Californie. Elle y avait contracté le virus de la bouffe mesurée et du sport exagéré. Mais Lola avait eu le temps de se faire une raison.

En tout cas, on ne débarquait pas tous les jours dans pareille caverne d'Ali Baba. Elle se sentait d'humeur razzia. Que manquait-il ? Des œufs, du lait, du beurre salé, du fromage, une bonne volaille, quelques bouteilles de vin… En même temps, le side-car de la BMW n'était pas le sac magique de Mary Poppins !

Elle avisa un stand tenu par une accorte trentenaire. Au-dessus de sa corolle de cheveux châtains, une pancarte annonçait : « Ferme Rosie Monier, produits garantis bio ». Lola se précipita pour s'emparer d'un splendide poulet, de gros œufs et d'une motte de beurre à l'irrésistible couleur. L'agréable fermière lui tendit une sorte de prospectus avec ses achats. Lola constata qu'il s'agissait d'un tract émanant d'une association de lutte contre les algues vertes. Elle avait entendu dire que ces abominables plantes aquatiques avaient le pouvoir de tuer un cheval en quelques secondes.

Elle empocha le papier, fila retrouver Ingrid, puis proposa de mettre les victuailles dans le side-car et de garder les sacs à dos pour remonter à moto.

— Comme si on avait le choix, dit Ingrid. Tu sais cuisiner ?

— Uniquement quand je suis en vacances. Je vais te mijoter un déjeuner du tonnerre.

En guise de réplique, Ingrid enfourcha sa monture mécanique et fit rugir le moteur. Lola savait que son amie était tout sauf rigide. Contenter sa vieille copine gourmande valait bien une entorse à son régime californien.

Un soleil généreux réchauffait l'atmosphère. *C'est quasiment l'été indien*, jugea Lola en se hissant sur le siège passager, et Ingrid prit prudemment le chemin de sa maison.

Celle-ci se trouvait en pleine campagne, à une douzaine de kilomètres de Quimper. Un artisan était censé s'occuper de sa rénovation, mais il ne donnait pas beaucoup de nouvelles. Il fallait espérer que cet homme de l'art avait progressé et que leur séjour n'allait pas se dérouler sous des bâches.

*

Le P-DG et l'éleveur déambulaient dans le parc bordant les bâtiments de l'entreprise Poulets Dorés. Le ciel de ce début novembre était limpide. Ça ne collait pas avec les circonstances.

— On est cernés par les tarés, Bertrand. Pour leurs idées à la con, ils massacrent tout autour d'eux ! Qu'est-ce qu'on va devenir ?

Excellente question ; et, pour l'instant, Bertrand Kernec n'avait pas la réponse. En tant que mentor de Morgan Monier et partenaire commercial, il se sentait doublement concerné. C'était lui qui l'avait incité à se lancer dans l'élevage intensif de poulets, l'idée étant qu'il lui achète ses bêtes. Il avait d'ailleurs présenté à Morgan le banquier qui lui avait signé son prêt.

Mais leur association n'avait pas encore démarré qu'elle partait déjà en fumée.

Les temps étaient houleux pour les éleveurs et les industriels. Ces dernières années, le dénigrement de la filière viande, au même titre que celui du monde agricole en général, avait pris une forme alarmante : écologistes, animalistes, antispécistes et végans de tous poils laissaient leur colère s'exprimer et séduisaient lentement mais sûrement l'opinion. Pendant longtemps, les sondages avaient montré que les Français aimaient leurs éleveurs et leurs agriculteurs, mais la donne changeait. La cause animale gagnait les cœurs et les estomacs. Centimètre par centimètre, dans un mouvement de fond qui semblait irrépressible. Et des individus électrisés par une idéologie radicale n'hésitaient plus à passer à l'action.

Envoyant au diable l'omnivorisme humain, ce petit monde considérait que la Terre entière devait se passer de viande. Et de son point de vue, pour se faire entendre, la violence s'imposait comme le meilleur slogan. Quant aux bobos, ils tendaient l'oreille. Ceux-là avaient les moyens de se payer du poulet Label rouge, voire de la volaille de Bresse à quatre-vingt-dix euros le kilo. Ils vivaient à des années-lumière des gens qui bouclaient leurs fins de mois en se serrant la ceinture. Qu'allaient manger les consommateurs à faibles revenus si on empêchait la filière viande de leur proposer des produits adaptés à leurs moyens ? Autre excellente question.

De toute façon, tourner les problèmes en tous sens ne servait pas à grand-chose : il ne fallait pas se voiler la face, la situation était quasi désespérée. Les seuls qui s'en tiraient vraiment vivaient bien loin d'ici, au-delà de l'océan, dans une contrée ensoleillée et pleine de promesses. Le Brésil, un pays béni des dieux. Le poulet brésilien gagnait la bataille mondiale haut la patte. La mondialisation se fredonnait désormais sur un air de samba. Pour l'instant, en France, on se contentait de s'accrocher et de survivre.

Mais ce n'était guère le moment d'évoquer le sujet avec Morgan, déjà bien assez accablé.

Le smartphone du jeune éleveur sonna dans sa poche, pour la quatrième fois.

— Tu ne réponds pas ?

— Non. C'est les gendarmes…

— Eh ben, justement…

— C'est foutu. Ces antispécistes, ils s'en tapent de la loi…

— Tout de même. On vit dans un État de droit.

— Les gendarmes se contentent de faire le tour de nos exploitations pour voir si on n'aurait pas vu le bout du nez de l'homme qui a vu l'homme qui a vu l'ours ! Ça sert à quoi ?

— Les gendarmes savent gérer. Ce sont des militaires, je te le rappelle.

— Et les illuminés d'en face, des terroristes. Mais moi, ils ne me font pas peur, ces mecs. Qu'est-ce que j'ai à perdre ?

— Morgan, si j'ai un conseil à te donner, c'est de ne rien tenter que tu pourrais regretter. On n'a jamais intérêt à se faire justice soi-même. C'est une évidence.

— Cette ferme, Bertrand, j'ai tout mis dedans. Tu le sais bien !

Bertrand Kernec pensa qu'il n'y avait pas que du mauvais dans la colère de Morgan : il vidait son sac. Généralement, les gens qui envisageaient de régler le problème par eux-mêmes ou de se tirer une balle étaient moins prolixes.

Il fallait continuer à le faire parler. L'aider à évacuer un peu ses frustrations. Après ça, on le convaincrait de répondre à l'appel de la gendarmerie et de coopérer à l'enquête.

Un problème après l'autre, tranquillement.

— Allez, viens, je t'offre un café. Ou ce que tu voudras.

6.

Le même jour
Campagne de Quimper

Damien Le Guern entendit un rugissement. Il se figea, rouleau à peinture en l'air. Un autre cri bestial retentit, puis ce fut le silence.

Le journal racontait qu'un puma ayant échappé à son maître rôdait quelque part dans la campagne de Saint-Brieuc. Et si la bête avait poussé jusque-là ? *Bah, non, impossible*, se raisonna-t-il. Les Côtes-d'Armor, ce n'était pas la porte à côté, et les gendarmes avaient sûrement fait le nécessaire.

Depuis ce matin, son imagination partait en sucette. Sa dispute avec Rosie lui avait mis la tête et le cœur à l'envers. Pour une fois, elle s'était salement énervée. N'ayant pas digéré sa remarque à propos de son frère Morgan, elle lui avait passé un savon devant les autres. Ça avait été aussi agréable qu'un roulé-boulé sur une planche à clous.

Il déposa son rouleau en équilibre sur le pot de peinture et descendit prudemment de son échelle.

Il jeta un coup d'œil par la fenêtre de la cuisine. Deux motards se garaient sur l'allée. Les rugissements ne sortaient pas de la gueule d'un fauve, mais de leur grosse cylindrée. Une moto équipée d'un side-car.

Décidément, les touristes se faufilaient où bon leur semblait. On allait apprendre à vivre à ces deux malpolis. Il s'aventura à leur rencontre.

Le plus grand lui fit signe, puis ils enlevèrent leur casque…

Les motards étaient des motardes.

— Monsieur Le Guern ? Ingrid Diesel. Ravie de vous rencontrer en viande et en os.

— Euh… Moi aussi.

Il savait que sa cliente débarquait aujourd'hui de Paris, mais jamais il n'aurait imaginé qu'elle arriverait à moto. Ni qu'elle ressemblerait à une Viking bien lunée avec sa haute silhouette musclée, ses longs cheveux d'un blond presque blanc et son large sourire. La personne qui l'accompagnait avait bien le double de son âge et de son poids, mais la moitié de sa taille ; sous sa tignasse grisâtre, son visage réussissait à être à la fois mou et autoritaire.

Quand il avait su que Mlle Diesel viendrait vérifier l'avancée des travaux, Le Guern avait mis les bouchées doubles, travaillé comme un acharné et même dormi quelques nuits sur place. Sa seule récréation avait été la manif avec ses amis écologistes. Et elle avait fini en castagne.

Ingrid Diesel lui serra la main avec enthousiasme et entra chez elle. Ce qu'elle vit lui plut.

— Ça n'exhale pas trop la peinture, lâcha-t-elle avec son accent rigolo.

— Oh, vous savez, les peintures modernes, ça sent pas.

— Vous avez bien avancé, bravo !

— Bah, non. J'ai un souci d'humidité dans le salon. Du côté de la façade la plus exposée à la pluie. Va falloir attendre que ça sèche avant de peindre. Et j'ai pas encore retapé les parquets. Pour les nouveaux volets, j'vais pas vous mentir, les livreurs sont pas en avance.

— Ça va voler du temps ?

— *Prendre* du temps, soupira la dame volumineuse.

Intrigué par son style pointilleux, Le Guern haussa un sourcil.

— Ah oui, un peu, répondit-il à sa cliente. On va pas bâcler, hein !

Sa cliente s'aventura dans le couloir. Le Guern se mordilla les lèvres. Elle risquait de défaillir : la salle de bains disparaissait sous les bâches en plastique.

— Ah, cette pièce n'est pas employable ? demanda-t-elle sans se fâcher.

— *Utilisable*, Ingrid. Utilisable.

— OK, Lola. Utilisable, si tu veux.

— À cause de la Covid, les carrelages seront livrés en retard, expliqua-t-il. J'ai commencé à passer la première couche sur le plafond.

— On se lavera dans l'évier de la cuisine, pas grave ! répliqua l'Américaine.

L'intraitable Lola suivait leur conversation en faisant claquer les portes de placard. Coup de chance, la batterie de cuisine eut l'air de lui convenir. Vite, elle dénicha une cocotte en fonte et un coutelas. Le volatile qu'elle tira de son sac à dos fut découpé en vitesse et, bientôt, une odeur alléchante dansa dans l'air. Le Guern sentit son estomac hurler au partage. Avec ce foutu corona, il n'arrivait plus à se souvenir de son dernier repas en bonne compagnie.

Quand le poulet mijota gentiment, Lola entreprit de vider le contenu de ses sacs en plastique et de remplir le frigo. Le Guern avisa alors le tract de son groupe posé sur le plan de travail.

— Ah, vous avez acheté votre volaille chez Rosie.

— Une amie à vous ?

— C'est ça, et on milite ensemble, précisa-t-il en tendant le menton vers le prospectus.

Il attendit une question, qui ne vint pas. Il alla donc s'occuper de son plafond ; après tout, on ne le payait pas pour bavarder.

Lorsqu'il revint rôder autour de la gazinière, histoire de faire comprendre qu'une invitation ne serait pas de refus, sa cliente était plantée sur son perron, mains sur les hanches et nez en l'air.

— Ça sent le brûlé, constata-t-elle.

— Oui, c'est l'élevage de poulets d'à côté, annonça Le Guern. Il a flambé dans la nuit…

— C'est quoi, cette histoire ? intervint Lola.

Le Guern avala sa salive. Cette femme donnait l'impression de vous mettre en garde à vue rien qu'avec ses yeux.

— Eh bien, cette ferme-usine…, commença-t-il.

— Racontez-nous ça en déjeunant en notre compagnie. Ce poulet est assez dodu pour nourrir un régiment.

— Ah, ça, c'est sûr que les volailles de Rosie, c'est autre chose que les pauvres bestioles du gars Morgan. Et pourtant, ils sont frère et sœur.

Les deux amies le considéraient d'un œil intéressé. Une bonne sensation. Lola débouchait un pic-saint-loup avec une efficacité experte. Elle lui colla un verre entre les mains, ce qui la rendit tout de suite beaucoup moins intimidante.

*

Ingrid fit la vaisselle et l'abandonna dans l'égouttoir sans l'essuyer. *Pas le temps de jouer les fées du logis*, songea-t-elle. Lola avait décidé de se rendre à la ferme-usine incendiée pour en avoir le cœur net. « Quand on débarque quelque part, on a intérêt à savoir ce qui s'y trame. » Une balade au bord de l'océan aurait été une meilleure option, mais Lola, qui avait dirigé le commissariat du dixième arrondissement d'une main de fer des années durant, restait une policière dans l'âme. D'ailleurs, la retraitée de la « grande maison » conservait sa carte professionnelle périmée, « au cas où ».

La recette des vacances bienheureuses consistait à

laisser son amie s'ébrouer. L'Atlantique serait toujours là demain matin.

Durant le déjeuner, Damien Le Guern leur avait détaillé ses liens avec la fermière Rosie, dont Lola avait fait la connaissance au marché. Les Monier se chamaillaient sans fin au sujet de l'élevage. En gros, la sœur croyait au travail de qualité et au respect de la nature. Le frère, lui, croyait en l'argent. Visiblement, ça ne lui avait pas réussi.

Le Guern leur avait indiqué le chemin. L'exploitation étant proche de la maison, elles s'y rendirent à pied. Le firmament choisit ce moment pour décliner une subtile série de gris teintés de mauve, de bleu et de rose.

Ingrid avait déjà pu constater que la région avait beaucoup de charme, mais elle se bénissait d'y avoir débarqué en ce début novembre. Parée de ses couleurs automnales, la flore explosait de générosité. L'odorat stimulé par mille parfums délicats ou musqués, Ingrid se sentait d'humeur délicieusement décontractée.

Après la tranquillité des champs bruns et roux, un bosquet s'empourpra soudainement et les flammes de ses feuilles volèrent la vedette aux abondants lits de fougères. Plus loin, les pierres grises d'une longère isolée se réchauffaient au rouge vif de ses volets. Au-delà, des chênes plaquaient leurs imposantes silhouettes sur la douceur du ciel. De façon étonnante, des fleurs égayaient encore les prés.

— C'est quoi, comme race ? demanda-t-elle en les désignant.

— On parle plutôt de *règne*, de *division*, de *classe*, d'*ordre* et de *famille*, trancha Lola.

— Tout ça ? Eh ben dis donc !

Forte de sa culture encyclopédique, Lola eut tôt fait d'énoncer un verdict : d'après elle, on avait affaire à des angéliques, à des véroniques et à des compagnons rouges.

Des noms amusants et mélodieux qui leur vont à ravir, songea Ingrid.

— Sans doute le résultat de l'existence d'un microclimat, précisa Lola. Ou pire, un symptôme du réchauffement de la planète.

En bonne ex-commissaire, elle avait toujours tendance à repérer le détail qui coinçait dans le décor ; pourtant, cette fois, elle ne réussirait pas à gâcher la quiétude d'Ingrid. Si l'on faisait abstraction des calvaires et des chapelles, l'ambiance locale lui rappelait le New Hampshire où, enfant, elle avait vécu quelques années. Rien que des bons souvenirs. Elle espérait que ceux qu'elle tisserait ici seraient du même acabit.

Lui vint alors une pensée pour le fan qui lui avait légué sa maison et sa BMW. Plus qu'un fan, en réalité : un ami. Mi-farceur mi-sérieux, il lui lançait souvent qu'elle était « un génie du strip-tease ». Quand on lui avait diagnostiqué un cancer, ils avaient accompli un tour de France à moto ensemble. Elle l'entendait encore : « J'ai vécu de grands moments grâce à toi, ma belle. Ne change rien, continue à faire ce qui te passe par la tête. De toute manière, ceux qui ne savent pas vivre ne te comprendront jamais. » La mort l'avait vaincu six mois après leur périple. À soixante-neuf ans.

Autour des deux promeneuses, l'atmosphère se mettait au diapason de la soudaine mélancolie d'Ingrid.

Ingrid et Lola avaient atteint leur objectif. Il avait un côté mortel terminus.

Ici, point de sérénité. Le ciel évoquait désormais une plaque d'acier tandis qu'une odeur âcre et repoussante imposait sa loi.

Par réflexe, Lola avait ralenti le pas. Elles venaient de débouler dans un décor cauchemardesque. On aurait cru qu'un dragon s'était aiguisé les dents sur le hangar principal et les silos de la ferme-usine.

Des techniciens en combinaison blanche avaient délimité le terrain au Rubalise et fouinaient partout, relevaient des empreintes de pas, auscultaient les décombres. Des milliers de poulets étourdis s'éparpillaient dans les prés alentour, et un jeune en salopette caca d'oie essayait sans grand succès de les faire monter dans une remorque arrimée à un tracteur. Un gendarme l'observait d'un air dubitatif.

Cinq véhicules étaient garés au ras de ce champ de bataille. Un pick-up rouge aux jantes boueuses, un break gris clair, une Estafette bleu foncé de la gendarmerie, un van blanc et une voiture marquée « Ferme bio Rosie Monier ». Elle gagnait le concours antimorosité avec sa ribambelle de coqs, poules et poussins peinte en tons pastel sur sa carrosserie bleu clair.

Avisant Rosie, Lola fondit sur elle comme un Scud. La fermière se tenait en retrait du duo formé par un autre gendarme et un trentenaire non identifié, mais, à l'évidence, elle tendait l'oreille dans l'espoir de capter leur discussion. Ingrid ne voyait du premier, dos tourné, que ses larges épaules et sa taille élancée. Le second était une version masculine quoique maigrelette de Rosie.

Morgan, à n'en pas douter. Même si Ingrid n'approuvait pas les méthodes de l'élevage industriel, elle ne put s'empêcher d'éprouver de la compassion pour le fermier. Sa silhouette paraissait frêle au milieu de ce désastre. Il répondait de mauvaise grâce aux questions.

La discussion n'intéressait pas que Rosie, mais également une rousse à la coupe au carré et aux larges lunettes rouges. Ingrid pencha pour une juge ou une avocate. Jusqu'à ce qu'elle remarque le magnétophone qu'elle portait en bandoulière.

Elle s'approcha au plus près.

— Capitaine, je ne vais pas vous répéter vingt fois la même chose ! s'énerva soudain Morgan.

— Vu leurs méthodes, les antispécistes ont forcément fait du repérage, répliqua posément le gendarme.

— J'ai rien vu et rien entendu. À vous de vous bouger !

— Vous n'avez pas à nous le dire, poursuivit le gendarme, toujours aussi flegmatique. Grâce aux résidus de feu, on sait déjà que ces gens ont utilisé de l'essence plutôt que du gasoil. On a fait le tour des stations-service. Aucun pompiste n'a signalé l'achat d'une grande quantité…

— Ils ont peut-être siphonné des tondeuses à gazon ou des milliers de briquets ! Qu'est-ce que j'en sais ?!

— Vous passiez beaucoup de temps dans votre ferme…

— Je vous le fais pas dire ! Et tout ça pour rien. Ah, quelle merde !

— Je vous répète qu'ils ont forcément fait du repérage.

— Vous voulez que je vous chante un opéra en trois actes ou quoi ?! Mon employé et moi, on n'a vu personne, je vous dis ! Pas un rat !

Il fila vers la sortie. Rosie sembla hésiter, puis elle délaissa Lola avec qui elle discutait jusque-là et se précipita vers lui. Ingrid suivit le mouvement.

— Morgan, attends !

L'homme pila, se tourna vers sa sœur et grimaça.

— Ah, tu es là, toi, grogna-t-il entre ses dents.

— Où est-ce que tu vas ? Calme-toi un peu !

— Tu te souviens de moi, Rosie. Bravo, c'est génial. J'avais l'impression que tu m'avais rayé de ta vie ces dernières années. Mais j'ai dû rêver. Ouais, ça doit être ça.

— Arrête de faire ta tête de cochon. Ce qui se passe, c'est très grave.

— Sans blague ! T'as trouvé ça toute seule, Rosie ?

Il voulut s'éloigner. Elle lui agrippa l'avant-bras.

— Il faut que tu collabores à l'enquête, bon sang !

— Lâche-moi ! brailla-t-il en se dégageant. Je me tire. Marre de me démener pour rien !

— Ne sois pas ridicule ! Le capitaine Chauvigny est là pour t'aider, Morgan…

Ingrid découvrit à quoi ressemblait le capitaine en question. Environ trente-cinq ans, des cheveux châtains ondulés, un regard profond et marron foncé, un teint mat tendance burinée. Son nez était légèrement de travers mais impérial, ses lèvres sensuelles. Sa barbe peu épaisse et plus sombre que sa chevelure lui allait fort bien.

— Leur cellule Demeter a mis deux ans à coffrer les incendiaires d'un abattoir dans le Sud. Deux ans ! Tu t'imagines que ce type va faire mieux ?!

La repartie était assez sonore pour que l'intéressé n'en perdît pas un mot, mais il resta imperturbable.

Morgan abandonna sa sœur et cibla la rousse au magnéto.

— Voilà ce qui arrive, Gisèle, quand on soutient ces cinglés de l'agribashing !

— Parlons-en, tes copains éleveurs ont déversé du fumier sur ma voiture.

— Oh, pauvre chérie ! T'es bien à plaindre ! minauda-t-il.

— Je fais mon boulot avec objectivité. Donne-moi ton témoignage au lieu de me chercher des poux.

— Pas la peine ! Mes copains ont raison. Ta radio et toi, vous faites de la merde !

Il agrémenta son propos d'un doigt d'honneur, monta à bord du pick-up rouge, démarra et déboula sur la route. Un grand silence accompagna son départ, rapidement dissipé par les murmures de Lola dans l'oreille d'Ingrid :

— Waouh, c'est panique en Armorique…

— C'est quoi, l'Armérique ? demanda Ingrid à mi-voix elle aussi.

— L'Ar-mo-ri-que ! Tout ça et au-delà, répliqua Lola en étendant les bras. Ce superbe territoire entre la Manche et le golfe de Gascogne…

Elle abandonna aussitôt son amie pour aller sonder la journaliste dépitée. Constat : la retraitée était passée en mode RoboCop ; et on ne pouvait rien y faire.

Une voix posée mais ferme retentit dans le dos d'Ingrid.

— Je peux savoir qui vous êtes et ce qui vous amène ?

Elle se retourna. Un regard qui avait vu du pays se riva au sien.

— Ingrid Diesel. Je voisine.

L'officier de gendarmerie pencha la tête sur le côté, et l'observa avec une attention redoublée.

— Vous connaissez Morgan Monier ?

— Non.

— Vous avez remarqué quelque chose de suspect dont vous voudriez me faire part ?

— Non. On vient d'arriver.

— Pour ?

— Vérifier les labeurs de ma maison et vacancer.

— Vous êtes de quelle nationalité ?

Elle le trouvait sympathique mais tout de même un peu agaçant avec sa moulinette à questions.

— Américaine. Et vous, vous êtes armoricain ?

— Pas particulièrement.

Elle eut la sensation que son ami décédé lui souriait depuis l'au-delà : « Ne change rien, continue à faire ce qui te passe par la tête… »

— Vous savez, moi, j'aurais préféré aller voir l'océan.

Les sourcils du gendarme se rejoignirent.

— Et alors ?

— Mais je ne regrette pas d'être venue.

— Pourquoi, vous aimez les désastres ? répliqua-t-il.

— Si ça permet de rencontrer des personnes intéressantes, pourquoi pas.

Elle avait fait un effort surhumain pour parler français au mieux et pensait y être parvenue. Elle ne savait pas précisément à quel jeu elle jouait, mais elle n'avait pas pu s'empêcher de taquiner ce gendarme. « Ceux qui ne savent pas vivre ne te comprendront jamais… »

Cette terre armoricaine lui plaisait, ce ciel changeant lui plaisait, cet homme au regard direct lui plaisait. Quelquefois, les choses arrivaient à la vitesse d'une tornade dans le Kentucky. Ça ne paraissait irrationnel qu'aux gens extrêmement cartésiens.

Spécimen du genre, Lola était justement de retour. Elle déclina leurs identités, expliqua qu'elles débarquaient de

Paris pour de « courtes vacances », communiqua l'adresse de la maison et réussit à préciser qu'elle avait eu une carrière dans la police. Cette succession de nouvelles bigarrées glissa sur l'émouvant visage du capitaine de gendarmerie.

Il pencha la tête de l'autre côté.

— Puisque vous êtes retraitée de la police, dit-il, vous comprendrez qu'il est préférable de quitter les lieux afin de nous laisser mener au mieux notre enquête. En tout cas, profitez bien de vos vacances, madame Jost.

Il y avait de l'ironie dans ses jolies phrases fluides, mais dosée. De seconde en seconde, cet homme gagnait à être connu. Ingrid lui fit son grand sourire amusé. Il cligna des yeux, puis y répondit par un léger plissement de ses lèvres sensuelles.

Elle leva le bras en l'air, l'agita et « quitta les lieux ». Bientôt, elle entendit Lola trottiner derrière elle.

Sa vieille camarade se trouvait en panne de repartie. Ce capitaine Chauvigny venait de réaliser une sorte d'exploit.

Je me demande quel est son prénom.

*

Lola marchait d'un pas cadencé sur la départementale. Pour une fois, elle s'accordait au rythme de sa vigoureuse copine.

— Le monde va trop vite, j'ai perdu le fil. C'est quoi l'antispécisme, au juste ?

— Je crois que c'est une invention anglo-saxonne, répondit Ingrid.

— Hé, hé, ça ne m'étonne pas de vous !

— L'idée, c'est de refuser que l'espèce humaine soit considérée comme supérieure à toutes les autres.

— C'est-à-dire aux animaux.

— Oui, mais pas que. Les plantes ne sont pas oubliées. Attends, je vais un peu me renseigner. (Elle pianota sur son smartphone sans ralentir le pas.) Bon, le courant remonte aux années soixante-dix. Pour les antispécistes, si une créature vivante est capable d'éprouver du plaisir et de souffrir, ses droits à la liberté et au respect doivent être défendus.

— En gros, ils refusent qu'on inflige de mauvais traitements aux animaux, qu'on les exploite et qu'on les mange.

— Ou même qu'on fasse d'eux des compagnons. Et l'homme n'est pas l'unique cible, d'ailleurs. Certains vont jusqu'à penser qu'il faut empêcher les lions d'exterminer les gazelles.

— Ah, intéressant, de la part de gens qui n'hésitent pas à réduire en cendres le bien d'un jeune fermier ! Tu connais la blague de George Bernard Shaw ?

— *No*.

— Encore un Anglo-Saxon, tiens, vous avez l'humour vache. « La férocité est la caractéristique des taureaux et autres végétariens », ironisait-il.

— *Well*, les défenseurs de la cause animale ne sont pas tous féroceux.

— *Féroces*, ma chère. Féroces !

Lola ne ralentit pas le rythme. Elle se sentait galvanisée. Sa conversation avec Rosie Monier avait été des plus instructives. Elle lui avait appris que ces antispécistes radicalisés avaient revendiqué l'attentat sur une plateforme extrémiste. *Que du croustillant !*

La perspective de mettre son nez dans une enquête avait toujours eu cet effet sur elle. Une sorte de shoot énergisant.

— Tu es vraiment sûre qu'« Armorique » n'a rien à voir avec « Amérique », Lola ?

— Certaine.

L'amie américaine pianota illico sur son smartphone. Lola émit un petit claquement de langue. Sans leur appendice électronique, les gens de cette génération erraient comme des poulets sans tête.

— Ah oui. Tu as raison. *Aremorica*, c'est le latin pour « pays devant la mer ».

— Eh bien voilà. Quant à l'Amérique, c'est le cadeau d'un marin florentin. Amerigo Vespucci. Tu n'étais pas au courant ?

— Si, si, mais j'avais oublié.

— Coup de bol, ce navigateur ne se prénommait pas Tito, Nino ou Leonardo.

— Et « Cornouaille », ça a à voir avec « cornemuse » ?

— À vue de nez, non. Ici, les purs et durs jouent plutôt du biniou. Mais des petits malins prétendent qu'un Breton bien élevé, « c'est quelqu'un qui sait jouer du biniou, mais qui n'en joue pas ».

— Ah bon ?

— Et, à ce propos... Je dois passer un coup de biniou à l'une de mes connaissances.

Bien sûr, la délicieuse lui fit ses grands yeux questionneurs en la regardant poser son index sur le numéro préenregistré. Celui d'un précieux contact : un officier de la DGSI, la Sécurité intérieure.

Après une assez longue conversation, l'ex-commissaire raccrocha d'un air satisfait. Malgré son coup fumant, la Tribu rouge se révélait une bande de débutants. Avant de s'en prendre à l'exploitation de Morgan, ils avaient redécoré des boucheries. Un palmarès guère impressionnant. Conclusion : elle pouvait se mêler de ça en touriste, afin de s'amuser un peu et sans trop de risques.

Elle mettrait son grain de sel dans cette ratatouille et, si elle trouvait quelque chose d'intéressant, elle irait l'agiter sous le nez du capitaine Chauvigny, afin de lui rabattre son caquet. « Profitez bien de vos vacances, madame Jost... » *Et puis quoi encore !*

Ingrid l'assomma alors de questions. Lola répondit à toutes, puis précisa qu'elle ne comptait pas piétiner les plates-bandes du militaire, mais juste se maintenir en forme.

La jeune Américaine la surprit en répondant :

— Ah, très bien. Ça me donnera une excuse pour le revoir.

Ingrid avait une fâcheuse tendance à craquer pour le premier mâle sexy qui déboulait dans le décor. Avec une prédilection pour les bruns au solide tempérament. Ça n'avait pas raté.

— Je crois bien que tu viens de battre ton record, Ingrid. Habituellement, quand un homme te plaît, il te faut au moins quelques jours pour t'en rendre compte.

— Mais non, j'ai senti une connexion. C'est mystique, pas physique.

— Oui, oui.

— Mais si. Arrête de penser toujours à des histoires chaudasses.

Chaudasses ! Où Ingrid avait-elle pêché un tel vocabulaire ?

— Je suis admirative. Quelle santé, tu as. Moi, je me dis que la ménopause a du bon. Ça fait des vacances.

— *Come on !* J'écoute seulement mon instinct me susurriner à l'oreille, Lola. Quand les gens me plaisent, j'ai envie de mieux les connaître. Cherche pas plus loin.

L'intéressée décida que, pour une fois, elle allait laisser passer le barbarisme et les justifications. Et, en réalité, ces dernières étaient peut-être valables : Ingrid n'avait pas en elle une once de misanthropie. Tout le monde (ou presque) méritait son intérêt.

De retour à la maison, Lola fut à deux doigts de glapir de joie. Damien Le Guern était encore là. Ce type faisait une excellente source d'informations, et elle le passerait bientôt à la question sans répit. Au déjeuner, elle lui avait servi un pic-saint-loup. Au dîner, elle l'estourbirait au bourgueil.

*

Après le repas, Ingrid se sentit alourdie. Lola avait un incontestable talent de cuisinière mais, si elle continuait sur sa lancée, les conséquences seraient fatales. *Je ne rentrerai plus dans mes tenues de scène !* conclut-elle en s'ébrouant.

Elle avait failli s'assoupir alors que la soirée venait à peine de commencer. Et dire que, pendant ce temps, ses *boys* s'adonnaient au jeûne intermittent ! La méthode faisait fureur dans la troupe. Un choix logique. La digestion mobilisait à elle seule un nombre ahurissant de muscles, il fallait savoir mettre son corps en vacances.

Lola, elle, était une inconditionnelle des plaisirs de la table. Elle allait devoir contre-attaquer.

Quelle pouvait être la bonne marche à suivre ? Un jogging en pleine nuit, après ce festin, ne constituait pas une réponse adaptée.

Elle dressa l'oreille. Une intéressante pulsation provenait de la salle de bains, en sourdine. L'increvable Le Guern s'était remis au travail, stimulé par sa radio.

Ingrid écouta mieux. « Sunny », du groupe antillais Boney M. Un succès absolu dans les années soixante-dix. Et donc un incontournable pour les boomers, l'« escadron » auquel appartenait Lola.

Ingrid s'extirpa de son canapé et alla voir l'artisan.

— C'est quoi, cette station ?

— Radio Ludivine, pourquoi ?

— Pour rien. Vous voulez bien monter le son ? À fond.

— Ah mais oui, à votre service.

De retour au salon, elle observa Lola, si absorbée dans la lecture d'un roman qu'elle ne semblait pas avoir remarqué l'élévation du niveau sonore. En revanche, son corps parlait pour elle : sa jambe droite, croisée sur la gauche, battait le tempo.

Personne ne résistait à pareil tube.

— On danse, Lola ?

Ingrid n'attendit pas sa réponse. Elle poussa la table du salon et commença à se trémousser, pieds nus sur le tapis. Son amie daigna lever le nez de son bouquin et de sa tranquillité, puis la considéra en silence.

— Allez, secoue-toi les chakras, Lola ! Ça va te faire un bien fou. Et ça pourrait même être bon pour tes insomnies.

— Ça risque plus de m'exciter qu'autre chose, jeune fille.

— Mais non, c'est quand tu donnes ce qu'il aime à ton corps qu'il accepte de te capituler.

— De *m'obéir*, tu veux dire ?

— Arrête ton bla-bla et viens ballotter avec moi.

L'ex-commissaire se fit encore un peu désirer, puis céda et la rejoignit sur le *dancefloor* improvisé. Il ne fallait pas se fier à son physique assez volumineux ; Lola était comme ces redoutables mamas africaines certes bien enveloppées, mais fermes et souples. Elle avait le sens du rythme et, bientôt, elle ondula de la croupe avec brio. En dix minutes, elle avait retrouvé sa jeunesse. Ça faisait plaisir à voir.

Ingrid se dit qu'en général c'était toujours elle qui entrait dans le monde de l'ex-commissaire. Afin de la seconder lors de ses « enquêtes improvisées », en fait des coups de pouce à des connaissances dans l'embarras.

Et si l'inverse pouvait s'envisager… ? *Pourquoi ne pas t'inviter dans mon univers, Lola ?* songea-t-elle.

Elle l'imagina, travestie en diva du disco, une coiffe digne du carnaval de Rio sur la tête et s'accordant voluptueusement aux pas des *boys* sur la scène du Calypso. Sûr que le public adorerait et lui ferait un accueil du tonnerre.

Oui, bon, il ne fallait pas rêver. Lola n'accepterait jamais de s'aventurer si loin de sa zone de confort.

La fête improvisée se poursuivit avec Elvis Costello, Blondie, David Bowie, Kate Bush et Fleetwood Mac. Puis le programmateur changea d'ambiance et passa à « Salya » de Touré Kunda, puis à « Set » de Youssou N'Dour. Mais Lola se révéla aussi motivée par la musique sénégalaise que par le reste.

Ça chaloupa et ça ondoya. Jusqu'à tard dans la nuit.

Même Le Guern vint s'offrir une petite gigue avant de ranger ses pinceaux et de rentrer chez lui.

Vers 1 heure du matin, on déclara forfait.

Cette feria donna une idée à Ingrid. Le capitaine Chauvigny colonisait ses pensées. Dans ce domaine aussi, il fallait ouvrir les possibles.

Affalée sur le canapé, en sueur et en joie, elle songea qu'on n'avait pas fini de danser.

*

Couchée sur son lit et dans une obscurité chatouillée par les rayons lunaires, le regard fixé sur les ombres des moulures du plafond, Lola souriait toute seule. Ingrid avait raison, son corps était content. Dommage qu'il ne lui ait pas confié plus tôt sa nostalgie des danses de sa jeunesse. Ah, il y aurait eu des hommages à rendre à Chaka Khan, Michael Jackson ou au groupe Chic. Des ambianceurs de génie, des fabricants de bonheur, le sel de la terre. Dès les premières notes de n'importe laquelle de leurs compositions, la transe s'emparait de vous. Bonne humeur garantie.

Bon, mais avec cette agitation, le sommeil me nargue depuis une rive éloignée...

Or, il fallait être en forme. Ce qui se tramait dans cette portion du Finistère sud excitait son cerveau chaque seconde un peu plus. Le match qu'elle comptait gagner contre Chauvigny s'annonçait de première classe. Son flair d'ex-flic ne la trompait jamais.

Oui, il fallait être vaillante. Et pour cela, dormir.

Dormir.

Allongeant et approfondissant sa respiration, elle essaya de faire le vide dans son esprit. Mais bientôt, Le Guern y pénétra sans autorisation. Il s'était montré très en verve tantôt. Trop. Une fois imbibé, il avait abandonné le sujet qui intéressait vraiment Lola pour l'entraîner dans les légendes locales : une galerie garnie d'épaisses fougères et peuplée de créatures bigarrées.

Il lui avait raconté les Gras, « Meurlarjez » en breton. Natif de Douarnenez, l'artisan n'ignorait rien de cette fête de quatre jours ponctuée de bals et de carnavals. Durant le premier, on intronisait un roi, Den Paolig. Durant le dernier, on décrétait sa mort par le feu. Sa crémation se déroulait dans le vieux port pour le plus grand plaisir d'une foule costumée. Seule maîtresse de cérémonie, l'anarchie. Aucun thème imposé, les déguisements les plus disparates se mêlaient. Le point d'orgue était le « mariage masculin » : la mariée se devait d'être un travelo. Sur le coup, Lola avait imaginé Le Guern doté de faux seins, en robe blanche froufroutante à traîne, flanqué de joyeux damoiseaux d'honneur.

En cet instant même, épouvantail fantomatique et ridicule, il se trémoussait sous ses yeux. *Il va s'éterniser*, redouta Lola. Si la malchance s'acharnait, les heures sans sommeil s'égrèneraient en sa compagnie.

Au cœur de la nuit, un miracle se produisit.

Il commença par un clapotement. Qui s'intensifia. Les feuillages devinrent des cymbales, les ardoises du toit des peaux de tambour, les murs des maracas, le vieil abreuvoir en étain un steeldrum.

La pluie.

Une pluie ronde, généreuse, salvatrice rinçait le monde, berçant les oubliés du sommeil, apaisant les consciences en feu.

Elle s'amplifia. Des cascatelles tombèrent du ciel invisible tandis que des fragrances envoûtantes décollaient des ramures, des arbres, des feuillages, des sillons et des ornières pour onduler à travers les lattes des volets.

Et venir jusqu'à moi.

Lola poussa un profond soupir. Elle connaissait le pouvoir de la pluie à la campagne. À Paris, elle claquait sur des obstacles trop proches et en surnombre, luttait contre des carrosseries teigneuses, faisait remonter des odeurs de poussière et de fatigue.

Ici, rien à voir. Les ondées étaient des alliées.

Le sommeil n'avait qu'à bien se tenir.

Plus besoin de l'attendre en feignant de ne pas l'attendre…

7.

Vendredi 4 novembre
Campagne de Quimper

Lola se réveilla enroulée dans sa couette et dans la béatitude. Elle avait dormi comme une souche. À quand remontait la dernière fois qu'elle avait savouré pareille sensation ? Impossible à déterminer ; si le souvenir existait, il était coincé dans les méandres de sa mémoire.

Elle s'étonna de trouver la cuisine vide. Une assiette et une cuillère cohabitaient dans l'égouttoir à côté de l'évier. Ingrid avait déjà expédié son petit déjeuner.

Une exploration rapide du placard aboutit à la découverte d'un paquet de flocons d'avoine entamé. Dans le réfrigérateur, une bouteille suspecte. Lola l'ausculta. Du kombucha. Une boisson trouble, gorgée de bactéries et autres levures louches qu'Ingrid avait adoptée avec passion. Elle en vantait les mérites dans un style frisant le lobbyisme : « Essaie donc, Lola, c'est bon pour la digestion et contre l'insomnie ! »

Jamais je n'ingurgiterai pareille purge, pensa-t-elle. Son projet était plus luxuriant. Elle s'accorderait de généreuses tartines au beurre salé et à la confiture rhubarbe-framboise.

D'ailleurs, ça urge, j'ai une faim de louve !

Elle dut se contenter de café instantané, on n'avait pas encore eu le temps d'acheter une cafetière digne de ce nom.

Une fois sustentée, elle s'aventura dans le jardin. Le ciel lavé étalait des aplats bleu doux entre les cimes bruissant sous un vent timide. La moto patientait, son side-car bouclé pour la nuit, et quelques gouttelettes brillaient sur la peau de cuir et l'armure de métal. Ingrid se trouvait donc dans les parages.

Lola s'avança sur la courte allée de pavés gris entrecoupés de mottes de mousse, une tasse entre les mains. Une humidité veloutée lui chatouilla les narines. La pluie avait même réussi à noyer l'odeur de brûlé, et tiré les escargots de leurs cachettes. Ils étaient quelques-uns à cheminer sur la pierre en abandonnant derrière eux de fragiles traînées de bave scintillante.

Elle s'offrit deux inspirations à pleins poumons. Quelle atmosphère de toute première qualité ! À des années-lumière des pestilences qu'on respirait à Paris.

Elle se revit confinée dans son appartement de la rue de l'Échiquier, après que la Covid avait renoncé à la tuer. Depuis sa fenêtre, elle savourait un plaisir inédit : respirer de l'air pur. En six décennies, jamais elle n'avait connu pareille expérience. Libérée de ses véhicules à moteur, la capitale embaumait et pépiait à plein volume : le peuple des oiseaux semblait avoir doublé. Merles, rouges-queues, étourneaux, mésanges chantaient leur joie.

Et justement, en parlant de chant, ici, une mélodie concurrençait la brise. Elle était aussi légère. Guidée par son ouïe, Lola découvrit une scène intéressante. Vêtue en tout et pour tout d'une camisole et d'un slip noirs, Ingrid narguait le froid et se contorsionnait au rythme de la chanson émergeant de son smartphone posé sur une pierre plate. Marvin Gaye, « What's Going On ». La belle fouettait le vide au moyen d'un accessoire assorti à sa petite tenue. Une sorte de long bâton maigre qui lui donnait l'allure d'une majorette gothique.

— Tu t'entraînes pour ton prochain show ? demanda Lola.

Ingrid virevolta, lui sourit et baissa les bras. Ce qu'elle empoignait n'était pas un bâton de majorette mais sa matraque télescopique. Lola savait qu'elle l'avait achetée après s'être fait agresser une nuit où, de retour de Pigalle, elle garait sa moto dans un parking de son quartier. Elle avait vaincu son assaillant à coups de casque de moto et grâce à sa maîtrise du taekwondo, mais ça avait été une épreuve stressante.

— Dis-moi ce que tu en penses, Lola. Les *boys* seront des cambrioleurs masqués en polos rayés. Moi, je jouerai la flic dans une combi en cuir moulé. J'ai eu l'idée avant notre départ de Paris. Du coup, j'ai glissé la matraque dans mes bagages.

S'ensuivit une démonstration.

Ingrid commença par faire rapetisser son ustensile couleur d'ébène. Puis, campée sur ses longues jambes d'amazone, elle prit un air farouche et, d'un geste sec du poignet, le déploya. La matraque avait produit un *schlac* énergique ; Ingrid se lança dans un ballet tout aussi hardi. Les arabesques, tantôt gracieuses tantôt voluptueuses, s'enchaînèrent jusqu'au terme de la chanson.

— Alors ? Tu aimes ?

— J'imagine que tu tiens quelque chose. Ça envoie bien.

— *Really ?*

— Mon avis en matière de chorégraphie n'est pas forcément pertinent.

— Mais si ! Tu es de bonne recommandation.

— *De bon conseil.*

— OK.

Un bruit de camionnette interrompit leur conversation.

— Le Guern à l'approche, diagnostiqua Lola.

— Cet homme est un puits à *stories*. J'ai adoré celle de

l'Ankou ! Je pourrais inventer une chorégraphie géniale avec ça !

Ingrid évoquait la personnification de la mort, dans sa version bretonne. Squelette équipé d'un chapeau à rubans, l'Ankou moissonnait les vies à la faux et transportait les âmes en charrette attelée à un cheval blanc. Une bête spectrale, au diapason de son propriétaire.

Ingrid aimait qu'Éros rencontre Thanatos. Nul doute qu'elle parviendrait à enfiévrer le public du Calypso avec une danse aussi macabre que sexy.

— En attendant, si tu ne veux pas qu'il nous fasse une crise cardiaque, je te conseille de filer t'habiller.

Sa sémillante copine lui décocha un nouveau sourire et piqua un sprint vers la maison en évitant soigneusement les escargots.

Lola suivit le mouvement. Au passage, elle récolta les gastéropodes pour les verser dans l'herbe. Autant leur épargner de périr sous les lourds godillots de Le Guern.

*

Banlieue de Quimper, siège de l'entreprise Animax

De retour d'un agréable déjeuner dans un délicieux restaurant végétarien avec un investisseur potentiel très intéressé par le boum de la viande synthétique, Laurent Danglois se sentait d'excellente humeur. Il gara sa Tesla sur sa place réservée et s'étira en observant l'horizon. Le ciel avait retrouvé des couleurs encourageantes.

Il enfila la veste de son costume Paul Smith, saisit sa besace en tissu plastifié à pois signée Yayoi Kusama et s'avança vers le bâtiment ultramoderne abritant sa start-up.

Comme d'habitude, il apprécia l'ambiance qui frappait le visiteur dès le passage du portail automatique en verre gravé. Elle mettait ses employés dans un état d'esprit zen et véhiculait une image très positive aux yeux de quiconque pénétrait pour la première fois dans les locaux d'Animax. Les architectes avaient su traduire à la perfection la conception que Danglois se faisait du siège social idéal.

Dans l'esprit du public, le steak de labo était sinon encore une réalité, du moins déjà une sorte de menace. Sans doute celle d'un futur effrayant, hygiénique à l'excès et dépourvu de plaisir. Tout devait être pensé pour contrer ces idées reçues et faire comprendre au plus grand nombre que ce type de viande serait l'un des moyens de sauver la planète.

Il salua ses deux réceptionnistes, puis jeta un coup d'œil à l'immense toile qui décorait le hall : l'œuvre d'un collectif quimpérois. Une multitude d'animaux divers s'ébattaient sans crainte dans une nature préservée et dans un savant mélange de tons pastel et de couleurs chaudes. Les artistes avaient magnifiquement exprimé l'idée d'un écosystème où le massacre et l'exploitation des animaux ne seraient plus que la marque d'un lointain passé.

La cabine d'ascenseur l'enroba dans une musique électronique évoquant un ruisseau limpide, puis l'emmena en douceur jusqu'au troisième et dernier étage. Il échangea encore de brèves salutations feutrées avec quelques employés, puis pénétra dans son vaste bureau. La baie occupant tout un pan de mur offrait un panorama bluffant.

Il goûta un instant la vue, se cala sur le ballon Pilates qui lui tenait lieu de siège ergonomique, sortit son ordinateur ultraplat de son sac japonais, l'alluma et consulta les infos. Ce matin, après sa séance de yoga avec son coach personnel, Danglois n'avait pas voulu se connecter trop vite au tumulte du monde. Ensuite, il y avait eu ces réunions sur Zoom avec ses partenaires coréens, puis avec un industriel allemand désireux d'élargir ses horizons et rêvant de créer des saucisses synthétiques aussi goûteuses que celles de Francfort.

Danglois fut ravi de constater que l'article des *Échos*

sur le marché du lait végétal et de la viande synthétique était sorti dans l'édition numérique. Le journaliste l'avait interviewé la semaine précédente à ce sujet. Il rappelait que, fin 2020, Singapour avait autorisé la commercialisation de nuggets de viande de poulet produite *in vitro* par culture de cellules souches prélevées sur des animaux. D'après lui, le secteur « enflammait les investisseurs ».

Danglois, fier d'avoir été sélectionné par le journaliste pour représenter la filière française, constata avec plaisir que ses propos avaient été fidèlement retranscrits : « Animax vient de déposer une offre d'introduction en Bourse pour lever des investissements. Notre technique d'impression en 3D de viande de culture est une petite révolution qui séduit de plus en plus ! En période de grande inquiétude liée au réchauffement climatique, il est par exemple rassurant de savoir que la viande créée en labo sera un jour un excellent substitut à la viande de bœuf. Fini la production de méthane par les ruminants ! »

Il poursuivit sa lecture et découvrit que Leonardo DiCaprio était cité. L'acteur américain s'alliait à deux start-up produisant de la viande synthétique, l'une israélienne, l'autre néerlandaise. Il avait décidé d'investir dans leur projet et confirmait ainsi son engagement écologique.

Danglois pivota sur son ballon Pilates et laissa son regard embrasser les contours de Quimper. La ville se dévoilait dans de subtils tons bleus et mauves. Il songea qu'il aimerait qu'Animax trouve son DiCaprio hexagonal. Il y avait bien un acteur de renom en France qui accepterait de soutenir leur action et de prêter son image à leur essor.

Il se redressa soudain sur son gymball. *Mais oui ! C'est une idée géniale que je viens d'avoir !*

Ses réflexions furent interrompues par des coups frappés à la porte. Elle s'ouvrit avant qu'il ait répondu.

Danglois ne fut pas étonné de voir apparaître Max Doutermans. Son jeune conseiller mesurait environ un mètre soixante-cinq, mais son petit gabarit n'altérait en rien son autorité naturelle. Dans l'équipe, en dehors de lui, personne ne s'autorisait des entrées si cavalières. Ses visites étaient d'ailleurs toujours fructueuses : Max veillait avec férocité à la réputation d'Animax et ne laissait rien au hasard. Dans son dos, les employés de la start-up le surnommaient avec humour « Max Doberman ». Sobriquet assorti non seulement à son nom mais aussi à sa courte crinière noire, à son corps sec et à son tempérament teigneux.

En attendant, gardant plutôt un silence de carpe que de carnassier, Doutermans agitait son smartphone : sa façon de faire comprendre à Danglois qu'il devait lui remettre le sien. En prime, il exigea son ordinateur portable.

Max déposa ce butin dans le coffre insonorisé qu'il avait eu l'idée de faire installer lorsque l'équipe avait pris possession des lieux. Selon lui, on n'était jamais assez prudent. Les discussions délicates devaient échapper aux oreilles fureteuses de l'Alexa de Google ou d'une quelconque intelligence artificielle.

— Qu'est-ce qui se passe, Max ?

— On est mal, Laurent. Tu as vu les *news* ?

— Je n'ai lu que des nouvelles satisfaisantes… L'article dans *Les Échos* est top !

— Bon, écoute. J'ai trois mots à te glisser, aussi agréables que des hémorroïdes.

Pour une raison mystérieuse, le diplômé d'HEC appréciait les expressions décalées et les ambiances anales. Il marqua un temps d'arrêt, fit durer le suspense. Danglois déclara forfait en haussant les épaules.

— La Tribu rouge, reprit Max.

— Qu'est-ce qui leur arrive ?

— Eux, je ne sais pas. Mais nous, on l'a dans le fion. Je t'avais pourtant dit qu'il fallait y aller mollo avec ces gens. Si ça n'avait tenu qu'à moi, on aurait gardé nos distances…

Danglois n'avait jamais tiqué face au franc-parler de

son conseiller, même s'il aurait préféré l'entendre employer un vocabulaire un peu moins offensif. Lequel tranchait avec ses tenues élégantes, voire apprêtées. Aujourd'hui, une chemise à fleurs, un gilet de costume à motifs chevrons, un jean bleu noir étroit et court, et des boots en plastique d'inspiration Dr. Martens. D'inspiration seulement, le cuir étant prohibé chez Animax.

Max ou le collaborateur indispensable. Au sein de l'entreprise, il jouait le rôle de fourmi ouvrière, d'empêcheur de penser en rond et d'exterminateur d'enquiquinements. Accessoirement, il gérait la com.

— Ils n'ont rien trouvé de mieux que de faire cramer une ferme-usine locale, reprit-il.

— Ah oui, quand même.

Max donna des détails. Danglois apprit que la ferme en question était celle d'un partenaire commercial de Bertrand Kernec. Il sourit intérieurement du sérieux revers que son rival le P-DG de Poulets Dorés encaissait là. Ça lui apprendrait à se répandre dans les médias au sujet du « fantasme » que représentait selon lui la viande synthétique. Leur débat corsé dans les locaux de France 3 Bretagne restait en travers de la gorge de Danglois : Kernec l'avait pris de haut. De plus, Danglois n'avait rien oublié de la dernière interview du roi du poulet dégueu au *Télégramme* : « Le steak artificiel est un produit de luxe qui ne permettra jamais de nourrir la population mondiale. Et on se berce d'illusions en parlant de protection de la planète. Les incubateurs nécessaires à la production de viande *in vitro* consomment plus d'énergie carbonée que l'élevage classique… »

Et bla-bla-bla, cause toujours mon Kernec, tu n'es qu'un bon gros beauf, se répéta Danglois comme une comptine apaisante.

Max continuait sur sa lancée. Il précisa que ces militants étant montés en puissance en un rien de temps. On pouvait s'attendre à une « trajectoire ascendante ».

— En fait, c'est parti en vrille dès le début avec la

Tribu rouge. Quand ils ont bousillé leur première boucherie. Pour soutenir la cause animale, tu aurais dû miser sur les gentils.

— Les gentils ?

— Ceux qui se contentent d'agiter des tracts. Ou de mimer des massacres en abattoir en se couvrant de ketchup. La Tribu rouge, c'est une bande d'excités du bocal. Leur message de revendication de l'incendie est bien écrit, mais ça schlingue la radicalisation à plein nez, si tu veux mon avis.

Max se cala enfin dans le fauteuil qui faisait face au bureau, croisa les bras et attendit la réaction de son boss.

Danglois réfléchissait. Son conseiller marquait un point. Jusque-là, les vidéos clandestines dans les abattoirs et les manifestations diverses mais pacifiques avaient eu un côté couillu et médiatiquement efficace pour alimenter le procès contre la filière viande et, *a contrario*, faire avancer la cause de la viande synthétique. Cette fois, Puma et ses copains avaient dépassé les bornes. La note de la destruction de cette grosse ferme devait être salée.

Pour seule réponse, il fit une moue. Le silence s'épaississait. Max, impatient, le rompit :

— Bref, si le lien entre Animax et la Tribu rouge est découvert, notre image en prendra un sérieux coup. Exact ?

— Exact.

Danglois laissa son imagination déborder. Le DiCaprio français entra dans son bureau. Et déclara que non, finalement, il ne soutiendrait pas Animax. Une start-up certes prometteuse, mais qui frayait avec des personnes infréquentables.

Il revint à la réalité. Détricoter les liens problématiques n'avait rien de trivial. Ce type qui se faisait appeler « Puma », il le connaissait depuis la fac. À l'époque, ils ne se fréquentaient pas, mais ils se croisaient aux mêmes meetings écologistes et, quand le hasard les avait remis en présence, Danglois était allé naturellement vers lui.

Ils avaient refait le monde dans un bar à chicha du centre-ville. Le militant était un gars intelligent et inoffensif, un idéaliste.

— Bon, tu as une idée, Max ?

— Pour le moment, j'ai surtout des inquiétudes. Et c'est dommage, car j'avais bien balisé le terrain.

— C'est-à-dire ?

— J'ai toujours veillé à ce que tes largesses vis-à-vis de la Tribu rouge ne soient pas traçables.

— Bien vu.

— J'ai aussi bu un tas de coups avec un tas de gens pour vérifier s'ils savaient ou pas quelque chose à ce sujet…

— Et ?

— Tu es sûr que tu n'as pas été un peu trop causant avec Gisèle ?

Gisèle Tanguivieux. La star locale de l'agribashing. Danglois avait eu une courte liaison avec elle. Un moment agréable. Mais, au bout du compte, une erreur. Gisèle n'avait aucune idée de ce que pouvait être une relation *relax*. Elle lui en voulait à mort de l'avoir quittée. Sous ses dehors décontractés, elle était passionnée et vindicative. Et cette pénible situation, Danglois ne l'avait pas vue venir.

Il essaya de se souvenir. Avait-il confié à Gisèle son lien avec Puma ? En tout cas, les soupçons de Max la concernant se justifiaient peut-être. L'emmerdeuse sentimentale se doublait d'une journaliste efficace.

— Franchement, je n'en suis pas sûr.

— Fais un effort, Laurent.

— Non, vraiment. C'est loin, cette histoire avec Gisèle.

— Autre chose. Un mec qui se fait appeler « Vali », ça te parle ?

— Non, pourquoi ?

— Aux dernières nouvelles, il fait partie de la bande de Puma.

— Moi, je ne connais *que* Puma.

— Tu sais son vrai nom ?

— Je ne le connaissais déjà pas du temps où on était étudiants… Et quand on s'est revus, il a préféré garder l'anonymat.

— D'accord, j'ai compris. Il va falloir que je m'en occupe.

Danglois haussa encore les épaules. Que ferait-il sans son brave doberman à chemise à fleurs ?

— Oui, c'est ça, occupe-t'en.

— Compte sur moi.

— Tu veux un lait de soja à la vanille ?

— Non, merci.

8.

Le même jour
Quimper

En fin de journée, Chauvigny et ses hommes faisaient le point dans le bureau du commandant. Le groupuscule avait laissé des traces de bottes. On évaluait leur nombre à cinq individus, dont une femme vu la taille de l'une des empreintes. Lors de leur deuxième attentat, contre une boucherie du quartier des Beaux-Arts, les caméras de surveillance avaient filmé un quatuor cagoulé. La Tribu rouge s'était manifestement adjoint un membre supplémentaire. Un recrutement agitait parfois les langues. On travaillait les indics.

— Au fait, Baz, tu en es où avec l'artisan qui devait installer la vidéosurveillance chez Monier ?

— *A priori*, il dit la vérité. L'installation n'a pas pu se faire pour une histoire de délai de livraison. J'ai vérifié.

— Pourquoi la ferme de Morgan Monier plutôt qu'une autre, à ton avis ?

— Radio Breizh 43 a consacré une émission à l'agrandissement de son exploitation au moment des travaux.

— Ça a dû mettre la puce à l'oreille aux opposants. Oui, logique.

— D'ailleurs, la journaliste en question rôdait là, hier. Monier l'a envoyée paître.

— Gisèle Tanguivieux ? (Chauvigny hocha la tête.) Une pasionaria de la lutte contre l'agriculture et l'élevage intensifs. On a un volumineux dossier sur elle. Carrément du Balzac !

— Je sais, je l'ai consulté. On creuse aussi de ce côté-là. Son véhicule a été saccagé par des inconnus. Dans la nuit de mercredi à jeudi.

— Tu me la gardes à l'œil, Baz.

Gisèle Tanguivieux avait semblé réglo et raisonnable à Chauvigny. Il la voyait mal soutenir et aider des extrémistes, même si certains éleveurs restaient persuadés qu'elle ne cherchait qu'à leur nuire.

En tout cas, concentrée sur les événements récents, Tanguivieux en avait oublié de porter plainte au sujet de sa voiture ensevelie sous le purin. Sa conversation musclée avec le fermier Monier avait au moins révélé cet incident au capitaine.

Chauvigny quitta les bureaux et prit la direction de la caserne. Les lumières ponctuaient la façade de l'immeuble de cinq étages ; l'heure du dîner approchait, mais une bande d'ados jouait encore au foot dans la cour. Ici, la plupart des gendarmes avaient des enfants et, chaque matin, une petite commotion agitait l'endroit au moment du départ pour les écoles du coin. Passé trente ans, un gendarme normal était un gendarme casé. Chauvigny n'avait eu droit à aucune question quant à son statut marital, mais il voyait bien que ses collègues et leurs épouses se questionnaient.

L'obligation de la « normalité familiale » constituait l'unique élément qui le gênait dans ce milieu militaire. Mais que se serait-il passé s'il avait importé Héloïse, ses coups de gueule, ses crises existentielles et sa sensualité atomique dans le Finistère ? Il sourit en imaginant le chaos qu'elle aurait semé.

Il mit un plat congelé au four et s'accorda un ti-punch. Sa seule préparation avait le don de le délasser. Il trancha un citron vert, respira son arôme subtil, le pressa et versa son jus dans un large verre carré. Une giclée de sirop de canne à sucre, une sérieuse rasade d'un rhum guadeloupéen de première classe, quelques glaçons. Simple et efficace.

Il frotta le verre empli du liquide mordoré sur sa joue droite, appréciant la légère morsure du froid, puis s'installa sur son canapé.

Mais à peine la première gorgée avalée, il songea à son enquête. Sa plus grosse affaire depuis son arrivée ; il avait intérêt à assurer. Son commandant l'avait à la bonne et lui servait du « Baz » à tour de bras, mais, du côté de son supérieur en région parisienne, c'était une autre ambiance.

Chauvigny n'avait pas oublié leur première discussion dans les locaux de la cellule Demeter. À cette époque, son responsable surveillait son langage : « On agit dans un domaine très politique, capitaine Chauvigny. Des agriculteurs et des éleveurs mécontents, ça bloque les routes, ça brûle du fast-food, ça fait dans l'épandage de fumier et de foin devant les préfectures, ça excite les journalistes, le tout en conservant la sympathie du public. Contrairement aux ouvriers, ils ne peuvent pas se mettre en grève, ils font donc dans l'action choc, rapide et imaginative. Et je ne vous apprends pas que la Bretagne est une région hautement inflammable. Or, ici plus qu'ailleurs, le diable est dans les détails. Vous intervenez sur le terrain pour vos enquêtes, d'accord, mais moi, ce qui m'intéresse vraiment, c'est la guerre de l'information. Je veux savoir tout ce qui se passe. Pour qu'on puisse jouer les extincteurs *avant* que ça n'arrive. Alors, ne me laissez jamais en rade. Mesurez les enjeux ! »

Une fois en poste, Chauvigny les avait vite compris, ces enjeux. Les éleveurs menacés comme Monier reprochaient aux gendarmes de traîner. Quant aux associations écologistes, elles les accusaient d'être instrumentalisés par les pouvoirs publics pour espionner la contestation et noyer les critiques contre le modèle agricole dominant. Cela s'appelait être coincé entre le marteau et l'enclume. Dans un tel contexte, certes, personne dans la cellule Demeter n'avait droit à l'erreur.

Et moi qui suis le dernier arrivé encore moins.

Il avala une autre gorgée de ti-punch et se rendit compte que ses pensées rôdaient toujours du côté de la ferme-usine carbonisée. Ça n'avait rien à voir avec l'enquête, cette fois. Il revoyait l'Américaine. « Et vous, vous êtes armoricain ? » Elle s'était tranquillement payé sa tête. Alors que ni le lieu ni le moment ne s'y prêtaient. Elle avait réussi à le surprendre.

Spectaculaire, mais pas du genre à en faire tout un plat, elle dégageait une fraîcheur singulière. Il la googla.

Ingrid Diesel tenait un salon de massage passage du Désir, dans le dixième arrondissement de Paris. Californien, shiatsu, balinais, suédois, thaï, la belle faisait dans la polyvalence. Son site bilingue annonçait qu'elle avait étudié ces techniques au fil de ses voyages. Des photos la montraient sous pas mal de latitudes, toujours avec le même sourire craquant. Un temps, elle avait eu les cheveux très courts, à la Annie Lennox ou à la Jean Seberg. Sa longue toison blonde actuelle était un atout supplémentaire.

Il fallait bien l'admettre, cette Américano-Parisienne au patronyme improbable avait du charme.

Le téléphone sonna. Allait-on lui annoncer une nouvelle catastrophe ?

Le standardiste. La gendarmerie venait de recevoir un coup de téléphone d'une femme qui semblait nerveuse. Elle avait raccroché avant d'avoir précisé la raison de son appel.

— Vous ne lui avez pas demandé son nom ?

— Si. Mais elle n'a pas voulu me le dire.

— Elle voulait *me* parler ?

— Non, mais ensuite, quand j'ai vérifié, j'ai vu que

l'appel provenait de l'entreprise Poulets Dorés. La filière viande, c'est vous, capitaine…

Eh oui, la filière viande, c'est moi. L'affirmation n'avait rien de franchement poétique, mais elle n'était pas contestable. Chauvigny regarda la pendule : 20 h 40. Normalement, les salariés ne se baladaient pas dans les locaux de leur entreprise après 19 heures. Que se passait-il à Poulets Dorés ?

Il appela le standard. La sonnerie s'échina un moment avant que quelqu'un se décidât à répondre. Et ce quelqu'un se révéla être Kernec en personne, le P-DG de la boîte.

*

Bertrand Kernec écouta le capitaine Chauvigny sans paraître le moins du monde déstabilisé. Il répondit qu'il pensait bien être seul dans les bureaux mais en fit quand même le tour, le sans-fil collé à l'oreille, pour le lui confirmer. Aucune de ses collaboratrices n'avait l'habitude de travailler tard le soir. Aucune non plus n'avait mentionné un souci quelconque.

— J'ai préféré vous alerter, insista le capitaine. Après l'incendie de la ferme-usine, on se doit d'être vigilant. Le moindre problème peut devenir important…

— Bien sûr, et vous avez bien fait. Ce qui est arrivé à Morgan Monier est tragique, mais il n'y a rien à signaler de notre côté. Dieu merci. Comme je vous l'ai dit, nous n'avons reçu aucune menace…

— Monier n'en avait pas reçu non plus avant l'attentat…

— C'est vrai, mais chez Poulets Dorés, nous avons des gardiens et des caméras.

Le gendarme lui fit encore quelques recommandations ; Kernec l'assura qu'il redoublerait de prudence, puis raccrocha.

Le P-DG croisa les mains sur son ventre et fit pivoter

son siège ergonomique de droite à gauche. Il savait qui avait appelé la gendarmerie. Une femme du genre méticuleux, consciencieux et dévoué. Et aussi du genre à ne plus pouvoir garder un secret étouffant bien longtemps.

Il fallait prendre une décision. Ce n'était pas de gaieté de cœur, loin de là. Jusque-là, il avait retardé l'échéance. Une erreur.

Il écouta. Quand les machines se taisaient, un lourd manteau de silence recouvrait le site. C'était ce qu'il appréciait ici autrefois. Il aimait s'attarder dans les bureaux de son entreprise pour réfléchir, trouver de nouvelles idées.

Mais ça, c'était avant.

Il saisit son smartphone, consulta le répertoire et appela l'un de ses contacts. L'annonce du répondeur résonna à son oreille. Il hésita encore quelques secondes, puis se décida. Il laissa un message concis, raccrocha. Sa main droite tremblait. Il la tendit vers le bar et se servit un scotch, qu'il avala cul sec.

L'alcool ne lui fit aucun bien.

9.

Le même soir
Environs de Quimper

Ce chemin familier, combien de fois l'avait-elle emprunté ? Des milliers. La brume montait des champs, débordait jusque sur la route et floutait la lune. On n'y voyait pas grand-chose, mais sa voiture la ramenait chez elle comme en pilote automatique.

Malgré le chauffage, elle frissonnait. La nuit était humide et triste. La pluie menaçait.

Elle s'imagina dans son antre, pelotonnée sur son canapé devant son jeu vidéo favori. Chaque soir, elle endossait le rôle de la fille du dieu d'Outramondo. Elle luttait contre des monstres et s'alliait à des divinités dans le but de découvrir l'identité des comploteurs convoitant le royaume familial, celui des morts. Un jeu immersif qui était son seul moyen de décompression.

Quoique… Ça ne fonctionnerait peut-être pas ce soir.

Avait-elle commis une erreur en raccrochant au nez de ce standardiste ? Et si elle faisait demi-tour pour se rendre à la gendarmerie ?

Mais le risque était gros. Elle pouvait perdre ce qu'elle avait eu tant de mal à construire.

Pour la première fois de sa vie, elle ne savait plus à

quoi s'en tenir. Jamais elle n'aurait dû accepter de jouer à ce jeu. Un jeu dans le monde réel, celui-là.

En attendant, il fallait qu'elle trouve une solution. Et dans son entourage, elle ne voyait personne à qui se confier.

L'averse éclata. Subite et violente, une gifle sans sommation. Les salves ravagèrent le pare-brise.

Vite, elle actionna les essuie-glaces, qui grincèrent lamentablement et au ralenti. Comment rentrer chez elle dans cette tourmente ?

La route virait à l'épais rideau grisâtre ; les gouttes, grosses comme des œufs de caille, pilonnaient la carrosserie et les pneus patinaient sur un ruban liquide. Elle ralentit et approcha son visage au plus près du pare-brise. La campagne se métamorphosait en une masse indistincte.

Elle écarquilla les yeux.

Là, devant elle, une forme humaine.

Cette silhouette avait une capuche pointue, qui lui donnait l'allure d'un cinglé du Ku Klux Klan.

Elle écrasa la pédale de frein.

Sa voiture dérapa, puis s'immobilisa au ras des ornières. Sa tête heurta le volant. Le goût métallique du sang empoissa sa bouche. Elle s'était mordu la lèvre sous le choc. Le moteur tournait toujours.

Étourdie, elle mit quelques secondes à se redresser et à identifier ce qui se dessinait dans la lumière de ses phares.

Un corps. Affalé sur la chaussée mitraillée par la pluie.

Elle s'affola. Avait-elle heurté un passant ? Impossible. Elle aurait ressenti une secousse.

Elle ouvrit la portière. Son imper encaissa les trombes d'eau.

Le vent mugissait, lugubre. Le ciel pleurait son désespoir sur les champs noirs.

En ciré blanc, pantalon de jogging et grosses chaussures d'ouvrier de chantier, l'homme demeurait inerte, la tête dissimulée sous la capuche relevée. Cette capuche que son imagination lui avait fait paraître volumineuse.

Venait-elle de l'entendre gémir de douleur ? Son cœur bondit dans sa poitrine. Il était probablement très mal en point. *À cause de moi…* Elle s'approcha et s'accroupit pour lui toucher l'épaule.

Un étau se resserra sur sa cheville droite.

Elle voulut hurler mais la pluie noya sa bouche. Elle cracha, tenta de reculer. L'homme, agrippé à sa cheville, la serrait dans son poing comme un forcené. *Qu'est-ce que tu me veux ?!* Elle paniqua. Imagina qu'il allait l'éventrer à coups de couteau avant d'abandonner son cadavre dans un champ. *Je suis piégée. Il est là pour me faire taire…*

Il tourna la tête. Elle essuya l'eau qui lui brouillait la vue. Le reconnut.

Le père Mathieu.

Ce soûlard avait encore pris une cuite de compétition et divaguait en pleine campagne. Où elle avait failli le renverser. Des sentiments mêlés l'assaillirent : soulagement, colère, frustration et empathie. Elle ne pouvait pas le laisser sous le déluge. Il attraperait une pneumonie.

Après bien des efforts, elle réussit à l'empoigner sous les bras et l'installa dans sa voiture. Il s'affala sur le siège arrière ; elle pria le ciel pour qu'il n'y vomît pas tripes et boyaux.

Elle reprit la route et entama un détour en direction de la ferme du vieux.

Arrivée sur place, elle la découvrit plongée dans l'obscurité. Rien d'étonnant. Le père Mathieu vivait là depuis toujours, et seul. Avec bien du mal, elle le fit sortir. L'opération prit un temps infini sous l'averse qui continuait à tomber dru.

Elle fouilla les poches du ciré, trouva la clé, entra et tira le bonhomme jusque sur son canapé. Elle lui enleva ses vêtements détrempés. Quand il n'eut plus que son caleçon, elle le recouvrit d'une couverture qui traînait là et l'abandonna. Passant la porte, elle entendit ses ronflements déjà bien sonores.

Elle remonta à bord de sa voiture et reprit le chemin de son domicile en gardant la vitre ouverte malgré la pluie pour évacuer les remugles de vinasse. La vieillesse était vraiment un naufrage. Surtout quand on tanguait sur un océan de muscadet.

Une fois dans son quartier, elle apprécia l'ambiance familière. Ses plus proches voisins étaient chez eux, la lumière de leur salon brillait. Une vision paisible. Elle utilisa la télécommande pour ouvrir le portail en bois, puis la porte du garage.

L'odeur de sa maison la rassura. Dans le fond, elle s'affolait pour rien. L'épisode avec le père Mathieu lui avait remis la tête à l'endroit. Il y avait toujours plus à plaindre que soi-même et, pour trouver qui, inutile de chercher bien loin.

Après une soirée tranquille à explorer les labyrinthes d'Outramondo et une bonne nuit de sommeil, elle y verrait plus clair. Et puis son stage de formation allait démarrer. L'occasion de se changer les idées.

Mais, pour le moment, ses vêtements dégoulinaient sur le carrelage de l'entrée, ses cheveux en paquets devaient lui donner une allure d'épagneul épuisé et elle avait commencé à grelotter.

Elle allait s'offrir une douche bien chaude.

*

Quimper

Le capitaine Chauvigny décrocha le téléphone en s'attendant à un nouvel appel de la femme inconnue et stressée. Le standardiste lui annonça qu'effectivement une femme voulait lui parler, mais qu'il s'agissait cette fois d'une Américaine prénommée Ingrid. Elle avait laissé un 06.

Chauvigny le nota, hésita en se demandant ce qu'elle pouvait lui vouloir à une heure pareille, puis appela. Elle répondit dès la première sonnerie. Et lui expliqua qu'elle organisait en ce moment même « une exécution de crémaillère ». Et qu'il était invité. Sa voix pétillait sur un fond de conversations et de musique. Chauvigny ne fit aucune promesse qu'il ne pourrait pas tenir, lança quelques formules de politesse, puis raccrocha.

Il fit les cent pas dans son appartement. Puis il fonça prendre une douche, revêtit un polo noir et un jean assorti, récupéra une bouteille de rhum dans son placard et sortit de chez lui.

*

Aux environs de Quimper

Les yeux fermés, elle ronronnait de plaisir sous le jet brûlant. Ce qui lui rappela Carmino qui s'enroulait toujours autour de ses chevilles en émettant des *rourou* langoureux. Pour une fois, son chat ne lui avait pas fait la grâce de sa danse nocturne à son arrivée, peut-être rebuté par les litres d'eau qui dégoulinaient de sa maîtresse.

Elle avait monté la température de l'eau à un point tel que sa petite salle de bains était devenue une étuve opaque. On n'y voyait pas à deux mètres. Mais déjà la vapeur se dissipait.

Elle s'apprêta à sortir de la cabine de douche.

Et vit ce qu'elle n'avait aucune envie de voir.

Un homme. En tenue sombre. Debout dans l'embrasure de la porte. Le nez et la bouche mangés par un masque noir.

Une idiotie émergea à la surface de son esprit. Pour cacher sa terreur. *Il ressemble à une divinité d'Outramondo. Je suis dans mon jeu vidéo. Tout va bien…*

L'homme se rua sur elle.

*

Lola regardait Ingrid opérer. Du beau boulot.

L'amie américaine, en mode séductrice, expliquait à Chauvigny que la rénovation de sa maison avançait à un bon rythme. Elle n'hésita pas à parler bâche, carrelage et peinture inodore pendant quelques minutes, puis, sans façon, elle le prit par la main pour lui faire faire le tour de la propriétaire. Au cours de la soirée ils avaient déjà échangé des propos agréables sur leurs vies respectives. Le rhum qu'il lui avait offert avait été l'occasion d'expliquer qu'il avait vécu aux Antilles. Ingrid avait répondu qu'elle avait séjourné « un peu partout », mais qu'elle ne connaissait pas les Caraïbes françaises.

Elle avait réussi à lui extorquer son prénom : Basile. Il lui avait aussitôt proposé de l'appeler « Baz, comme tout le monde ». Déjà, ils se tutoyaient.

Lola se sentait admirative. Elles étaient arrivées la veille, mais Ingrid n'avait pas perdu de temps. Quelle brillante idée que cette pendaison de crémaillère impromptue ! Une excuse en béton pour inviter le capitaine chez elle avec naturel.

Il avait fallu ameuter le peu de monde qu'elles connaissaient. Rosie Monier et son compagnon participaient à la fête, ainsi qu'un petit groupe de leurs amis. Deux heures avant ça, Ingrid s'était démenée telle une diablesse pour remplir le réfrigérateur et concocter un buffet improvisé. Elle avait réussi son coup.

La bande-son pouvait être qualifiée d'impeccable. Pour le moment, on en était à « I'm So Excited » des Pointer Sisters. Une sélection concoctée par Ingrid, bien sûr. Les invités commençaient déjà à se trémousser.

Lola jeta un coup d'œil par la fenêtre. Plantés au milieu du jardin, équipés de crackers au soja et de boissons guadeloupéennes, Ingrid et Baz discutaient à bâtons rompus.

D'après leur *body language*, comme aurait dit la jeune Yankee, le courant passait très bien.

Lola s'offrit une troisième flûte de champagne et la leva en hommage à sa délicieuse et rouée amie. La citation de Paul Raynal lui allait à ravir : « Il ne suffit pas, pour être belle, d'être belle. »

10.

Samedi 5 novembre
Rive droite de l'Odet, à dix kilomètres de Quimper

Il s'éloignait sur le sentier, son cerf-volant en forme de papillon sous le bras.

« Balthazar en pétard ! Balthazar en pétard ! »

Les cris des autres résonnaient dans sa tête comme s'ils étaient toujours à ses côtés. Il trouva enfin quoi leur répondre – trop tard, dommage que, sur le moment, rien ne lui soit venu…

« Ouais, eh ben Balthazar, il en a marre de vous, les idiots… Il vous a assez vus, Balthazar… Tout ce que vous avez trouvé à faire, c'est de lui casser le cadeau de son père pour ses neuf ans… »

Voilà ce qu'il aurait dû leur dire. Et il aurait ajouté : « "En pétard", c'est des vieux mots, d'abord. Personne dit plus ça ! »

Son cerf-volant était si beau quand il voltigeait haut dans le ciel. Le plus bête et méchant du groupe avait voulu le faire voler. Résultat, le papillon noir, rose et bleu s'était écrasé sur un rocher avec un triste bruit. Les autres s'étaient mis à rigoler. Balthazar avait serré les dents et réussi à ne pas pleurer. Heureusement. Sinon, ils se seraient encore payé sa tête. Déjà qu'ils ne rataient pas une occasion de se moquer du métier de son papa : « Ha ! Ha ! Ton père, tout ce qu'il fait, c'est trancher de la bidoche avec un bonnet à douche sur le crâne ! »

« Tous des idiots… Et puis, ils étaient bien contents de manger des pilons de poulets ! Fallait que quelqu'un le fasse, ce travail… ! »

Son papa, lui, il saurait réparer son cerf-volant. Parce qu'il savait tout faire.

Comme pour le saluer, les barques amarrées le long de la rivière faisaient *cling cling* sur son passage. La forêt et les goélands le soutenaient aussi. Les arbres chantaient en douce avec l'aide du vent. Les oiseaux poussaient leurs cris pointus. Sur le sentier, les flaques copiaient les couleurs du ciel et des nuages. Balthazar essayait de ne pas marcher dedans pour garder propres ses baskets préférées.

Quand il releva la tête, il aperçut un drôle d'animal. Assez loin devant. On aurait dit qu'il pendait tête en bas, accroché par les pattes à la branche d'un pin. Ça lui fit penser à une lanterne à plumes.

Balthazar s'arrêta. C'était vraiment un très *grand* animal. Un corbeau à qui un chercheur aurait donné des vitamines depuis sa naissance ? Dans un laboratoire secret ?

Ou alors… une chauve-souris. Il avait lu qu'on surnommait certaines d'entre elles « vampires ». Elles étaient grosses parce que très bien nourries. Ces bêtes-là suçaient le sang des gens. En Asie, on en trouvait d'énormes, qui avaient la taille d'un enfant de douze ans.

Balthazar prit peur. Et si une chauve-souris vampire avait volé depuis un pays lointain jusque dans la baie de Quimper ? Et si elle le guettait pour aspirer tout son sang ?

Il partit à reculons. La bête bizarre ne bougeait toujours pas. Peut-être qu'elle ne l'avait pas repéré, finalement.

Un pas après l'autre. Doucement. Non, non, encore plus doucement.

Il se tordit le pied dans une flaque et poussa un cri. L'animal allait l'entendre. L'attaquer.

Dans son dos, des pas, puis des appels.

— Hé, Balthazar, qu'est-ce tu fabriques, mec ?

Il se retourna. Sur ses copains. Il lâcha un soupir.

— Je crois que j'ai vu une bête, dit-il en pointant le pin.

— Quelle bête ? demanda l'un de ses amis.

— Une chauve-souris.

— Berk, c'est dégueulasse, ça file le corona !

— Une chauve-souris ! Et pourquoi pas Batman pendant que t'y es ? pouffa le plus bête et méchant.

— Pourquoi tu dis ça ?

— Parce que c'est pas une chauve-souris.

— Comment tu le sais, d'abord ?

— Une chauve-souris, ça ressemble pas à ça, débile. Venez, on va voir !

— Eh, c'est peut-être dangereux ! s'énerva un autre.

— On n'y va pas ! brailla le plus jeune. T'es fou !

— Z'avez qu'à rester là, bande de blettes ! Moi, j'y vais !

Le bête et méchant s'avança sur le sentier. Les copains se jetèrent des regards hésitants, puis le suivirent.

Les jambes de Balthazar ramollissaient, des gargouillis lui remuaient le ventre, mais il ne leur montrerait pas sa peur. Pas question de flancher.

Et la bête bizarre, il l'avait vue le premier. Alors, il devait mener la troupe.

Il se força à courir, dépassa le meneur.

Il ralentit, plissa les yeux. La bête ne les avait pas entendus, elle dormait toujours.

Mais avançant encore, il avait l'impression que l'arbre venait à lui. On aurait dit que son tronc respirait, que ses épines gigotaient fort, relâchant au passage des gouttes de pluie, que ses branches s'étiraient comme des bras velus pour l'attraper entre leurs doigts crochus.

Le vent s'énervait. Il en avait après l'arbre, et l'animal qui l'habitait. Balthazar l'imagina s'écrabouillant sur le sentier avec un sale bruit. Un bruit de tomate géante pourrie.

Et puis, elle se relevait et fonçait sur lui, crocs en avant.

Il devait cacher sa trouille.

Il avala sa salive, mais ne ralentit pas cette fois. Après tout, il n'était pas seul. Personne ne pipait mot dans la troupe, mais ça suivait.

Voilà, maintenant, ils étaient tout près.

Balthazar regarda mieux.

Pilant sur place, il lâcha son cerf-volant. Et sentit le garçon derrière lui se cogner contre son dos.

La bête avait des pattes bizarres. Toutes blanches, et des chevilles poilues.

Autour desquelles s'enroulait une corde.

Le regard de Balthazar descendit le long d'un pantalon, d'une chemise. Au bout, des cheveux et… un visage.

Son ventre gargouilla plus fort. Ce n'était pas une chauve-souris qui pendait au pin, retenue par ses pattes. Ni Batman.

Sans prévenir, son corps se plia en deux. Et Balthazar vomit. Au-dessus, bien haut, les goélands se bagarraient.

L'homme accroché par les pieds, il l'avait reconnu. Même la tête à l'envers.

C'était le monsieur pour qui son papa travaillait.

11.

Le même jour
Rive droite de l'Odet

Chauvigny emprunta la D5. Arrivé à l'embranchement menant à Plomelin, il tourna à gauche pour s'engager dans ce qui ressemblait à un tunnel végétal. Les rayons du soleil qui le transperçaient formaient une succession de maigres colonnes dorées. Les rares maisons ne révélaient qu'un bout de façade, ici et là.

Il parvint vite au parking qu'un panneau désignait comme « obligatoire ». Deux voitures flanquaient celle de la gendarmerie et la camionnette des TIC, les techniciens de l'identification criminelle. À partir de là, on devait continuer à pied.

Un sentier donnait accès à une clairière, puis au vieux moulin rénové qui abritait une crêperie et une boutique-épicerie. Il le dépassa, et la végétation enfla jusqu'à l'Odet.

Ses pas l'entraînèrent vers la cale de Rossulien. Une petite tribu de barques et de bateaux à moteur flottait paisiblement sur la surface scintillante de la rivière, qui reflétait le velours du ciel et les arbres couvrant la rive pentue. Des rondeurs jaunes et rousses ponctuées par les envolées vert foncé des pins.

Bref, un endroit d'une quiétude absolue. Ce qui rendait la situation d'autant plus dramatique.

Le capitaine entendit du bruit dans son dos et se retourna. Un jeune gendarme pressait le pas dans sa direction. Celui-ci le salua, puis lui proposa de le conduire à la scène de crime. Sur leur droite, le chemin côtier s'enfonçait dans un bois dense. Ils s'y engagèrent.

Chauvigny réfléchit. Le cadavre avait été transporté en voiture par le même chemin que celui qu'il venait d'emprunter. Ou bien par l'Odet jusqu'à la cale, où il était facile de s'amarrer. Ensuite, il avait fallu décharger le corps et le transbahuter. Ce second scénario semblait compliqué. Malgré tout, il devrait creuser la question et, en plus des riverains et du personnel du moulin, interroger les propriétaires de bateaux.

Ils dépassèrent quelques rares maisons. Au bout d'environ trois kilomètres, Chauvigny repéra les hommes de l'identification. Leurs larges combinaisons à capuche leur donnaient l'aspect d'énormes chenilles blanchâtres. Le pendu, lui, avait l'air d'un gros cocon.

Chauvigny serra les dents.

La scène était d'autant plus cruelle qu'il connaissait la victime. Il s'avança vers l'un des techniciens, entama le dialogue. Ce dernier lui apprit que la mort remontait à la nuit précédente.

— Il a de multiples contusions au cou, précisa-t-il. L'une d'elles a pu être laissée par l'aiguille d'une seringue. Vu l'aspect des autres, je mise sur l'emploi d'un Taser.

— On ne parle pas d'un shocker ou d'une matraque électrique en vente libre ?

— Non. On parle bien d'une arme de marque Taser.

— Avec plusieurs impacts ?

— C'est ça. Mais je ne peux pas encore te dire combien.

Le capitaine observa les traces au niveau du cou et de la nuque que lui désignait le technicien. Sur la peau livide du cadavre, un faible halo violacé à droite, des marques de brûlures à gauche.

Pas sur la peau du « cadavre », mais sur celle de Bertrand Kernec, se corrigea-t-il. Il ne pouvait pas l'objectiver aussi vite, le réduire à un simple corps. Cet homme, il avait conversé avec lui au téléphone pas plus tard que la veille.

Il avait apprécié sa compagnie. Un dirigeant d'entreprise qui s'informait soigneusement et pesait ses mots avant d'émettre une opinion. Mais sous le calme, on sentait la passion. Le P-DG lui avait fait visiter Poulets Dorés de long en large, lui avait parlé de son activité avec conviction. Un métier difficile. Sa préoccupation principale résidait dans la concurrence féroce du poulet brésilien. Homme de caractère, il tentait l'impossible pour faire face. Les journalistes locaux l'interviewaient fréquemment et Chauvigny avait tout lu le concernant. L'industriel avait été un notable dans la région. Ses employés le respectaient. Les syndicalistes aussi. *Idem* du côté des éleveurs de poulets.

Difficile d'imaginer qui pouvait lui en vouloir à ce point. Le ou les agresseurs s'étaient fatigués. Cet homicide avait exigé une méchante organisation. Une certitude : ils avaient minimisé le risque d'être découverts. Si les promeneurs aimaient les rives de l'Odet en journée, le lieu était isolé la nuit venue.

Le technicien exposa sa théorie.

Kernec avait pu être attaqué par-derrière avec une seringue. Le produit injecté l'avait rendu inconscient. Il avait été transporté jusqu'à cette anse discrète, par la route ou par voie d'eau. D'après les premiers relevés, son agresseur avait sans doute utilisé un diable pour charger le corps et le transporter jusqu'ici. Puis il avait été pendu au pin maritime par les pieds au moyen de la solide corde de chanvre qui lui entravait toujours les chevilles. On avait attendu qu'il se réveille. Ou pas. Ensuite, on l'avait « travaillé » au Taser, à plusieurs reprises.

Ses vêtements humides prouvaient soit qu'il avait été trempé par la pluie, soit qu'on l'avait aspergé d'eau. Il faudrait vérifier la météo. À Quimper, la nuit avait été très pluvieuse, mais ici on était à environ dix kilomètres du centre-ville, et cette zone avait peut-être été épargnée par les averses. En tout cas, la canopée, bien qu'amaigrie en ce mois de novembre, avait pu faire office de parapluie.

— Le but étant qu'il finisse par être électrocuté ?

— C'est ça, confirma le technicien. Son cœur a dû tenir un certain temps.

— Ce qui explique les nombreuses marques.

— Exact.

Chauvigny réfléchit. Un Taser était une arme de catégorie B, au même titre qu'un 357 Magnum. Impossible qu'un particulier s'en procure un de manière légale.

Qui plus est, ce martyre n'avait pas pour but de faire avouer quoi que ce soit à la victime : une boule en mousse maintenue par une chaîne lui entravait la bouche. On trouvait ce genre de gadgets sadomasochistes dans les sex-shops ou en ligne.

Cette scène de crime avait un aspect non seulement sordide, mais aussi rituel.

Bertrand Kernec était mort en ravalant ses hurlements.

Qu'avait donc fait cet homme pour subir un tel sort ?

Deux heures plus tard, Chauvigny était de retour à la gendarmerie et dans une ambiance aussi lourde que les prémices d'un orage guadeloupéen. Le meurtre de Bertrand Kernec avait ébranlé les esprits et les cœurs. À commencer par ceux de ses salariés et de leurs proches. Sans doute parce que son corps avait été découvert par une bande de gamins, lesquels avaient averti leurs familles, la nouvelle s'était répandue comme une traînée de poudre. Le standard de la gendarmerie de Quimper explosait sous les appels des angoissés.

On pouvait dire sans se tromper que Kernec était apprécié du plus grand nombre dans la région. Toutefois, au-delà de sa politesse à l'ancienne et du calme de ses manières, l'entrepreneur avait son franc-parler et ne faisait pas l'unanimité. Certains se souvenaient d'une émission de France 3 Bretagne. Il y avait débattu avec Laurent Danglois, le créateur d'Animax, une start-up spécialisée dans la viande synthétique. Si les deux hommes s'étaient balancé leurs arguments à la tête avec civilité, à l'évidence, leurs visions de l'existence s'opposaient radicalement. *Néanmoins, ça n'avait rien d'une querelle entre mafieux !* pensa Chauvigny.

Bref, personne n'avait le début d'une idée quant à la raison pour laquelle le P-DG de Poulets Dorés avait connu une fin aussi violente et abjecte.

— C'est une catastrophe, maugréa le commandant en se passant une main lasse sur la nuque.

Le geste fit sursauter Blaise Chauvigny. L'image du cou martyrisé de Bertrand Kernec avait surgi dans son esprit.

— Je crois… que je sais de quoi s'inspire le mode opératoire, commandant.

— De quoi tu parles, Baz ?

— Kernec a été tué comme un poulet.

— Hein ?

— Dans l'abattoir associé à Poulets Dorés, on pend les bêtes par les pattes. Avant de les plonger dans un bain électrifié.

Le commandant, sans voix, écarquilla les yeux.

— Tu penses à… un châtiment ? finit-il par articuler.

— Une supposition. Ça ressemble à une séance de torture, pas à un interrogatoire.

Moins d'un quart d'heure plus tard, le tumulte reprit dans le couloir de la gendarmerie. Chauvigny glissa une tête, bientôt imité par le commandant.

Un jeune lieutenant arrivait en courant vers le bureau. Un feuillet A4 à la main.

— Commandant ! brailla-t-il.

— Quoi encore ? soupira l'intéressé, les traits creusés par la tension.

— Le meurtre vient d'être revendiqué. Sur la même plateforme que la dernière fois.

— Attends une seconde… Par la Tribu rouge ?

— Oui, commandant !

Celui-ci emprisonna ses tempes dans l'étau de sa main gauche. Lentement, comme si l'encre avait contenu une bactérie dangereuse, il se pencha sur le rapport transmis par son subalterne. Il le parcourut, puis le tendit à Chauvigny, qui le lut :

— « L'homme n'est que le troisième chimpanzé. Dans ce monde darwinien, il s'autorise pourtant à mettre à mort, de manière ignoble, d'autres animaux que lui, aussi sensibles, mais sans défense. La Tribu rouge n'accepte pas cette lâcheté. Notre groupe a donc sélectionné un cobaye humain. Pour une démonstration. Œil pour œil, dent pour dent, l'exterminateur a été exterminé. L'antispécisme nous restitue notre dignité perdue. Nous vous avions prévenus. Nous avions affirmé que nous n'avions pas peur. Vous en avez confirmation. »

— Baz, là, on nage en plein délire, souffla le commandant entre ses dents serrées.

On ne pouvait pas lui donner tort.

12.

Le soleil voulait foutre le feu au ciel. Les rares zones d'ombre étaient pleines à craquer de personnes qui grimaçaient, s'éventaient, ne trouvaient plus la force de discuter. L'intense chaleur transformait la plage guadeloupéenne en un enfer paradisiaque. Des jeunes gens à la peau dorée et au sourire lumineux faisaient la queue devant la baraque du loueur de planches. Celles-ci étincelaient.

Un homme, en équilibre sur la sienne. Très à l'aise, il chevauchait les vagues et glissait sur une écume épaisse comme la mousse d'une bière.

Bien planté sur la bande de sable blanc, Baz l'observait. Il aurait donné cher pour une Carib bien fraîche. Ses lèvres parcheminées étaient douloureuses, ses pores sur le point d'exsuder de la vapeur.

Tout semblait se dérouler normalement pour le surfeur, mais Baz savait que ce n'était pas le cas. Il fallait qu'il le surveille. Il fallait qu'il comprenne ce qui se passait. Mais il ne voyait pas grand-chose depuis la plage. Juste une silhouette.

Il monta à bord d'une barque à moteur rouge et blanche. Et mit le cap sur sa cible.

— Qu'est-ce que vous faites, Kernec ! hurla-t-il une fois arrivé à portée de voix.

— Ça se voit, non ? Du surf.

Il avait un visage hilare, mais quelque chose clochait. Son cou semblait bizarre. Baz regarda mieux. Le P-DG de Poulets Dorés arborait une minerve.

Des voix venues de nulle part mugirent. Celles du vent. Un vent terrifiant. Des oiseaux s'enfuirent en cohortes.

Bientôt, Baz se sentit frissonner. Il regretta de n'avoir sur lui qu'une chemise hawaïenne et un short. La mer s'assombrissait. De gros nuages, apparus soudainement, zébraient le ciel. Le vent se faisait glacial, violent. En Guadeloupe, les tempêtes ne ressemblaient jamais à ça.

Il se tourna vers le rivage. Les huttes, le bar, la baraque du loueur avaient disparu. Ils avaient été remplacés par des champs sombres, des pins noirs secoués par les bourrasques, quelques maisons de pierre aux volets clos.

Baz s'intéressa à Kernec. Toujours juché sur sa planche, il tanguait dans la mer démontée. Son corps était d'une blancheur de marbre à travers laquelle ses veines transparaissaient. Un réseau violacé, déplaisant à voir.

— Tenez bon. Je vous envoie une bouée.

— Non, il faut que je m'en aille, Baz. Je vais rejoindre ma femme au pays de la mort.

— Mais non…

— Vous savez, ici, ce n'est pas comme aux Antilles.

— Que dites-vous ?

— On croit que les mers sont pareilles, mais non. Ce ne sont pas les mêmes mers de mots…

— De quoi ?

— De mots, Baz. De mots.

Tel un dieu malfaisant, le vent furieux rugit au visage de Baz. Et couvrit la voix de Kernec…

*

Quimper
Nuit du samedi 5 au dimanche 6 novembre

Chauvigny ouvrit les yeux et se redressa d'un bond dans son lit. La fenêtre qu'il avait laissée entrouverte claquait. Au-dehors, la tempête se déchaînait.

Il empoigna son réveil. 5 h 27. Il avait peu et mal dormi.

Après la revendication de la Tribu rouge, ça avait été le branle-bas de combat. Le commandant avait ordonné de mettre le turbo. Il fallait se relayer toute la nuit pour essayer de « coincer ces fous furieux ».

Chauvigny alla se passer le visage à l'eau froide et jeta un œil à travers la vitre. La météo ne rigolait pas. Le vent hululait. Il secouait arbres et bosquets comme s'il comptait les déraciner. Dans la caserne, quelques fenêtres illuminées. Dont l'une de celles du commandant. Dans l'aile A.

Il se souvint. Il avait rêvé de Kernec. Dans son rêve, ils passaient de la Guadeloupe au Finistère. L'industriel de la volaille lui parlait.

Une histoire de mers différentes. De mers de mots.

Des mots. Des mots…

Quels mots ?

Une idée s'accrochait. Au bord de sa conscience. Tel un minuscule alpiniste. C'était agaçant. Parce qu'il subodorait un rapport avec l'enquête.

Il se pinça la racine du nez, ferma les yeux, se concentra. Il revit le jeune lieutenant apportant le texte imprimé sur un feuillet A4 au commandant.

Il alla à la cuisine, se servit un verre d'eau du robinet. Il retourna dans sa chambre, tira son ordinateur du coma et se connecta. Bientôt, il eut sous les yeux la dernière revendication de la Tribu rouge. Il l'imprima et la relut. Deux fois.

Il resta immobile un instant.

Il décida d'imprimer puis de relire la première revendication. Celle qui avait été balancée sur le site après l'incendie de la ferme de Morgan Monier. Il l'étudia. Puis la compara à l'autre.

Aucun doute. Elles étaient de la même veine. Même vocabulaire, même emphase, même ton de plus en plus menaçant au fil des phrases. Même construction…

Quoique… Il y avait cette évocation du « troisième chimpanzé ». Elle sonnait étrangement, et elle lui disait quelque chose.

Il tapa l'expression dans la barre de recherche et découvrit qu'il s'agissait du titre d'un ouvrage. Celui de l'universitaire américain Jared Diamond, paru en 1992 aux États-Unis. La traduction française avait été publiée en 2000 et sous-titrée : *Essai sur l'évolution et l'avenir de l'animal humain*. L'auteur rappelait que l'homme partageait plus de quatre-vingt-dix-huit pour cent de ses gènes avec le chimpanzé « normal » et le chimpanzé pygmée, et précisait que les deux pour cent qui le singularisaient concernaient notamment son talent pour la destruction de son environnement, plantes et animaux confondus.

Chauvigny se redressa sur son siège. Puis il se mit à faire les cent pas dans sa chambre en compagnie du Kernec de son rêve.

« On croit que les mers sont pareilles, mais non. Ce ne sont pas les mêmes mers de mots… »

Il fonça au salon, regarda l'aile A par la fenêtre, vérifia. Au dernier étage, une pièce de l'appartement du commandant était toujours éclairée.

Il se rhabilla, sortit de chez lui, prit l'ascenseur, son ordinateur portable sous le bras. Il avait l'impression que sa cervelle bouillait.

Arrivé sur le pas de la porte du commandant, il faillit sonner, puis se retint. Afin de ne pas réveiller l'épouse de son chef, il envoya un SMS à ce dernier, puis patienta en compagnie d'un paillasson couleur miel annonçant « *Degemer mat* ». « Bienvenue » en breton.

On lui ouvrit. Pyjama à carreaux, robe de chambre bordeaux, le commandant avait des écouteurs autour du cou.

— Je ne te savais pas aussi matinal, Baz.

— J'ai une théorie.

Il agita les deux documents imprimés. Sourcils froncés, son supérieur leur accorda un bref coup d'œil.

— À propos de quoi ?

— Des messages de revendication.

L'officier frotta ses joues assombries par un début de barbe, puis hocha la tête d'un air philosophe et le fit entrer.

— Café ? murmura-t-il.

— Avec plaisir, chuchota Chauvigny.

Son chef l'entraîna dans la cuisine, lui proposa une chaise, s'occupa de lui remplir une tasse.

Des assiettes en porcelaine de Quimper ornaient les murs. Une ribambelle de brocs décoraient une étagère. Un buffet ancien et en bois ouvragé contrastait avec les placards et les appareils électroménagers ; il s'en dégageait une agréable odeur d'encaustique. L'épouse du commandant avait la réputation de soigner son intérieur.

Percevant un léger mouvement sur sa droite, Chauvigny tourna la tête et découvrit un poisson bleu turquoise aux magnifiques nageoires ondulantes. Comme une série de jupes en voile plissé. Solitaire, il nageait dans un grand aquarium garni de plantes naturelles.

— Il vient de Thaïlande.

— Ah bon ?

— Ne te fie pas à son air gentil, c'est un carnivore. On lui donne des insectes et des larves. En moyenne, un poisson combattant vit deux à trois ans, mais ma femme le bichonne. Il vient d'en avoir neuf. (Il servit une tasse de café fumant à son invité.) Du lait ?

— Non merci.
Le commandant pointa ses écouteurs du doigt.
— Devine ce que j'écoutais, Baz.
— Aucune idée.
— Des bruits blancs. Ça calme les nerfs, paraît-il. J'en ai besoin. Ton boss parisien m'a encore passé un coup de fil. Lui, c'est le genre barracuda. Il est toujours aussi désagréable ou c'est moi qui lui fais de l'effet ?
— Ah, désolé. C'est son style habituel, je confirme.
— Tu ne dois pas rigoler tous les jours. Ce type s'imagine qu'à la campagne on travaille au ralenti. Il a peut-être peur qu'on se croie en vacances sous prétexte qu'on est en Bretagne, je ne sais pas... Allez. Dis-moi plutôt ce qui te tracasse.
D'une traite, Chauvigny lui expliqua que les deux revendications des terroristes avaient la caractéristique surprenante d'être presque identiques.
Le commandant reposa sa tasse et se gratta la nuque. Au-dehors, les éléments continuaient de piquer leur crise.
— C'est-à-dire ?
— Syntaxe, style, construction, rythme. Ce n'est pas logique.
— Pourquoi ?
— C'est trop parfait.
— Je ne te suis pas bien. J'ai dû abuser des bruits blancs.
— Ces gens sont des exaltés.
— Ça, au moins, c'est clair.
— Donc ils devraient écrire d'une manière moins mécanique.
— Moins *mécanique*...
— Oui, j'ai pensé à une copie.
Formuler à haute voix ce qu'il ressentait lui permettait de clarifier ses idées. Il poursuivit :
— En fait, en relisant les textes, j'ai eu l'impression que le second n'était pas une production originale. Mais qu'il s'inspirait du premier.

— Il ne serait pas rédigé par la même personne ?

— C'est ce que je me suis dit. Il y a une référence au bouquin d'un Américain… *Le Troisième Chimpanzé.*

Les doigts de Baz volèrent sur le clavier de son portable. La couverture de l'ouvrage apparut sur l'écran. Il l'orienta en direction de son interlocuteur.

Celui-ci sortit ses lunettes de la pochette de sa robe de chambre en prenant son temps. Il observa l'image puis, levant les yeux, regarda Chauvigny par-dessus sa monture d'écaille.

— Qu'est-ce que le bouquin de cet Américain vient faire là-dedans ? insista le capitaine.

— Ouais, franchement je me le demande aussi, Baz.

— En tout cas, ça me paraît… décalé. Et puis, l'accélération de leur action est trop rapide. Entre les boucheries et la ferme, on comprend l'idée…

Une lueur s'était allumée dans le regard du chef. Il rempocha ses lunettes et se redressa sur sa chaise.

— Entre la ferme et ce meurtre horrible, c'est plus difficile à saisir, compléta-t-il.

— C'est ça.

Le commandant se renfonça sur sa chaise, but une gorgée de café, reposa sa tasse, croisa les bras et fixa un instant le capitaine.

— Ta théorie est recevable, Baz.

Ce dernier soupira de soulagement. Ça faisait du bien d'être soutenu, plutôt que de se faire insulter à la première hypothèse.

— Il va nous falloir plus de monde, reprit son supérieur, galvanisé.

Il se leva et se dirigea vers le téléphone mural. Chauvigny l'entendit appeler un officier de police de Quimper, apparemment un autre lève-tôt, et lui exposer en détail la « théorie recevable ».

Le capitaine se tourna une nouvelle fois vers le combattant. L'hôte suivit son regard.

— Ce poisson est incroyable, reprit-il après avoir

raccroché. Si son aquarium n'avait pas de couvercle, il sauterait au-dehors. Remarque, on ferait pareil.

Chauvigny imagina le superbe poisson bleu virevoltant dans les airs, fracassant la fenêtre d'un coup de tête et volant jusqu'en Thaïlande.

13.

Dimanche 6 novembre
Au bord de l'Atlantique

Quelques heures plus tôt, un vieux journal maculé de peinture avait attiré l'œil de Lola. L'un de ceux dont se servait Le Guern pour poser ses pots. Le titre intriguait, d'autant qu'il était tronqué par une grosse tache blanche : « Le pain des morts… »

Elle l'avait déplié. Le papier datait du 1er novembre, le Jour de l'an celtique, et évoquait la nuit de la Samain, l'occasion d'un banquet auquel les vivants invitaient symboliquement leurs chers disparus. Pour marquer le coup, le « pain des morts » se distribuait de porte à porte.

Cette coutume ancestrale était fascinante, mais elle convoquait des idées noires, dont des souvenirs de cette affreuse période où Lola avait failli être terrassée par la Covid.

Pour se remettre, elle avait proposé à Ingrid de visiter la mythique presqu'île de Crozon et, après la dissolution de quelques brumes, le soleil leur avait fait la grâce de se joindre à elles.

Une magnificence.

Les altières falaises de granit surplombaient une mer d'un bleu intense, qui virait au vert tendre et limpide dans les criques et sur le pourtour des rochers. La lande, ponctuée de petits hameaux, s'étirait jusqu'où le regard pouvait porter. L'ocre de ses ajoncs et le rose de ses bruyères s'offraient avec générosité, réchauffant le blanc, le beige et le gris des roches.

Ensuite, on avait mis le cap sur Bénodet et sa célèbre plage. Le trajet, d'environ une heure, avait été un nouvel enchantement. La moto avait troué la campagne qui embaumait sous une voûte céleste moutonneuse, offrant un délicat camaïeu entre bleu tendre et gris violacé.

À présent, et depuis pas mal de temps maintenant, Lola admirait l'Atlantique. Et se remerciait d'avoir prévu un plaid, un bonnet, une rabane et une thermos de café. Certes, la tempête de la nuit avait remballé son barnum, mais une brise des plus frisquettes chahutait le paysage.

Un bateau à la coque noire et aux hautes voiles d'un orange fatigué évoquant une toge de moine bouddhiste passa au loin, lentement. Elle le suivit des yeux. Enfin, elle regarda sa montre. À 13 h 35, le ciel ne présentait qu'une pâle fente azur dans un amas de nuages gris souris quelque peu turbulents, et Ingrid continuait de se prendre pour un dauphin. Ou plutôt pour un phoque, vu la température.

Ce matin même, l'audacieuse amie s'était acheté une combinaison en néoprène avant de s'offrir à l'océan. Elle avait même eu l'idée saugrenue de demander qu'on tentât cette aventure immersive avec elle. « Ça va te faire grimper l'énergie, Lola ! » Cette dernière avait refusé et rétorqué qu'il y avait des pratiques « plus intéressantes que l'hydrocution pour stimuler son métabolisme ».

Après vingt minutes d'ablutions dans une eau qui ne devait pas dépasser les onze degrés, la belle émergea des vagues vert céladon telle une héroïne de film d'action. Sa combi donnait l'impression que son corps était moulé dans la réglisse, ses longs cheveux plaqués en arrière mettaient en valeur son regard clair et juvénile, ses joues oscillaient entre le rose et le violet. Lola lui tendit une serviette.

Ingrid se frictionna, puis s'assit sur le sable à ses côtés.

— Ce pays est vraiment magnifique ! s'enthousiasma-t-elle, l'œil rivé sur l'horizon.

— Oui, mais là, tout de suite, vraiment froid aussi. Et je crie famine. On rentre ?

Un régal les attendait. Dès potron-minet, Lola avait fourré une pintade d'un généreux hachis amélioré au chouchen avant de la faire amoureusement mijoter dans la providentielle et unique cocotte en fonte de la maison en compagnie de pommes de terre et de chou vert. Et surtout, Damien Le Guern devait déjà être dans les murs. Du moins, il fallait l'espérer : les horaires et les pratiques des artisans étaient impénétrables. La veille, il avait disparu plusieurs longues heures pour aller dépanner un client, « une urgence ». Il avait pourtant promis à Ingrid de travailler non-stop, même les dimanches.

L'impatience de l'interroger démangeait Lola. Pas question de rater le prochain épisode entre les antispécistes et la maréchaussée locale.

Ingrid accepta de stopper là sa contemplation et elle ranima son monstre mécanique.

En route, Lola fit le bilan.

Depuis combien de temps n'avait-elle pas mis le nez dans une grosse embrouille bien juteuse avec la complicité d'Ingrid ? Des années ?

Cette pause lui paraissait avoir duré des siècles. Ces moments où elles avaient enquiquiné un maximum de malfaisants avec obstination et gourmandise restaient inoubliables ! Agir en enquêtrices amatrices était d'une redoutable efficacité. Lola connaissait la chanson et utilisait son vieux réseau d'indics et d'ex-collègues, mais elles s'affranchissaient du cadre strict de la loi à leur guise. Elles s'autorisaient à balader leurs adversaires et à utiliser toutes les méthodes possibles et imaginables pour marquer des points, et bien sûr gagner la partie.

Et si le Finistère n'était pas la continuité de la fin, autrement dit un énième épisode des lancinantes vacances qui constituaient désormais sa vie, mais la fin de la continuité ?

Elle se sentait pleine d'enthousiasme.

Ingrid a certes une robuste cylindrée, mais moi je me vois depuis trop longtemps comme une Lamborghini qui s'encrasse à force de rouler à trente à l'heure, songea-t-elle. Certes, leur tandem n'était plus de la première jeunesse, on pouvait même le qualifier de carrément vintage, mais il en avait encore sous le capot. Et comment ! Ensemble, elles avaient toujours accompli des merveilles. La tête et les jambes ! Qu'elles intervertissaient parfois, quand Ingrid renonçait à sa coolitude californienne pour se creuser les méninges.

Oui, Lola y croyait : une nouvelle ère démarrait.

Les vibrations de la puissante moto la pétrissaient de la tête aux pieds, avec un bonus au niveau des fessiers. Une sensation jouissive. Au diapason de ce que promettait leur « prochaine enquête ».

Certains ont du souci à se faire ! pensa-t-elle en offrant son visage souriant au vent et à ce délicieux cocktail de senteurs maritimes et campagnardes.

Bingo ! s'exclama-t-elle intérieurement en pénétrant dans la cour. La camionnette de Le Guern était garée à sa place habituelle.

Elle l'invita aussitôt à partager leur déjeuner. Il annonça avoir déjà mangé, vu l'heure tardive. Lola fit donc des efforts pour préparer un café au goût du bonhomme, qui l'appréciait peu corsé. Alors que la cafetière qu'elle avait achetée à Quimper glougloutait, elle l'interrogea.

— Il y a eu du nouveau. Et pas qu'un peu ! répondit-il.

D'une traite, il les informa du meurtre d'un dénommé Bertrand Kernec, P-DG de Poulets Dorés, une boîte spécialisée dans le poulet industriel.

Lola voulut des détails, il les lui livra. Ce type était une agence AFP à lui tout seul. En passant au café du coin le matin, il avait appris de sources variées que les gendarmes avaient travaillé la nuit durant et posé « une brouette de questions au sujet des antispécistes ».

— Ce n'est quand même pas eux qui ont occis le boss de Poulets Dorés, non ? demanda-t-elle, éberluée.

— Certains prétendent que si.

— Qui ça, *certains* ?

— Rosie suit les infos sur Internet. Il paraît que l'exécution de Kernec a été revendiquée par la Tribu rouge.

La sœur de Morgan Monier ne semblait pas du genre à raconter n'importe quoi. Toutefois, ce meurtre marquait un tournant sidérant.

— Des antispécistes tuant pour leurs idées, je n'en reviens pas, articula Ingrid.

— À ce stade, on va peut-être changer de vocabulaire, réagit Lola. Ces gars-là n'ont rien à voir avec des militants de la cause animale. Ce sont tout simplement… des terroristes.

— C'est clair.

Lola se promit de faire son possible pour en savoir plus. En attendant, Ingrid devait rincer le sel qui craquelait sa peau. Toujours privée de salle de bains, elle réclama un peu d'intimité afin de se débarbouiller dans l'évier de la cuisine.

L'ex-commissaire empoigna la cafetière et fit signe à son indic de la suivre dehors.

*

Quimper

Ce dimanche avait mal démarré. Puma avait lu dans le journal qu'un malade avait été greffé avec un cœur de porc génétiquement modifié. La nouvelle promettait un futur épouvantable. On imaginait sans mal le pullulement sur la planète de fermes dédiées à l'élevage d'animaux consacrés à la récolte d'organes pour les humains. Ce monde devenait plus horrible de jour en jour.

Une fois le groupe rassemblé chez la grand-tante de Grizzli, ç'avait été l'apothéose. La réunion avait viré au cauchemar intégral. Une dispute éclatant, Louvette et Vali avaient failli se sauter à la gorge. Depuis, Puma essayait de calmer le jeu, en vain.

De toute façon, on pouvait en être à peu près certain : Vali s'était amusé à revendiquer en ligne le meurtre de l'industriel du poulet. Mais, au lieu d'assumer, ce salopard se foutait d'eux. Il répétait qu'il n'avait rien à voir avec cette déclaration et qu'ils faisaient tous « braire » avec leur « méga crise de parano ».

Grizzli, dépassé par les événements, suivait le match sans plus dire un mot. Choucas, lui, se la jouait mutique. Il manipulait sa canette de soda entre ses mains nerveuses. En arrière-plan, on entendait la grand-tante remuer de la vaisselle dans la cuisine en fredonnant une chanson. L'engueulade qui enflammait le groupe glissait sur la vieille dame comme l'eau sur un toit d'ardoise.

— Bon, ça me saoule. Vide ton sac, qu'on en finisse, intima Puma à Vali.

— Mais je te dis que c'est pas moi qui ai buté ce mec et revendiqué ces conneries ! T'es sourdingue ou quoi ?

— C'est vrai, c'est pas lui.

Une petite voix venait de s'élever. Puma prit conscience que c'était celle de Choucas. Il le questionna du regard. Choucas se tourna vers Vali en se mordillant les lèvres, puis se lança :

— Ça ne peut pas être lui.

— Comment ça ? demanda Puma en notant que l'ex-légionnaire avait l'air décomposé.

Vali enfouit son visage entre ses mains et poussa un long soupir. La mimique de qui jette l'éponge.

— Il est… quasi analphabète, lâcha Choucas. (Il s'adressa à lui :) Pardonne-moi, mec. Mais c'est le seul moyen pour qu'on arrête de se hurler dessus. (Puis, à Puma :) Je l'ai découvert un jour où il a passé un quart d'heure à déchiffrer un article de journal. Une autre fois, j'ai vu une de ses listes de courses… (Il jeta un coup d'œil inquiet à Vali, qui semblait mortifié.) Il y avait au moins dix fautes. Bref, je ne vois pas comment il pourrait être l'auteur de la revendication.

— Ah, dans ce cas…, admit Puma.

— Et si c'était toi, hein ? rugit soudain Vali en fusillant Louvette du regard. Ça ne m'étonnerait pas tant que ça, ton numéro de sainte-nitouche cache peut-être bien des trucs. Et d'ailleurs, c'est ta façon d'écrire.

— Non, mais tu t'entends ? réagit-elle aussitôt. Pourquoi je ferais une chose pareille ?

— Pour la même raison qui te pousse à traîner avec nous. Parce que ça t'excite !

— T'es un gros malade, mec.

— Et toi, tu nous prends pour des gogols.

La grand-tante venait d'émerger dans le salon. L'air hagard, elle demeura plantée sur le seuil, ses pauvres vieilles mains noueuses arrimées à une essoreuse à salade, puis elle entreprit de traverser la pièce en faisant chuinter ses charentaises. Elle alla s'enfermer dans sa chambre. Puma avala sa salive. Cette dame à l'esprit perdu le peinait. L'interruption avait au moins permis de faire retomber un peu la tension.

Vali recula vers le buffet dans le but évident de les garder tous dans son champ de vision. Il croisa les bras et les toisa.

— Maintenant que vous avez bien vidé votre sac à fiel sur moi, je vais vous dire ce que je pense. Quelqu'un se sert de nous.

— Qui ça ? le questionna Puma.

— Si je le savais, au lieu de vous écouter, je serais occupé à défoncer le putois en question.

Une comparaison bien étrange, constata Puma. Un antispéciste n'était pas censé mépriser les putois.

Il se tourna vers Louvette. Pâle comme un linge. À coup sûr, elle n'avait pas digéré les accusations de Vali.

— Puisqu'on est au confessionnal, elle aussi va cracher le morceau. Hein, Louvette ?!

Elle le dévisagea. Mais garda le silence. Puma eut un mauvais pressentiment.

— Si tu as quelque chose à dire, vas-y, ordonna-t-il à Vali. Ça commence à bien faire, tes insinuations.

— Louvette cause aux journalistes.

Puma faillit s'étrangler. Louvette voulut répondre, mais Vali la devança :

— Plus la peine de faire ton cirque, je t'ai suivie et je t'ai vue avec la fille de Radio Breizh 43.

— Louvette…, articula Puma. C'est vrai ?

— Ce n'est pas ce que tu crois. Gisèle Tanguivieux, c'est quelqu'un d'honnête. Une écologiste convaincue. Je lui ai parlé de notre mission…

— Oh, c'est trop chou ! répliqua Vali en se tortillant les doigts comme une écolière. Et maintenant, la journaliste *honnête* va pouvoir tout rapporter aux flics.

— Je te dis que ce n'est pas son genre, se défendit Louvette. Vous voulez rouler des mécaniques et tout bousiller autour de vous, ça ne suffit pas. Nos actions, il faut que les gens les comprennent.

Puma accusa le coup. Il se croyait sur la même longueur d'onde que Louvette. Il était déçu. Comment avait-elle pu prendre une telle initiative sans les consulter ?

— Tu aurais dû nous prévenir ! lui assena-t-il. On est un collectif. Personne n'a le droit de faire ce qui lui plaît sans en référer aux autres !

— Mais… (Elle resta interdite un instant.) Je vous consacre mon temps libre. Je suis crevée ! Ça se ressent à mon boulot. Et tu me sors que je ne pense pas aux autres ?

Elle le regardait, bras ballants, visage chaviré. Puma sentit des papillons noirs lui grignoter la gorge. Il lui fallait être équitable avec tous, mais il l'avait blessée, et il le regrettait.

Il jeta un coup d'œil à Vali. L'autre arborait un sale sourire, jouissant de voir Louvette morfler. *Putain, ce mec est vraiment flippant !*

Puma demeura silencieux quelques secondes. Il devait ramener la paix. Sinon, leur groupe exploserait en plein vol. Et impossible d'évacuer Vali, il en savait trop. On risquait qu'il pique une crise et se venge. En faisant n'importe quoi.

— Écoute, Louvette, c'est de la nitroglycérine, tout ça, argumenta-t-il. Certains journalistes font dans l'hypocrisie la plus crasse pour soutirer des infos. Même les soi-disant engagés. Je pense que…

— Je suis naïve, c'est ça ?… Mais les gens, je les flaire. Cette femme est sensible. Elle nous donnera l'occasion rêvée de faire entendre notre voix et, surtout, d'expliquer notre mission.

— Ah ça, pour causer, les gonzesses, on peut compter sur vous ! éructa Vali.

Louvette lui jeta un regard dégoûté, puis s'adressa à Puma :

— En réalité, je me demande si… on ne fait pas fausse route.

— Comment ça ?

— D'autres militants utilisent des outils de communication pacifiques pour faire avancer la cause animale. Manifestations, vidéos chocs, campagnes d'info tous azimuts… Ils ne lâchent rien. Et ça progresse. Lentement, d'accord, mais c'est prometteur.

Elle ajouta avoir lu dans la presse que des entreprises agroalimentaires s'engageaient enfin à respecter les critères européens pour les pratiques d'élevage et d'abattage. Des distributeurs, des géants du fast-food se laissaient fléchir, changeaient leurs habitudes.

— Bla-bla-bla ! ricana Vali.

— Il n'a pas tout à fait tort, enchaîna Puma. Ces mastodontes donnent l'impression d'entendre raison. Mais c'est de la com, tu ne crois pas ? C'est comme pour le réchauffement climatique. Des déclarations et des promesses dans tous les sens. N'empêche, ni nos dirigeants ni les industriels ne prennent les mesures radicales nécessaires, et on va droit dans le mur. Souviens-toi, cette ferme-usine, on a eu beau manifester pendant des mois, elle a quand même été construite.

Louvette lissa ses cheveux en arrière et resta ainsi, les traits tirés mais gracieux, livrés à la lumière crue du plafonnier et aux critiques.

— Certaines nuits, je me retourne dans mon lit parce qu'un manège de questions tourne dans ma tête. Peut-être qu'on est allés trop loin. La violence, ça fait boomerang…

— *Certaines nuits*, tu ferais mieux de tirer un coup ! la coupa Vali avec un rire dégueulasse.

— Bon, j'abandonne, bredouilla-t-elle, au bord des larmes.

Puma se sentait de plus en plus mal.

— Non, attends !

Trop tard. Il hésita à lui courir après, puis pensa que les autres le jugeraient faible. Choucas et Grizzli ne pipaient mot mais, à l'évidence, le fait qu'elle ait rencontré une journaliste les choquait. Plus que les reparties misogynes et salaces de leur pote.

Pourtant, Puma n'imaginait pas la Tribu rouge sans Louvette. Elle lui insufflait son enthousiasme, ses idées. Cette fille était douée, et surtout elle avait du cœur.

— On fait quoi, maintenant ?! rugit Vali. Si c'est pas cette pleurnicheuse, celui qui se fout de nos gueules, on va pas le laisser faire, non ?

— En tout cas, change d'attitude. Ton numéro de mâle alpha me gave.

— Mâle *quoi* ?

— Louvette n'est pas une *gonzesse*. Le respect ne te filera pas d'hémorroïdes. Tu devrais essayer.

— Elle est allée baver auprès d'une journaliste et, toi,

tu me parles de respect ? ! Bah, je me casse, je vais m'en jeter un. C'est toi qui me gaves, mec.

Puma glissa au fond de sa chaise et se prit la tête entre les mains. Les battements de son cœur résonnaient dans son crâne.

Il avait besoin de gamberger un peu.

*

Chauvigny sonna une troisième fois au cas où. Rien ne bougea dans la maison de Gisèle Tanguivieux. Il essayait de la joindre sans succès depuis des heures dans le cadre de l'enquête. Le commandant pensait que si on pressurait la journaliste, il en sortirait éventuellement de l'info. « La déontologie a une limite chez les journalistes, Baz. C'est quand il y a mort d'homme. »

Elle avait interviewé Kernec à plusieurs reprises. Malgré leurs divergences idéologiques, ils se respectaient.

Le capitaine fit demi-tour et remonta à bord de sa voiture de fonction. Depuis la tombée de la nuit, une bruine tenace troublait le paysage. Dans sa liste, Tanguivieux était la seule qu'il n'avait pas pu questionner. Il avait passé la journée à interroger une brassée de gens. Personne n'avait la moindre idée de qui étaient les militants de la Tribu rouge.

Il rappela la rédaction de Radio Breizh 43. On lui fit la même réponse que précédemment : la journaliste était sans doute en reportage, et injoignable.

— Ce n'est pas vous qui lui commandez ces reportages ? demanda-t-il.

— Plus ou moins. La plupart du temps, Gisèle mène sa barque…

De retour dans le centre-ville de Quimper, Chauvigny repéra un visage familier aux abords d'un café. La vitrine illuminait une partie de la rue. Il se gara au plus près.

Certains habitués levaient le coude sur le trottoir et

sous le crachin. Malgré la capuche de son ciré, Chauvigny avait reconnu Damien Le Guern. Par le passé, il avait déjà interrogé l'artisan et militant écolo. Ce type semblait connaître tout le monde, et il était bavard. Un bon client.

Chauvigny décida de lui tirer les vers du nez avant de rentrer à la caserne.

Il entama la conversation et se rendit compte à son élocution pâteuse que le gars était déjà assez imbibé. Pour le meilleur ou pour le pire, il fallait voir.

Il le travailla au corps. Le Guern n'avait rien à lui confier qu'il ne sût déjà quant à la Tribu rouge.

— Elle a l'air de patiner, votre enquête, lança l'artisan avec sa désinvolture coutumière. Vous devriez demander à l'ex-commissaire Lola Jost de vous donner un coup de main. Ha ! Ha !

Le Guern pratiquait un humour très particulier. D'un genre qui devait valoir au bonhomme une beigne de temps en temps.

— À mon avis, ça devait être une pointure à son époque, continua-t-il. Elle m'a raconté quelques-unes de ses affaires. Du croustillant ! Ah, on ne s'embête pas avec elle. Et avec ma jolie cliente américaine non plus. Quelle santé ! C'est une artiste. Elles font un sacré duo, ces deux-là. Je suis bien content de les avoir rencontrées.

Étrange. Chauvigny se souvenait d'avoir lu sur le site internet de l'Américaine qu'elle exerçait en tant que masseuse. Pouvait-on considérer le massage comme un art ?

— Une artiste ? Dans quel domaine ?

— Ingrid Diesel fait du strip-tease à Pigalle. Mais attention, pas n'importe lequel. Du burlesque, ou un truc du genre. Une sorte de théâtre. Sauf qu'à la fin y a plus de costume de scène. C'est elle qui décide de tout. Musique, danse, décor… Et son nom d'artiste, c'est… « Gabriella ». Ouais, c'est ça. « Gabriella Tiger ». Comme le tigre. Ah, c'est parfait pour elle, un nom pareil.

Basile Chauvigny cligna des yeux et serra les mâchoires.

Gabriella Tiger. Du strip-tease. À Pigalle. Est-ce que Le Guern était encore plus bourré qu'il n'y paraissait ?

Il le planta là et remonta en voiture. Il hésita un instant. Ce que faisait Ingrid de sa vie et surtout de ses nuits ne concernait qu'elle. Bien que charmante, fort jolie et singulière, elle ne représentait rien pour lui. Il avait juste fait un saut à sa pendaison de crémaillère.

Il empoigna son smartphone et se connecta. Il tomba vite sur le site d'un cabaret. Le Calypso.

Les photos abondaient.

L'Américaine était presque méconnaissable avec sa volumineuse perruque rousse, ses faux cils, ses lèvres laquées de rose fuchsia et sa robe fourreau argentée.

Une vidéo amateur la montrait déboulant sur scène au milieu des hurlements de ses fans. Elle démarrait une danse lascive. Un jeu de reins impeccable, des œillades atomiques. À l'évidence, elle prenait un plaisir qu'on pouvait qualifier d'extraordinaire à son activité nocturne. La vidéo durait quarante-sept secondes. Juste le temps nécessaire pour qu'elle se débarrasse de ses longs gants rouges.

Chauvigny rempocha son smartphone et fixa la rue au travers du pare-brise dégoulinant. Son esprit était engourdi. Il venait de se prendre une porte métaphysique en pleine figure.

L'instant suivant, il se redressa subitement sur son siège. Une femme pénétrait dans le café. *Tu as joué les filles de l'air, mais c'est terminé*, pensa-t-il.

Quittant sa voiture, il fonça vers l'établissement, puis vers le zinc. La nouvelle venue s'y accoudait, déjà repérée par Le Guern.

Chauvigny lui tapota l'épaule. Elle se retourna ; le découvrant, elle tenta de l'amadouer :

— Vous ne devriez pas travailler le dimanche, capitaine. Je vous offre quelque chose ?

— C'est moi qui vais vous offrir quelque chose, madame Tanguivieux. Un divertissement.

À la gendarmerie, la soirée avait été longue. Son commandant et lui avaient travaillé au corps la journaliste de Radio Breizh 43. Elle leur avait révélé sa rencontre récente avec une militante de la Tribu rouge. Pas de portrait-robot, la fille portait des vêtements larges, un masque et des lunettes de soleil. Dans la foulée, Chauvigny avait ameuté la DGSI et ses contacts dans la région. Jusqu'à présent, rien n'était remonté.

De retour chez lui aux alentours de minuit, il s'accorda une longue douche chaude, s'emballa dans son peignoir, se prépara un ti-punch, se cala sur son canapé et consulta son smartphone. Pas de message.

L'arôme puissant du rhum convoqua le passé. Héloïse. Ils étaient allongés dans le même transat. À l'étroit, mais contents. Elle lui avait dit : « Un gendarme et une infirmière, on forme le couple parfait, tu ne trouves pas ? » Pour éviter de lui répondre, il l'avait embrassée.

Le couple parfait... Il leva les yeux au ciel.

Il surfa sur les réseaux sociaux à l'affût de réactions liées au meurtre du P-DG de Poulets Dorés. Certains internautes partageaient des extraits du débat opposant Kernec à Laurent Danglois, le créateur d'Animax.

Il faudra quand même que je l'interroge, celui-là, soupira Chauvigny en avalant une rasade de ti-punch.

14.

Lundi 7 novembre
Banlieue de Quimper

L'été indien avait eu la bonne idée de faire un come-back. Ce qui permettait de tenir la réunion extraordinaire des salariés et sous-traitants de Poulets Dorés dans la cour de l'entreprise.

Lola et Ingrid avaient réussi à s'infiltrer en douce dans cette foule considérable et à se fondre dans le décor ; Ingrid avait accepté de dissimuler sa blondeur sous un bonnet de marin, Lola s'était déniché un discret caban bleu marine.

Depuis un moment, un quadra en pleine forme monopolisait la parole. Juché sur une estrade, armé d'un micro qui crachotait, il tentait d'apaiser des gens traumatisés par l'assassinat ignoble et incompréhensible de celui qui avait été leur patron ou leur partenaire. D'après lui, l'entreprise Poulets Dorés s'en sortirait. Il était venu s'en assurer.

Lola avait soutiré des infos à Le Guern. L'orateur, un certain Paul Lamberti, homme d'affaires mandaté par les actionnaires, gérerait la transition jusqu'à la désignation d'un nouveau P-DG. Chevelure de pâtre grec, œil vif, visage sculpté et bronzé, en costume chic et sobre, il était flanqué d'une personne aussi élégante que lui, mais plus silencieuse.

Lola repéra une employée à l'air avenant et l'interrogea :

— Qui est cette femme sur l'estrade ?

— C'est Laura Smetters. L'actionnaire majoritaire de Poulets Dorés.

— Ah oui ?

— Pas étonnant que son visage et son nom ne vous disent rien. On ne la voit presque jamais. C'est Lamberti qui fait le job. Il faut croire qu'elle n'est pas trop fan de l'odeur du poulet, ironisa-t-elle.

Avec ses cheveux blond-roux mis en valeur par un coiffeur de talent, son maquillage soigné, son tailleur cintré agrémenté d'un foulard de soie et d'un luxueux sac à main, Smetters semblait déphasée. Elle se donnait certes beaucoup de peine pour dissimuler ce qu'elle pensait, marquant son approbation au discours de Lamberti par de légers coups de menton et des regards concernés, mais on le devinait sans trop d'efforts : un défilé de mode parisien ou un cocktail sur un yacht lui aurait mieux convenu qu'un regroupement de ploucs bouleversés à la fois par le deuil et par l'inquiétude.

Le bla-bla de Lamberti devenant rasoir, Lola sortit son smartphone de sa poche et googla l'actionnaire. Elle apprit que Smetters était l'héritière du créateur de Poulets Dorés. Son père, Pierre Smetters, avait fondé l'entreprise dans les années soixante. Les débuts avaient été modestes, puis la boîte avait décollé dans les années soixante-dix.

Intriguée, Lola creusa un peu plus. Elle découvrit que le duo Laura Smetters-Paul Lamberti faisait parler de lui sur les réseaux sociaux. Ces deux-là étaient en couple ; des internautes publiaient des photos les montrant enlacés ici et là.

Un roulis dans la foule lui fit lever le nez de son écran. On s'écartait au passage d'un personnage de petite taille. Elle reconnut vite Morgan Monier.

Le jeune éleveur s'avança jusqu'au ras de l'estrade et leva le poing vers Lamberti. Celui-ci interrompit son discours. L'assistance retint son souffle.

Lola se hissa sur la pointe des pieds pour voir ce qui se tramait.

— Tu sers à rien, mec ! brama le jeune éleveur à l'intention de l'homme d'affaires.

Lamberti se tourna vers un type à la carrure sportive qui se tenait en retrait, à sa gauche. Lola le casa aussitôt dans la catégorie « gorilles ».

Ce dernier commença à descendre de l'estrade.

— Tu crois que t'as le droit de nous raconter des conneries ? Juste parce que tu baises Smetters, hein ? brailla de plus belle Morgan Monier, qui semblait s'être offert une cuite en guise de petit déjeuner.

Dans l'assemblée, des murmures se firent entendre. Des participants essayèrent de raisonner Morgan. Des mains effleurèrent son dos, ses épaules. L'éleveur se dégagea.

Lola repéra Rosie Monier. L'assemblée s'écartait pour la laisser progresser vers son frère. Mais le gorille de Lamberti avait un temps d'avance.

— Écoutez, monsieur Monier, je suis bien conscient de ce qui est arrivé à votre exploitation, tempéra Lamberti. Mais ce n'est ni le lieu ni le moment pour en parler. Prenons rendez-vous. Je suis à votre disposition.

— Arrête ton cirque, mon gars. Tu te pointes toujours ici en jet privé et bagnole de luxe conduite par ton chauffeur personnel. Et tu pieutes dans un cinq-étoiles, bien éloigné de la populace ! T'es pas de notre monde !

Le gorille de Lamberti faisait face à Monier. Il venait de lui chuchoter quelque chose à l'oreille, quand Rosie surgit à son tour et entreprit de raisonner son frère. Tout le monde se mit à parler en même temps. Lola ne parvenait plus à capter quoi que ce soit. Lamberti semblait s'être désintéressé de la scène pour se concentrer sur un point au-dessus de la foule, en direction du portail.

Lola se retourna et suivit son regard.

La maréchaussée venait de débarquer, en la personne du capitaine Basile Chauvigny et d'un groupe de ses subalternes. Planté bien droit, le visage impassible, les mains dans le dos, le gendarme évaluait la situation.

Morgan en avait fini avec ses tirades assassines. Rosie, les traits tordus par l'inquiétude, l'entraînait vers la sortie. Lola constata que l'éleveur avait le teint blême, les yeux hagards et la démarche titubante. Elle compatit, imaginant à quel point la perte de son mentor avait dû le secouer.

Une certitude : Lamberti ne dégageait pas la même chaleur humaine que Kernec. Lola avait profité de son temps libre pour fureter sur le Net à son sujet. Quelques vidéos montraient feu le P-DG de Poulets Dorés prendre la défense de la filière viande. La malbouffe ne faisait pas fantasmer Lola, mais elle avait trouvé l'homme rationnel et sympathique.

Elle eut une pensée machiavélique : à la limite, il aurait été presque plus naturel que les terroristes s'en prennent à un capitaliste sans état d'âme comme Lamberti plutôt qu'à un industriel concerné par l'avenir de son secteur et de ses employés comme Kernec.

Émergeant de ses réflexions, elle vit Ingrid en conversation avec Chauvigny. Y avait-il de l'orage dans l'air ? Le capitaine affichait une expression froide, Ingrid un air décontenancé. Lola fonça le saluer. Il l'accueillit d'une voix glaciale :

— Je m'explique mal votre présence dans une réunion de salariés, madame Jost. Il me semblait que vous étiez à la retraite.

— La vie des gens m'intéresse. On ne se refait pas.

— Je pensais avoir été clair. Vous fourrez votre nez dans un drame local avec l'espoir de servir à quelque chose, j'imagine ?

— Oh, tout doux, Chauvigny. Je ne me prends ni pour Zola ni pour Zorro.

— J'espère bien.

Sur ce, il les planta là, ordonna à ses hommes de le suivre et s'avança vers la foule que l'intervention de Monier avait excitée. Un dialogue nerveux avait démarré entre Lamberti et le personnel de Poulets Dorés.

Lola agrippa le bras d'Ingrid, qui semblait chamboulée. Elle la questionna.

— Je ne comprends pas…, articula Ingrid. Baz m'a envoyée vadrouiller.

La belle était trop mélancolique pour mériter une correction de vocabulaire. Lola laissa filer.

— Viens. Rentrons à la maison.

Ingrid acquiesça. Elles franchirent le portail.

Lola fit signe à Rosie. Occupée à essayer de faire entrer son frère dans sa voiture bleu clair au logo « Ferme bio », celle-ci ne s'en aperçut pas.

Lola repéra un costaud en conversation houleuse avec la journaliste rousse. Comment s'appelait-elle, déjà ? Ah oui, Gisèle Tanguivieux. Leur discussion, de plus en plus tendue, portait sur le fait que cet homme, un certain Bruno d'après les bribes qu'elle pouvait capter, syndicaliste de Poulets Dorés, refusait l'entrée de la réunion à la représentante de Radio Breizh 43. Comme Morgan Monier, il lui reprochait son agribashing systématique et de ne voir la réalité que sous l'angle de ses « illusions écolos ».

Décidément, ce matin, l'humeur générale contrastait avec le ciel bien dégagé. Mais l'ambiance se gâta encore. Morgan Monier venait d'échapper à sa sœur et ciblait Gisèle Tanguivieux.

Lola l'imita. Les remarques désobligeantes de Chauvigny avaient dopé son intérêt pour le « drame local ».

— Lâche ce que tu sais sur ces enfoirés, Gisèle !

— De qui tu parles ?

— Les antispécistes ! Tu les as déjà interviewés. Ne mens pas !

— Et alors ?

— Et alors tu sais où les trouver. Ces minables ont tué Bertrand !

— J'ai juste rencontré une militante dans une ruelle à Quimper. Ça s'arrête là. Je ne connais ni son nom ni son adresse.

— J'te crois pas !

— Ce n'est pas eux qui ont assassiné Kernec, Morgan. Réfléchis. Pourquoi est-ce que des antispécistes iraient jusqu'au meurtre d'un homme ? Pour convaincre les gens ? Non mais tu débloques !

— Il suffit qu'il y ait un seul taré dans le groupe, espèce d'idiote !

Il leva la main pour lui donner une claque. Le dénommé Bruno entra dans la danse et dévia le coup. Il aida ensuite à contenir la fureur de Morgan et à l'enfermer enfin dans la voiture de Rosie. Celle-ci se hâta de démarrer et fila.

La scène avait fait oublier ses déboires sentimentaux à Ingrid. Elle s'entretenait avec Tanguivieux. *Ingrid s'intéresse aussi à l'affaire Kernec !* s'enthousiasma Lola.

— Si vous savez quelque chose, vous devez le dire à la gendarmerie, assena l'amie américaine à la journaliste.

— Vous êtes qui pour me parler sur ce ton ?

— Des voisines concernées, intervint Lola. Ma camarade a raison, non ? Un homme est mort.

Tanguivieux les dévisagea tour à tour avant de répondre :

— J'ai été interrogée hier soir par le capitaine Chauvigny, soupira-t-elle. Je lui ai dit ce que je savais.

— Mais encore ?

— Exactement la même chose qu'à Morgan. Oui, j'ai réussi à aborder quelqu'un de la Tribu rouge. Avec beaucoup de mal. Cette jeune femme avait pris ses précautions. Je n'ai rien pu apprendre de son identité, je n'ai pas vu son visage. Elle m'a parlé de ses convictions. Elle m'a paru assez exaltée, mais elle n'avait rien d'une criminelle.

— Oh, et vous en êtes arrivée comment à cette

conclusion rassurante ? lança Lola d'un ton légèrement goguenard.

— Je cerne bien les gens. J'exerce ce boulot depuis quinze ans.

— Vous prétendez que les antispécistes n'ont rien à voir avec le meurtre de Kernec.

— Écoutez, c'est illogique, non ?

— En quoi ?

— Dans ce pays, aucun antispéciste n'a jamais tué quelqu'un, d'accord ? Et je sais que dans la filière viande, on ne croise pas d'anges. Les enjeux financiers sont importants.

— Kernec aurait été éliminé pour une histoire de gros sous ?

— Je suis journaliste, pas voyante. Et vous, vous êtes la *voisine* la plus fouineuse que j'aie jamais rencontrée. Franchement, vous faites quoi dans la vie ?

— Lola est une ex-commissaire qui n'a pas réussi à raccrocher les moufles, soupira Ingrid. Allez, Lola, montre-lui.

Lola hésita. Puis elle extirpa sa carte de police périmée de la poche de son caban. Un totem soigneusement plastifié contre les assauts du temps. Tanguivieux y jeta un coup d'œil.

— Eh bien, je vois que chacun s'occupe comme il peut, soupira-t-elle. Maintenant, si vous voulez bien m'excuser, moi j'ai encore un job.

Le syndicaliste Bruno avait rejoint les autres, la laissant libre de se mêler à la réunion. Ingrid et Lola la regardèrent s'éloigner vers le portail. Tanguivieux repartait à l'attaque.

— Elle est têtue, commenta Lola. J'aime bien.

— Elle me rappelle quelqu'un, dit Ingrid avec un sourire en coin.

— Et toi ?

— Comment ça, et moi ?

— Avec le séduisant mais pénible *Baz*, tu lâches l'affaire ?

— *Fuck, no !* S'il m'envoie rouler comme un vieux sushi, je veux savoir pourquoi.

— Tant mieux. Ça signifie que tu vas pouvoir me véhiculer avec ton bolide. Je me vois mal prendre le bus.

— *What ?*

— Je veux creuser l'affaire Kernec. Et toi l'affaire Baz. Conclusion, on va collaborer. Et puis, ne fais pas ta mijaurée, tu as toujours adoré *fouiner* avec moi.

— Ah, tu crois ça ! Tu ne manques pas de vent, Lola.

— Je ne manque pas d'*air*, Ingrid.

— *Good.* On commence par quoi ?

— Aucune idée, mais on trouvera.

15.

Mardi 8 novembre
Centre-ville de Quimper

Morgan Monier poussa un soupir de soulagement.

Ayant à peine fermé l'œil depuis l'incendie, il était à la limite de se coltiner des hallucinations, mais ça n'avait pas été en vain. Il avait filé Tanguivieux non-stop, mangé et vaguement dormi comme un clodo dans la discrète bagnole grise empruntée à son cousin ; ça payait enfin.

Tanguivieux taillait le bout de gras avec quelqu'un qui faisait de gros efforts inutiles pour avoir l'air d'un mec. D'un petit gabarit, la fille avait une capuche rabattue sur les yeux, des lunettes de soleil et un masque. Aucune raison qu'elle ne soit pas la fameuse militante de la Tribu rouge. Un point positif : ça signifiait que Tanguivieux n'avait pas tout dit aux gendarmes. Cette arriviste pensait d'abord à offrir un scoop à sa radio plutôt qu'à aider Chauvigny et ses gars à coincer l'enfoiré qui avait dessoudé son ami Bertrand.

La pluie se mit de la partie. Elle tambourina sur la carrosserie comme si elle engueulait le monde. *Chaca clac, chaca clac.* Puis elle augmenta la cadence. Morgan avait envie de se foutre à poil et de sortir se faire saucer. Ça n'aurait pas été du luxe, il puait le vieux coyote. Sa dernière douche lui paraissait un lointain souvenir.

Il pencha le buste, avança la tête au plus près du pare-brise. À travers le torrent de pluie, les deux silhouettes ondulaient tels des fantômes.

Lassées d'éponger le déluge, elles finirent par monter dans le break de la journaliste. Morgan remit sa ceinture de sécurité, prêt à tourner le contact, mais la voiture resta sur place.

*

Le parfum de Gisèle était noyé sous la fragrance « chien mouillé ». Cette gamine et elle étaient trempées, bonnes à essorer. Un coup à attraper la crève.

Elle monta le chauffage de la voiture.

La militante de la Tribu rouge semblait avoir rétréci depuis leur première rencontre. Gisèle ne discernait pas ses traits, mais son impression se confirmait. La voix de cette fille trahissait sa jeunesse, et ses propos une certaine éducation. Elle s'exprimait bien, était visiblement intelligente. Mais, contrairement à leur conversation précédente, cette rencontre suintait la peur. Cette gamine l'avait certes recontactée, pour autant elle hésitait à se confier maintenant qu'elles se faisaient face.

Gisèle prit le temps de la mettre en confiance, lui rappela que la déontologie lui interdisait de livrer une source à la police ou aux gendarmes. La militante finit par se détendre un peu.

— Quelqu'un instrumentalise la Tribu rouge, dit-elle. Seule, je ne peux rien faire. Et je ne veux pas qu'il arrive du mal à mes amis. Vous êtes d'accord pour m'aider ?

— Ça dépend de ce que vous attendez de moi, répliqua Gisèle.

— Dire la vérité, parler pour nous le moment venu. Si… ça devait s'aggraver.

— Comment ça ?

— On n'a rien à voir avec le meurtre de Bertrand Kernec. La cause animale ne justifie pas de tuer des gens. Vous me promettez de rapporter ces propos ?

— Oui, vous avez ma parole. Mais… et le texte de revendication signé de la Tribu rouge sur la plateforme, ça vient d'où ?

— Je ne sais pas qui l'a rédigé. Je vous jure que ce n'est pas nous ! Ça aussi, il faudra le dire aux gens.

— Vous accepteriez de me donner une interview ? On peut modifier votre voix… Elle sera méconnaissable.

La fille eut un mouvement de recul. *Aïe, je suis allée trop loin*, pensa Gisèle.

— Non, mauvaise idée, lâcha la petite dans un souffle. Je ne veux pas trahir mes amis.

Elle avait la main sur la poignée de la portière.

— Attendez ! Ne partez pas…, tenta Gisèle.

— Tenez votre promesse !

La militante descendit de voiture. Une rafale mouillée s'engouffra dans l'habitacle.

La gamine s'éloigna d'un pas vif dans la bouillasse. Gisèle devait-elle la suivre ? Non, elle avait gagné sa confiance, il fallait jouer franc jeu jusqu'au bout. Si cette petite apprenait du nouveau, elle lui en ferait part. C'était l'essentiel. *Et je dois m'armer de patience.*

Elle hésita à informer son patron, puis décida de rentrer chez elle. Son boss pourrait être tenté de prévenir le capitaine Chauvigny. De toute façon, le mal était fait. Bertrand Kernec avait été assassiné, et personne n'avait le pouvoir de le ressusciter.

*

L'inconnue à la capuche filait droit devant elle comme une mini-tornade en concurrence avec l'averse. Morgan la suivit.

Un coup d'œil dans le rétro lui apprit que Tanguivieux prenait le chemin du centre-ville.

Faisant mine de chercher à se garer, il entama sa filature. Bientôt, il vit la militante s'engouffrer dans une ruelle. Il avala un juron, fit marche arrière, manqua d'embrocher une voiture tant la visibilité était pourrie.

La fille enfourchait une Vespa. Il se gara sur la première place venue et attendit qu'elle émerge de la ruelle et le dépasse. Cette fois, il la prit en chasse en gardant une distance discrète.

Elle roula pendant une dizaine de minutes. Imaginant qu'elle claquait les dents dans cette soupe glaciale, il frissonna. *Elle ne peut pas attendre que la flotte s'arrête ? Elle est défoncée ou quoi ?*

Pourtant, non, elle conduisait bien.

Il la fila en laissant systématiquement un véhicule entre eux.

Le quartier de l'Eau-Blanche.

Et une rue glissant tout droit. Une langue mouillée, devenue gris foncé sous l'averse, et qui se faufilait entre les façades pâlichonnes des maisons aux toits d'ardoise. Il n'y avait guère que l'enseigne d'un magasin de peintures pour jeter de la couleur dans cette monotonie.

Son regard glissa sur la gauche. Une folle le regardait en se marrant. Juchée sur son cheval, cravache en l'air, elle fonçait sur lui, résolue à le piétiner.

Il secoua la tête pour réinitialiser son cerveau. *C'est rien.* Juste l'affiche d'un commerce dédié à l'équitation.

Encore des maisons, le ruban de la rue, les traits obliques de la pluie. Longtemps, longtemps.

J'en ai marre. Je voudrais pisser un coup, me laver, me pieuter.

Ses paupières papillotaient ; s'il ne produisait pas un énorme effort, il se paierait le terre-plein, un abribus ou une bagnole garée sur le bas-côté.

La fille. Elle venait de ralentir.

Il l'imita.

Ils allaient dépasser une boutique de pompes funèbres. La tête de Morgan pivota. Il crut voir un chauve à gueule de momie en costard noir de jais le mater derrière sa vitrine. Il l'entendit murmurer : « Viens, je t'attends. »

Il cligna des yeux, resserra ses mains sur le volant. *Le manque de sommeil me rend gaga.*

Un peu plus loin, l'autre tournait à gauche. Il fit de même, se tordit le cou pour lire le nom de la rue sur le panneau. Peine perdue. Ce coin, c'était le grand nulle part de toute manière.

La fille se garait une trentaine de mètres en contrebas. Il roula au pas.

Elle zieuta un instant une façade, descendit de sa Vespa et pénétra dans une maison. Apparemment, sans avoir tourné de clé.

Morgan se gara à son tour et attendit. Il ne se passa rien pendant un long moment, si ce n'est que la pluie partit enfin dégringoler ailleurs.

Puis un gros barbu d'environ vingt-cinq ans sortit, accompagné d'une vieille femme qui se déplaçait avec difficulté. L'homme la fit entrer péniblement dans un van qui datait de Mathusalem et démarra.

Le véhicule s'éloigna vers un carrefour.

La fille n'était toujours pas ressortie.

Une quarantaine de minutes écoulées. Morgan les avait occupées à lutter contre le coma en écoutant la radio.

Enfin, un type surgit dans le décor. Coupe-vent bleu marine, jean délavé, baskets foncées. Son bonnet noir était enfoncé au ras de ses yeux. En dépassaient des mèches noires qui lui descendaient en paquets jusqu'aux épaules. Une allure de Jésus crado.

Le type scruta les alentours avant d'entrer dans la maison. Moins de trente ans, comme le gros. Taille normale, gabarit moyen.

Morgan évalua qu'il pourrait se le faire sans trop de mal. Sa fatigue s'était évaporée.

Il enfila le coup-de-poing américain qu'il avait acheté la veille, remonta sa capuche sur son crâne, sortit de voiture et se dirigea vers la maison. Il gravit les quelques marches menant au perron, puis vérifia que personne ne traînait dans les parages. Rien à signaler. Il tourna le bouton de porte, poussa. Ça s'ouvrit sans bruit. Il tendit l'oreille.

Des voix lui parvenaient depuis le rez-de-chaussée. Un homme et une femme discutaient.

Il s'avança avec prudence dans le couloir.

— J'ai cru que tu ne reviendrais pas, soupira l'homme. Je suis soulagé.

— En fait, je suis revenue pour toi, Puma.

— Ah... ?

— Je ne veux pas que le meurtre de ce P-DG te retombe sur le dos.

Morgan vit rouge. Pour elle, la vie de Bertrand n'avait pas plus d'importance que celle d'une limace. Ces enfoirés croyaient que les humains étaient des animaux. *Alors ce mec a pendu Bertrand par les pieds et l'a électrocuté comme un vulgaire poulet !* hurla-t-il en silence.

Il se souvint de ce qu'avait dit cette foldingue de Gisèle : « Pourquoi est-ce que des antispécistes iraient jusqu'au meurtre d'un homme ? Pour convaincre les gens ? Non mais tu débloques ! »

Je vais vous montrer à tous comment je peux débloquer, tiens ! pensa-t-il en resserrant ses doigts sur le coup-de-poing américain. Et puis, il réfléchit. Les surprendre maintenant était dangereux. Et si la fille se rebiffait et attaquait ? Après tout, elle avait roulé sous la flotte comme une amazone. Une vraie carne, cette nana.

Il les laissa discuter. Visiblement, la fille tenait au mec. Elle semblait prête à tout pour le protéger.

Au bout d'un moment, elle annonça qu'elle devait retourner bosser et lui proposa de la retrouver plus tard dans un restau végan. Il accepta.

Morgan se planqua dans la première pièce venue le temps qu'elle ressorte de la maison.

Il fonça dans ce qui se révéla être une cuisine. Le dénommé Puma se figea telle une statue, la bouche en O.

Morgan lui colla son poing droit dans la tronche. Le sang gicla. Le dos du gars heurta l'évier et il s'affala.

Il avait l'air hors circuit.

Morgan se remit à le cogner à l'épaule. Il recula, sa main lui faisait trop mal. Il prit son élan et lui balança son pied droit dans l'estomac. Le mec poussa un couinement sec et bascula sur le côté.

Morgan respirait comme une forge et ses mains lui faisaient mal. Sa dernière bagarre remontait à longtemps.

Il se dit qu'il pouvait zigouiller ce type, lui infliger ce qu'il avait fait à Bertrand.

Il s'accroupit. Et se retrouva face à la gueule ensanglantée du militant.

Morgan avala sa salive. Cet homme ressemblait *vraiment* à Jésus-Christ. La couronne d'épines en moins.

Ou alors la fatigue remettait ça et lui jouait un sale tour.

Il se revit à la messe. Avec ses parents et Rosie. *S'ils savaient ce que je viens de faire... Bon sang...*

Un merle invisible lui grignotait le milieu de la poitrine. On ne devait pas reproduire les misères que les autres vous infligeaient. Ce type, bien que cinglé, était tout de même son prochain. Quelque chose n'allait pas dans ce qu'il venait de faire.

Il se redressa. Est-ce qu'il devait appeler une ambulance ? Non, les paupières de Puma tremblaient. Le gros et la vieille dame allaient sûrement revenir. Ils s'occuperaient de lui.

Il sortit et remonta la rue. Un homme arrivait en sens inverse. Des cheveux ras, une trogne de dealer. Penché sur son smartphone. L'inconnu ne lui accorda pas le moindre regard et ne ralentit pas le pas. Morgan grimpa dans sa voiture. Le type disparaissait déjà au carrefour. Des pensées se bagarraient dans son cerveau au bord de la surchauffe : *J'ai frappé ce militant, personne ne m'a vu. Cette maison, c'est peut-être leur planque. Qu'est-ce que je fais ?*

Il pouvait les dénoncer. Mais ce Puma n'avait peut-être

pas tué Bertrand. Il avait une tête innocente, une tête de sauveur. Et puis Morgan ne supportait pas les flics, et encore moins le capitaine Chauvigny. À peine débarqué dans le Finistère, il se comportait comme s'il avait tout compris.

Il faut vraiment que j'aille me pieuter. Je verrai plus tard.

Morgan mit le contact et s'engagea dans le trafic.

*

Vali fit demi-tour, marcha jusqu'à la maison et entra. Il consulta son smartphone et agrandit la photo du gars qu'il venait de prendre en douce.

C'était bien Monier, l'exploitant de la ferme-usine, croisé à l'instant sur le trottoir. Il avait vu sa bobine dans le journal qui traînait chez la tante de Grizzli. Choucas le lui avait montré parce qu'on y parlait d'eux.

Qu'est-ce que le fermier foutait là ? Il avait repéré leur planque, il allait ameuter les flics.

Vali écouta le silence. Soudain, il entendit des gémissements. Ça venait de la cuisine.

Puma, affalé sur le carrelage. La gueule en sang.

Moralité, le bouseux lui avait mis une avoinée.

Il s'approcha.

— Aide-moi à me relever, articula Puma.

— Qu'est-ce qui t'est arrivé, mec ?

— C'est… Morgan Monier. Il a trouvé notre… QG. Il faut prévenir… les autres.

Ce péquenaud maigrelet l'avait mis dans cet état ! Eh bien, bravo. Puma le malin avait l'air d'un chaton écrabouillé par un tracteur.

Vali revit son expression quand Choucas leur avait appris à tous qu'il était un « quasi-analphabète ». Le mépris brillait dans ses yeux. Puma se prenait au sérieux parce qu'il dirigeait leur groupe. Mais il n'avait pas les couilles. C'était juste un intello qui se la pétait.

D'ailleurs, tous des amateurs, ces petits cons. Aucun ne

l'avait jamais repéré lorsqu'il les avait filés pour savoir comment ils gagnaient leur croûte. Louvette se la jouait Mère Teresa. Aide-puéricultrice, elle militait aussi dans plusieurs assoces. Choucas faisait le grouillot dans un magasin d'articles de plongée. Grizzli passait sa vie derrière un ordi dans une boutique minable. Et Puma trimait comme mécano pour son oncle.

Rien de reluisant. La Tribu rouge, un gang de rigolos. Il allait les entuber dans les grandes largeurs.

Il eut l'impression que sa cervelle flambait. Les pensées lui venaient. Claires et pures. Des flammes. Il savait ce qu'il avait à faire.

Une telle chance ne se représenterait pas.

16.

Le même jour
Quimper

Gilles l'attendait devant son hôtel. Il lui ouvrit la portière pour qu'il s'installe dans la berline, prit place derrière le volant et lui demanda s'il voulait écouter de la musique.

Il travaillait pour lui depuis trois ans et leur rencontre dans un club d'arts martiaux. Paul Lamberti n'avait jamais eu à regretter ce recrutement malgré le casier judiciaire du gaillard. Il se montrait un peu brutal mais discipliné. De fait, il était non seulement son chauffeur mais aussi son garde du corps.

Lamberti choisit Lady Gaga et la bande-son du film *A Star Is Born*. Ça commençait à dater, mais l'Américaine polymorphe lui avait toujours plu, elle chantait impeccablement dans tous les styles. *Exactement le genre qu'il m'aurait fallu*, songea-t-il. Elle pouvait être banale ou magnifique à volonté. Une femme surprenante.

Ils furent rapidement à l'aéroport de Quimper-Bretagne. Avant de monter à bord du jet privé qu'il avait réservé en ligne, Lamberti fourra une liasse de billets dans la poche du costume de Gilles et lui dit de s'offrir du bon temps en attendant son retour.

Il pénétra dans l'avion, se cala dans son siège moelleux et accepta l'eau pétillante, les petits fours salés et les journaux économiques que l'hôtesse lui proposait.

Lamberti atterrit à l'aéroport Montpellier-Méditerranée. Son taxi avala rapidement les cinq kilomètres qui le séparaient de son palace.

Lorsqu'il descendit de voiture, les effluves de fleurs exotiques émanant du hall vinrent l'accueillir.

— Bonjour, monsieur Lamberti, ravie de vous revoir parmi nous, lui déclara une ravissante hôtesse.

Ses yeux plissés indiquaient qu'elle souriait sous son masque. Elle forçait la mimique pour que ça se voie. Il fit de même et alla rejoindre Laura.

Elle lui ouvrit, tendit la main vers son visage, lui effleura la joue.

— Ton voyage s'est bien passé, mon chéri ?

— Bien sûr. Tu es superbe.

Une nouvelle robe. Des tons pâles qui se fondaient dans l'écrin immaculé de la suite. Quand elle se retourna pour s'avancer vers la baie donnant sur la plage privée et les bandes bleutées de la mer et du ciel, il vit que l'échancrure soyeuse du vêtement caressait la limite de ses reins. Laura tenait de sa famille un goût très sûr.

En fait, il aurait bien aimé qu'elle lui refasse le coup de Mireille Darc dans ce film comique avec Pierre Richard. Le décolleté de fesses. Évidemment, ça n'arriverait jamais.

Il savait qu'elle lui proposerait un dîner au restaurant du rez-de-chaussée, puis une soirée casino. Ça ne manqua pas.

Installé à la table favorite de Laura, il observait les clients du palace en sirotant son café. Emmitouflés dans des peignoirs de bain blancs, ils se reposaient sur des transats. La Méditerranée clapotait gentiment. Une mer sans marée et sans sportifs.

Il se revit deux jours plus tôt sur la plage de Saint-Malo,

en train de regarder les surfeurs en combi noire se bagarrer avec les vagues, ainsi que les nageuses et les nageurs héroïques de novembre.

Il s'était accordé ce break pendant que Laura empilait des jetons sur les tapis verts. Après la réunion avec les salariés et sous-traitants de Poulets Dorés, et avant de repartir pour Palavas-les-Flots, où elle séjournait régulièrement lorsqu'elle se lassait de son appartement parisien, elle avait voulu que Gilles la conduise jusqu'à Saint-Malo. Il y avait là un casino Barrière qu'elle n'avait pas encore testé.

Dans le casino de Palavas-les-Flots, l'atmosphère était toujours aussi suave.

Laura opta pour la table de black jack. Tandis qu'elle jouait, Lamberti se plaça derrière elle et posa sa main sur son épaule. Ce rituel lui portait chance.

Pendant le déjeuner, ils avaient à peine parlé de l'évolution de la situation au sein de l'entreprise familiale. Il avait sa confiance. Ce qui intéressait surtout Laura était de savoir quand il rejoindrait le Finistère. Il lui avait répondu qu'il reprendrait l'avion pour Quimper dès le lendemain. « J'aimerais qu'on aille à Miami en janvier, Paul. Tu crois que ce sera réglé d'ici là ? » « Je ferai mon possible », avait-il rétorqué.

Il pensa qu'il tenait le rôle de son conseiller financier depuis cinq longues années. Et durant ces cinq ans, il n'y avait jamais eu l'ombre d'un nuage entre eux.

*

Quimper

Tout le monde piquait sa crise en même temps. Grizzli répétait : « On est mal, on est mal, on est mal ! » Choucas bredouillait n'importe quoi et chialait comme un môme. Et même la vioque avait l'air de comprendre qu'il y avait un os dans la moulinette. Elle leur faisait ses yeux de chouette et marmonnait des questions que personne n'écoutait.

Le seul qui ne disait rien, c'était Puma. Forcément. Il était mort.

Vali jouait lui aussi les pleureuses et grimaçait. En réalité, il se sentait rassuré et content de lui. Il n'avait eu aucun mal à faire gober à ces débiles que Morgan Monier avait défoncé le crâne du chef vénéré de la Tribu rouge à coups de poêle à frire.

Il avait suffi de leur montrer la photo qu'il avait prise du péquenaud.

De temps en temps, le smartphone de Puma sonnait à côté de son corps. Il avait giclé de sa poche quand Vali l'avait aidé à se relever avant de l'envoyer au pays d'où on ne revient pas. Vali avait regardé l'écran : « Louvette ».

Elle remettait ça. Il fit signe à Choucas de s'en occuper. L'autre décrocha et raconta à Louvette ce qui s'était passé. En chialant.

— Elle… dit… qu'elle vient, lâcha Choucas entre deux hoquets.

— Non ! On se casse !

— Mais… et Puma ? demanda Choucas, l'oreille toujours collée au portable.

— On va devoir l'embarquer.

— Comment ?

— Avec le van de Grizzli.

On entendait les protestations de Louvette par téléphone. Mais Vali n'en avait rien à braire.

La nuit tombait à point. Le corps avait été emballé dans la toile cirée de la table de la vioque. On le fourra à l'arrière du char déglingué de Grizzli.

— T'es sûr que ta grand-tante va pas appeler la police ?

— La pauvre, elle se rappelle même plus le numéro.

De fait, il n'y avait aucun risque de ce côté-là. Collée à

sa télé comme un bigorneau à son rocher, elle ne s'était même pas aperçue de leur départ.

Le père de Choucas avait un petit bateau qu'il utilisait le dimanche pour aller pêcher. Le destin de Puma était tout tracé.

Une brouillasse rougeâtre salissait la lune. Pas un chat dans les parages. On déposa le corps et le matos sur le pont. Le hangar du daron de Choucas était une vraie caverne d'Ali Baba. Ils avaient récupéré une voile de bateau, de la corde synthétique, des vieilles jantes de voiture.

Choucas mit le moteur et prit la direction du large. Grizzli dégueula par-dessus bord.

Très vite, le rivage ne fut plus qu'une bande trouble et grisâtre.

Arrivés dans un endroit que Choucas considérait comme bien profond, on fit halte.

— On doit… vraiment l'abandonner là ? articula-t-il péniblement.

— Sérieux ? T'as une meilleure idée ? ironisa Vali. Les flics, eux, ils hésiteront pas, tu sais. Ils nous colleront le meurtre sur le dos. Garanti.

Voir Choucas dans cet état piquait les yeux. Vali n'avait jamais vu un mec pleurer autant et aussi longtemps. Ou si, une seule fois, un Congolais quelconque que sa patrouille avait passé à tabac ; mais le gars douillait tellement, il y avait de quoi chialer.

Il fallut discutailler encore un peu et endurer une minute de silence. Une idée de Choucas. Finalement, on déplia la voile. Avec la toile cirée, ça ferait double couche. Les jantes serviraient à lester le colis.

Grizzli attrapa le corps par les épaules, Vali par les pieds et ils l'emmaillotèrent. La corde en fit un chouette saucisson.

Et *bam*, on le balança à la flotte.

La Tribu rouge n'a plus de chef, pensa Vali en rigolant intérieurement. *Mais ça ne va pas durer.*

Sur le chemin du retour, le vent couvrait les reniflements de Choucas. Même Grizzli posait des questions. Il voulait savoir ce qu'on allait faire.

— Continuer la lutte, dit Vali. C'est ce que Puma aurait souhaité. Et avant ça, on va venger sa mort. Moi, j'ai ma théorie.

— Sur quoi ?

— Monier a massacré Puma sans pitié. Je suis certain que c'est lui qui a tué Kernec.

— Mais pourquoi ?

— Kernec avait financé sa ferme. Comme elle a brûlé, Monier avait plus de quoi la rembourser. Alors, il a tué le gars et revendiqué le meurtre sur notre page. Et je parie qu'il a l'intention de nous mettre celui de Puma sur le dos.

— Ah, ouais, j'avais pas pensé à ça.

— Donc, on va régler deux problèmes en un.

Choucas avait cessé de chouiner. Il ouvrait bien grand ses esgourdes lui aussi.

— On va éliminer ce salopard de péquenaud, reprit Vali. Pour Puma. Pour la Tribu rouge.

17.

Nuit du mardi 8 au mercredi 9 novembre

Gisèle Tanguivieux fut réveillée en sursaut.

Elle se souvint qu'il y avait eu un orage au cœur de la nuit.

Mais non, le ciel était sec, ce n'était pas ça.

Elle se redressa dans son lit, écouta. Quelqu'un tambourinait à la porte d'entrée. Elle voulut empoigner son réveil posé sur la table de chevet et, dans la précipitation, le fit tomber. Elle ralluma sa lampe de lecture.

Le réveil gisait, éventré sur les lattes du parquet, sa pile à l'air. Façade obstinément noire.

Ça tambourinait toujours.

Où est mon foutu smartphone ?

Elle se souvint. Elle l'avait laissé dans son sac, sur le fauteuil, avec ses habits de la veille. Elle fouilla. Son portable lui annonçait 2 heures du matin.

Ça tambourinait encore.

Les excités qui avaient saccagé sa voiture remettaient ça ?

Elle se leva, s'engagea prudemment dans le couloir. Des bribes de son rêve flottaient dans son cerveau. Elle marchait dans une forêt. Rouge. Laurent Danglois était là, au centre d'une clairière nimbée d'une lumière étrange.

Son ex était affublé d'une couronne de laurier et d'une toge, perché sur un monolithe noir… Il allait lui dire quelque chose…

— Gisèle ! Ouvrez, c'est moi !

Une voix juvénile.

Peut-être celle de la militante de la Tribu rouge. Sans bruit, Gisèle alla regarder dans l'œilleton.

C'était bien elle.

Elle ouvrit. Et découvrit la jeune fille paniquée sur son seuil. Plus de masque ni de lunettes, Gisèle voyait pour la première fois son visage. Des traits fins encadrés par une chevelure mousseuse.

La petite serrait ses vêtements trempés sur elle. Une violente quinte de toux la cassa en deux.

Gisèle alla se munir d'un masque, s'en couvrit le visage et revint. Elle guida sa visiteuse jusqu'à la cuisine et la fit asseoir.

Qu'allait-elle bien pouvoir faire d'elle ? Avait-elle pris de la drogue ? Elle semblait fiévreuse ou à la limite de la crise psychotique.

— Vous avez été agressée ? On vous a forcée à avaler une substance quelconque ?

— Non… Je…

Une nouvelle toux l'empêcha de poursuivre.

Elle faisait peine à voir. Gisèle faillit lui proposer un verre d'eau ou un vieux fond de sirop qui traînait dans son armoire à pharmacie. Finalement, elle lui servit une Bénédictine.

Les mains tremblantes, la fille en avala une gorgée.

— Qu'est-ce qui vous arrive ? Vous avez eu un accident ?

— Non, ce n'est pas ça…

Elle resta un instant inerte, puis avala une autre gorgée d'alcool et se lança dans des explications saccadées.

L'écoutant, Gisèle se sentit défaillir. Un militant avait été tué « par le propriétaire de la ferme-usine incendiée ».

Et ce fermier ne pouvait être que « le responsable de l'électrocution de Bertrand Kernec ».

La journaliste en resta estomaquée.

Son interlocutrice se mit à sangloter entre deux quintes.

— J'aimais… beaucoup… Puma, réussit-elle à articuler. Quelqu'un de formidable, de généreux. Je ne sais plus ce que je fabrique, ni pourquoi… Ma vie est partie en morceaux…

— Morgan ne peut pas avoir fait ça. Je le connais bien. Je connais sa sœur Rosie. Je… Impossible !

— Et pourtant, c'est vrai.

Gisèle se servit à son tour une rasade de liqueur et l'avala cul sec. Au-dehors, une tourterelle roucoulait. Une douceur ridicule.

Elle ne parvenait pas à admettre ce qu'elle venait d'entendre.

Morgan… Une tête de mule, un sanguin, mais pas un tueur.

Ou alors, ils avaient tous été catapultés dans une réalité parallèle.

Elle pensa téléphoner à Rosie, puis conclut que ce n'était pas l'idée du siècle. La gamine en pleurs dans sa cuisine gobait peut-être n'importe quelle théorie. Elle délirait. Il y avait sans doute une explication rationnelle à tout ça.

Gisèle attendit qu'elle se calme un peu, puis la questionna et comprit qu'elle n'avait assisté à rien. Ses infos, elle les tenait d'une conversation téléphonique avec un autre militant. Elle n'avait pas vu le corps de son ami Puma. Elle n'avait pas vu Morgan sur les lieux.

Seule solution : vérifier sur place.

Elle embarquerait la jeune femme avec elle.

Ses vêtements étaient trempés. Il fallait lui prêter de quoi se changer. Gisèle alla fouiller son placard, revint avec une tenue de jogging et un pull de laine. Une fois la fille rhabillée, la journaliste l'entraîna au-dehors.

Gisèle la fit monter dans son break garé dans l'allée, puis prit le volant et la direction du domicile de Morgan.

Il habitait Plouard, à environ deux kilomètres de ce qui avait été sa ferme.

Habituellement, et à cette heure de la nuit, la rue où vivait Morgan était déserte ; ce soir-là, un véhicule patientait à côté de son pick-up. Un van jaune qui devait dater de l'époque de Jimi Hendrix.

Gisèle attendit un moment. Rien ne se passa.

Elle se tourna vers sa passagère. Blottie dans le pull trop large, elle regardait le vide et la nuit. *Qu'est-ce que tu fabriques dans cette galère, ma pauvre petite ?* pensa Gisèle. Elle lui expliqua qu'elle allait faire un repérage rapide et lui demanda de rester tranquille. La gamine se contenta de hocher la tête. La mort de son ami l'avait assommée.

La lune n'offrait qu'une lumière tamisée. Évitant de trébucher dans les ornières boueuses, Gisèle se faufila jusqu'à la maison, isolée des autres par des champs plongés dans une obscurité goudronneuse.

Arrivée près de la palissade, elle repéra une lumière à l'étage. Peut-être celle de la chambre de Morgan. Elle hésita. Devait-elle sonner et lui demander carrément des explications ?

Et s'il y avait une once de vrai dans ce qu'avait dit la jeune militante ?

Elle s'adossa au muret. Que faire ? Elle se sentait démunie.

Quelques minutes plus tard, elle perçut un cri étouffé en provenance de l'habitation. Et elle entendit des voix d'hommes en colère. Ils étaient au moins deux.

Gisèle repartit en courant vers sa voiture et s'y engouffra. On ne pouvait pas la voir depuis les fenêtres ; du moins, elle l'espérait. Bientôt, elle discerna des silhouettes, crut distinguer deux personnes en train d'en pousser une autre dans le van.

En toute logique, Morgan.

Elle attendit qu'ils démarrent et s'éloignent, puis elle mit le contact et les suivit à bonne distance.

Son esprit jonglait avec plusieurs idées. Si les antispécistes étaient persuadés que Morgan avait tué l'un des leurs, ils pouvaient vouloir se venger. Mais, vu le style de la militante et la façon dont celle-ci avait dépeint son ami Puma, on avait affaire à une bande de jeunes idéalistes exaltés. S'ils aimaient les actions musclées, ils n'étaient pas des assassins. Ils n'avaient rien à voir avec la mort de Bertrand Kernec. Donc, aucune raison qu'ils cherchent à exécuter Morgan.

Sans doute voulaient-ils juste une explication.

Moi aussi, je veux des explications, se dit-elle. Plus âgée et expérimentée que tous ces gens, elle saurait les approcher. Discuter avec eux. Les raisonner. Avec un peu de chance, elle leur soutirerait des infos utiles.

Pas question de faire débarquer la gendarmerie. Elle n'avait aucune envie de livrer au capitaine Chauvigny la gamine déboussolée et meurtrie qui grelottait sur le siège passager de son break.

*

Ils l'avaient ligoté avec de la corde et bâillonné avec du ruban adhésif. Le péquenaud ne moufterait pas en route.

Vali leur avait ordonné d'aller récupérer des outils planqués dans la cave de Grizzli et de prendre la direction du hangar désaffecté. Une ancienne fabrique qui pourrissait dans un bled entre Quimper et Gourlizon. Ils venaient d'arriver.

Grizzli gara le van au ras du portail et n'attendit pas qu'on lui dise quoi faire. Il récupéra les lampes torches et la disqueuse à l'arrière du véhicule puis se mit à l'ouvrage. Grizzli en avait fini avec les questions vaseuses. Tant mieux ; Vali, lui, en avait marre de donner des réponses.

Choucas était passé en mode zombie. Il parlait à peine,

mais avait gobé l'idée que l'éleveur avait tué son copain, et qu'il ne l'emporterait pas au paradis. Gros progrès.

Monier se débattit. Ça n'eut pas d'effet sur Grizzli qui l'empoigna et le traîna sans peine dans le hangar.

Vali l'attacha à une vieille chaise abandonnée là avec les colliers de serrage en plastique qu'il avait toujours en poche. L'opération lui rappela quelques souvenirs africains.

Il avait l'intention de boxer salement Monier d'emblée, histoire de l'entendre cracher n'importe quoi, c'est-à-dire tout ce qui l'arrangerait. Il fallait convertir complètement Choucas et Grizzli. Les amener à obéir sans se rebiffer.

L'affaire s'annonçait bien. Morgan Monier roulait des yeux dégoulinants de trouille.

*

Gisèle avait filé le conducteur du van jusqu'au hangar qui abritait autrefois la fabrique de matériel agricole. Elle connaissait l'endroit pour avoir écrit un reportage sur ses salariés inquiets avant sa fermeture.

Elle s'était garée une centaine de mètres avant le bâtiment.

Rien ne se passait. Que fabriquaient-ils là-dedans ?

Elle abaissa sa vitre. Une compagnie de corneilles discutaient d'un arbre à l'autre. Le vent tourbillonnait sans exagération, emportait les premières feuilles mortes, secouait un peu les clôtures. Aucune voix humaine, en tout cas.

Il fallait vérifier si Morgan était en danger. Sans doute que non. Mais, cette nuit, impossible de nourrir des certitudes.

— Tu viens avec moi ou tu patientes ici ? demanda-t-elle à la gamine.

En route, elle lui avait expliqué qu'elle pensait que ses copains comptaient mettre une dérouillée à Morgan. La jeune femme avait avalé l'information sans trop réagir.

— Je viens…, marmonna-t-elle. Je réussirai… peut-être à les raisonner.

Elles descendirent de voiture. Gisèle s'avança vers le hangar.

Bientôt, elle s'aperçut qu'elle était seule. Elle se retourna. La militante ne l'avait pas suivie.

Gisèle revint sur ses pas. Personne. *Où est-elle, bon sang ?* Elle utilisa la fonction lampe de poche de son smartphone et l'orienta vers le break, puis commença à en faire le tour.

Elle découvrit la petite assise par terre, adossée à la carrosserie.

— Qu'est-ce qui t'arrive ?

La fille ne répondit pas.

Gisèle éclaira son visage. Elle suait à grosses gouttes et semblait au plus mal. Gisèle posa sa main sur son front. Il était bouillant.

Elle réfléchit. Impossible de la laisser là. Elle ne savait pas combien de temps il lui faudrait parlementer avec ces types pour qu'ils lâchent la grappe à Morgan.

Elle soupira.

Cette jeune femme devait se reposer. Elle allait la conduire chez elle, la mettre au lit et revenir seule. Les militants n'allaient pas s'envoler. Elle était certaine qu'ils ne l'avaient pas repérée, et c'était probablement leur seule planque.

Arrivée chez elle, Gisèle fit enfiler l'un de ses pyjamas à la fille et lui prit sa température. Le thermomètre indiquait trente-neuf et demi, du sérieux. Et elle continuait de tousser.

Elle alla chercher du paracétamol et en donna à la gamine.

— Tu es vaccinée contre la Covid ? lui demanda-t-elle.

— Non…

— Pourquoi ?

— Je suis… contre les vaccins.

Allons bon, soupira Gisèle pour elle-même.

— Les tests sur les animaux sont… inacceptables, continua la jeune femme. De la torture.

Gisèle acquiesça, puis lui expliqua qu'elle serait de retour au plus vite. En attendant, il fallait qu'elle se repose.

— Fais attention, lui dit la petite en lui agrippant le bras. Vali, c'est… un drôle de type.

— Vali ?

— Le dernier à nous… avoir rejoints. Je crois que… c'est le diable.

Le diable. Bien sûr. Décidément sévère, cette fièvre.

Gisèle quitta la chambre, s'engagea dans le couloir. Au bout de deux mètres, elle pila sur place et rebroussa chemin. Elle sortit une paire de jumelles du tiroir de la commode et les fourra dans la poche de son blouson. Elle s'en servait pour observer les oiseaux ; ce soir elle s'en servirait pour observer des humains.

Elle sortit de chez elle et leva la tête. La lune se réduisait à un croissant tremblotant, chamboulé par des nuages musclés et rapides. Le crachin lui brumisa les joues. Une sensation agréable dans cette nuit sinistre.

Elle remonta à bord de son break et reprit le chemin de la fabrique désaffectée.

Le crachin avait forci. Ça allait encore virer à l'averse. Elle aussi grelottait à présent.

Elle vit un faisceau lumineux scier la brume. L'un des gars marchait avec une lampe torche à la main. Ça s'agitait enfin.

Elle était arrivée à temps, ils allaient sans doute repartir sous peu.

Elle saisit ses jumelles et observa ce qui se passait. Elle distingua la silhouette d'un homme. Grand et gros. De dos. Il venait de poser sa lampe au sol. Et le faisceau n'éclairait que ses jambes. Que faisait-il ? Aux volutes de vapeur qui montèrent du sol, elle comprit qu'il se soulageait dans l'herbe.

Une fois allégé, le type récupéra sa torche et rentra dans le hangar.

Gisèle abaissa sa vitre, écouta. Elle percevait des voix. Faibles, mais suffisamment audibles, surtout l'une d'elles : un mec gueulait. Impossible de saisir ce qu'il disait.

Soudain, elle capta un bruit étrange. Une sorte de ronronnement. Celui d'une machine ?

Un braillement retentit. Elle se figea.

Si c'est Morgan, il passe un sale quart d'heure !

Gisèle s'affola. Puis elle ravala sa peur, quitta l'abri de son break et fonça vers le hangar en agrippant son smartphone pour qu'il ne tombe pas de sa poche.

Elle allait peut-être devoir appeler Chauvigny, finalement.

Elle ralentit à hauteur du portail entrouvert pour ne pas faire de bruit. Le ronronnement s'amplifia. Un outil tournait à plein régime. Elle osa un pas de plus.

Et se retint de hurler.

La scène qui se déroulait sous ses yeux la révulsa. Un teigneux aux cheveux ras avait une meuleuse en main. Deux autres, dont le gros, le regardaient, plantés comme des benêts. La cuisse gauche de Morgan, ligoté à une chaise, pissait le sang.

Le jeune éleveur avait le visage tordu par la douleur.

Si ce dingue lui avait touché une artère, ce n'étaient pas les gendarmes mais des urgentistes qu'il fallait appeler.

Elle voulut composer le 112 et s'y reprit à deux fois tant ses mains tremblaient.

Tandis que la voix de l'opérateur résonnait dans son oreille, elle flaira le danger. Elle se rendit compte que le trio s'était tu. Soudain, on n'entendait plus que les gémissements de Morgan.

Elle releva la tête.

— C'est qui, celle-là ?! brailla le teigneux.

Il venait de découvrir sa présence. Les deux autres la virent aussi, mais avec un temps de retard.

Le téléphone plaqué sur l'oreille, Gisèle recula, puis piqua un sprint vers sa voiture.

— Allô ! C'est Gisèle Tanguivieux. Appelez la gendarmerie ! lança-t-elle au standardiste. Un blessé grave. La vieille fabrique Prigent !

Ses bras et ses jambes coupaient la nuit poisseuse. Sa respiration lui faisait l'effet d'une chaudière. Personne dans son dos. Aucune lumière. La campagne n'était que purée de pois. Gisèle était terrorisée à l'idée de se tordre un pied dans une ornière et de s'affaler.

Trois cônes lumineux fendirent l'obscurité et se mirent à tanguer comme des sabres laser. Ça allait si vite que ses yeux n'avaient pas le temps de s'accoutumer, de repérer les obstacles. Tant pis, elle accéléra.

Elle entendait quelqu'un souffler derrière elle. Ce quelqu'un la coursait et grognait sous l'effort.

Le break n'était qu'à quelques mètres. Mais Gisèle sentait que l'homme la rattrapait.

Elle pensa soudain aux jumelles dans sa poche. Elle pouvait s'en servir comme d'une arme. Frapper l'agresseur au visage. L'aveugler momentanément. Se donner les secondes nécessaires pour monter à bord de sa voiture, mettre le contact et fuir.

Trop tard.

Ses épaules subirent un coup d'une violence inouïe. Elle fut propulsée. Le téléphone lui échappa et valdingua dans la pénombre.

Elle atterrit violemment sur le côté, sentit une douleur atroce dans ses côtes. On enserrait ses jambes.

Bientôt, son assaillant lui agrippa les bras et les lui ramena dans le dos sans ménagement. La douleur la fit hurler. Le type dégageait une horrible odeur de sueur et de rage.

— Ne me touche pas, salopard ! cria-t-elle.

Il la retourna comme une crêpe. Elle croisa son regard venimeux.

« Je crois que… c'est le diable », avait dit la gamine.

Gisèle sentit la peur ramper de son ventre à son cou.
Et une enclume lui broya le crâne.

Elle ouvrit les yeux. Il lui semblait que son corps avait été recraché par une moissonneuse-batteuse. Pour tomber dans une broyeuse : des secousses dans tous les sens.

Gisèle comprit qu'elle se trouvait dans un véhicule en mouvement. Probablement le van hippie. On l'avait ligotée et bâillonnée tel un rôti.

Quelqu'un gémissait à sa gauche. Elle se contorsionna et réussit à discerner un corps allongé sur le sol métallique.

Morgan. Vivant.

Sa blessure à la cuisse était moche, mais il ne s'était pas vidé de son sang.

Elle entendit des voix en provenance de l'avant de la camionnette. Un homme aux intonations grossières donnait des directives au conducteur. Sûrement le teigneux aux cheveux ras. Apparemment, ils se dirigeaient vers la côte.

— On va passer par ta boîte, Choucas, dit le teigneux.

— Quelle boîte ? demanda son interlocuteur d'un ton abattu.

— Celle pour laquelle tu bosses, pardi.

— Mais… tu sais pas où je travaille, mec.

— Je t'ai vu un jour par hasard fumer une clope devant un magasin d'articles de plongée. T'avais pas l'air d'un client.

— Ouais, bon, d'accord. Mais pourquoi tu veux qu'on y aille ?

— Pour récupérer des bouteilles et des respirateurs.

— Hein ? Qu'est-ce que tu…

— Calmos. Je t'expliquerai sur place. J'ai un plan génial.

Du matériel de plongée ? Gisèle fut prise d'une angoisse sourde. Et si ces dingues avaient décidé de les faire disparaître tous les deux dans l'océan ?

18.

Mercredi 9 novembre

Ingrid avait annoncé qu'elle se chargeait du petit déjeuner. Elle leur préparait un « porridge à la singapourienne ». Une ragougnasse forcément gluante, agrémentée de poisson séché. On pouvait craindre le pire ; Lola aurait nettement préféré des croissants au beurre.

Elle entendit un bruit de camionnette. La pendule indiquait 9 h 10. Un coup d'œil par la fenêtre lui apprit que Le Guern se garait dans la cour. Elle le vit débouler dans la cuisine avec une expression inédite. Il semblait avoir croisé une créature des marais. Il avait d'ailleurs le visage verdâtre.

— Qu'est-ce qui se passe ?

— C'est Morgan…, bredouilla-t-il.

Lola sentit un essaim d'abeilles lui grignoter le sommet du crâne. Son instinct lui soufflait que les nouvelles seraient catastrophiques. Immédiatement, elle pensa à la sympathique Rosie Monier.

Elle fit asseoir l'artisan et lui dit de leur raconter ce qu'il savait. Il leur expliqua qu'on avait retrouvé le jeune éleveur, ce matin, vers 6 heures. Sur une plage isolée.

— Il est mort ? articula Ingrid dont le teint virait à une pâleur de nacre.

— Oui. Asphyxié. Dans les algues vertes.

Le silence s'abattit sur leur trio. Lola tira une chaise et s'y effondra. Ingrid éteignit la gazinière, alla s'adosser au réfrigérateur et se massa les joues avec énergie.

— Il s'est suicidé ? voulut savoir Lola.

Le Guern sortit de sa catalepsie pour secouer la tête et leur raconter la suite.

Le corps de Morgan paraissait salement amoché, comme si on l'avait battu, et ses mains étaient ligotées.

Les gendarmes avaient débarqué chez Rosie.

— Comment les gendarmes ont-ils su qu'il se trouvait là ? demanda Lola. Une plage pleine d'algues toxiques, ça n'attire pas les promeneurs…

— Promeneurs ou pas, il paraît que le meurtre a été revendiqué.

D'après lui, le capitaine Chauvigny aurait reçu l'appel d'un homme affirmant appartenir au groupe de la Lune guerrière.

— La *Lune guerrière*, répéta Ingrid. Ce n'était pas la Tribu rouge ?

— Non, non. La Lune guerrière. J'ai bien entendu.

Une heure plus tard, Le Guern avait retrouvé son échelle et ses pinceaux, Ingrid joggait pour se calmer les nerfs et Lola cogitait en sirotant son café. Elle avait laissé les nouvelles tourner en boucle. La mort de Morgan avait été confirmée, notamment sur Radio Breizh 43. Le groupuscule de la Lune guerrière avait été mentionné. Les infos de l'artisan étaient solides.

Elle perçut un mouvement étrange dans le jardin. Elle s'aventura au-dehors, sa tasse à la main.

Ingrid, de retour. Elle gesticulait en tous sens et poussait des cris de belette sous amphétamines.

— C'est quoi, ce truc ? demanda Lola.

— Du kung-fu. Il faut vraiment que je me défoule !

Ingrid avait certes bourlingué partout et notamment à Hong Kong. À la regarder s'ébrouer, on avait l'impression que Jackie Chan en personne l'avait coachée. Elle levait haut la jambe, très haut même, et ses coups fusaient méchamment. Lola ignorait contre combien d'ennemis imaginaires l'Américaine luttait, mais il était certain qu'elle leur mettait à chacun une bonne pâtée.

Son ballet hongkongais terminé, Ingrid s'accroupit et laissa la sueur dégouliner le long de son visage rougi. Lola se dit que l'énergique Yankee allait mijoter un moment dans sa tenue de jogging : la seule douche de la maison restait impraticable. Michel-Ange avait mis quatre ans à terminer la chapelle Sixtine, on espérait que Le Guern ferait mieux. *Mais, franchement, c'est le cadet de nos soucis.*

— Ça prend une allure effrayante, commenta Ingrid. *No ?*

— Affirmatif.

— Et je me demande qui sont ces guerriers de la Lune. Encore des antispécistes, tu crois ? Quel rapport avec les algues vertes ?

— À ce stade, je n'en sais fichtre rien. Et il faut toujours se garder des conclusions hâtives.

Elles réintégrèrent la cuisine. D'habitude, Le Guern sifflait en travaillant, mais un grand silence semblait lui être tombé dessus. En revanche, Radio Breizh 43 continuait de bavasser dans leur dos.

— Tout de même, ces morts si rapprochées de Kernec, puis de Monier, ça interroge, reprit Lola.

— Elles auraient un rapport, tu crois ?

— Ah oui, je le sens. Et ça me tournicote dans la tête. Monier et Kernec. Kernec et Monier.

— Attends une minute…

Ingrid levait un doigt impérieux entre leurs deux visages.

— Qu'est-ce qui t'arrive ? Encore du kung-fu ? s'enquit Lola.

— Je réfléchis.

— Oui. Très bien.

— Je pense à la journaliste Tanguivieux…

— Parce qu'elle est bien renseignée sur la mouvance antispéciste ?

— Elle a probablement une idée. Je te connais, Lola. Quelquefois, il te suffit d'une petite étincelle pour te mettre sur le chemin.

Ingrid voulait un brainstorming et c'était bien vu. Tanguivieux, déterminée et intelligente, accepterait peut-être de partager ses découvertes et ses analyses avec elles.

Lola téléphona à la rédaction de Radio Breizh 43. On lui répondit que la journaliste était injoignable. Elle palabra pour glaner son numéro de portable, y parvint, le composa et tomba sur un répondeur.

— Une journaliste qui ne répond pas au téléphone, c'est moyen, grimaça-t-elle.

— Rosie en voulait à mort à Kernec, lâcha quelqu'un dans leur dos.

Elles se retournèrent sur Le Guern. Le Michel-Ange des salles de bains avait un bandana sur la tête, un pinceau en main, les bras croisés et le corps calé à l'oblique dans l'embrasure de la porte.

— Je n'arrive pas à me concentrer sur le boulot aujourd'hui, pardon, reprit-il. Alors j'ai écouté votre conversation. Le lien entre les Monier et Kernec, c'est ça.

— Une minute, Le Guern ! rugit Lola. Vous accusez Rosie d'avoir tué Kernec ? Mais pourquoi, au juste ? Parce que Kernec avait incité son frère à se lancer dans le poulet bas de gamme ?!

— Bien sûr que non. Rosie a son caractère, mais c'est une sainte. Ce que je dis, c'est qu'il y avait Morgan et son copain Kernec d'un côté, et ceux qui n'étaient pas d'accord avec eux de l'autre.

— Je ne vous suis pas. De quoi vous parlez ? Ou de qui ?

— Eh ben tiens, par exemple, du gars prétentieux qui a lancé sa boîte de steak synthétique, Animax. Laurent Danglois. Kernec et lui ne pouvaient pas se saquer. Au bistrot, j'avais entendu Morgan dire du mal de ce gars et de ses activités.

— Du genre ?

— Il racontait que le steak artificiel, c'était du caviar futuriste, mais sans le goût du caviar.

— Ça signifie quoi ? demanda Ingrid.

— Que le steak artificiel ne sera pas à la portée de toutes les bourses, je suppose, rétorqua Lola.

— Ouais, c'est ça l'idée, confirma Le Guern.

— Et ce Danglois aurait dégommé deux personnes parce qu'elles se moquaient de ses steaks. Vous êtes divertissant, Le Guern.

— Vous avez l'air de piétiner. Moi, je vous donne des pistes.

Il haussa les épaules et retourna à son grand œuvre.

Lola observa Ingrid. Celle-ci était déjà connectée à Google.

— C'est lui, Laurent Danglois, dit-elle en orientant l'écran vers Lola.

Celle-ci découvrit le visage bronzé d'un quadra blond coiffé comme Alfred de Musset.

*

Ingrid avait déniché une vidéo sur YouTube. Un extrait d'un débat durant lequel Kernec et Danglois se bagarraient avec style sur le thème de la viande classique opposée au steak synthétique. Lola avait tergiversé un moment pour finalement convenir qu'on devait se remuer « en attendant une meilleure piste ».

Ingrid avait apprécié. L'inaction ne leur réussissait ni à l'une ni à l'autre.

Finalement, elles s'étaient rendues au siège d'Animax. Cette fois, Lola avait opté pour le side-car (mais l'avait jugé encore plus inconfortable que la selle).

Et, à présent, elles s'interrogeaient de nouveau.

Le bâtiment futuriste abritant le siège d'Animax

ressemblait à une forteresse de verre. Ingrid, d'accord avec Lola, se voyait mal débarquer à l'accueil et demander à parler au boss. Cette start-up avait le vent en poupe et était citée dans la presse économique ; s'infiltrer sans rendez-vous et sans une excuse vraisemblable paraissait trop ambitieux. De plus, le coup de la vieille carte de police de Lola avait fait son temps.

Toutes deux cherchaient un subterfuge lorsque deux hommes apparurent dans le hall et s'avancèrent jusqu'aux dalles de la cour arborée flanquant l'immeuble. Le plus grand portait un costume gris sans cravate. Une raie médiane séparait ses cheveux blonds, assez longs. Aucun doute, c'était Laurent Danglois, qui semblait écouter son jeune compagnon d'une oreille distraite. Ce dernier, dans le genre petit barbu paré pour un défilé de mode, était sec comme un pied de vigne et visiblement d'un caractère peu commode.

Danglois salua le grognon, qui rebroussa chemin, puis monta à bord d'une élégante Tesla garée sur le parking.

— On le suit, dit Ingrid en faisant démarrer la BMW.

Lola ne se fit pas prier. Cette fois, elle choisit la selle.

Le boss d'Animax ralentissait devant une villa moderne aux larges baies vitrées. Ingrid, qui avait vaguement étudié l'architecture, pensa aux créations de son compatriote, le génial Frank Lloyd Wright. Elle se serait bien vue vivre dans ce genre d'habitation épurée.

Le portail coulissa et la Tesla glissa dans l'enceinte de la propriété.

Elles descendirent de moto et ôtèrent leurs casques. Il fallait mettre au point un numéro pour gagner leur ticket d'entrée.

— Une idée m'est venue, annonça Ingrid. Mais j'ai besoin d'une fausse carte de visite. On peut en obtenir vite, tu crois ?

— On trouvera une boutique à Quimper. Je suppose

qu'en commandant une petite quantité, tu pourras t'en faire imprimer sur-le-champ.

— Sur quel champ ?

— Je me comprends, Ingrid. Allons-y.

Un peu moins de deux heures plus tard, elles étaient de retour devant la villa. Son casque enlevé, Ingrid se mira dans le rétro pour faire bouffer ses cheveux.

D'un pas décidé, elle alla sonner.

Une voix résonna dans l'interphone. Ingrid déclina son identité et se présenta comme une journaliste. Il y eut un moment de flottement, puis l'ouverture du portail se débloqua. Elles pénétrèrent dans la propriété et s'avancèrent jusqu'au perron.

Danglois ouvrit sa porte. Avisant Ingrid, il lui décocha un large sourire. À son coup d'œil, elle comprit que la gent féminine l'intéressait autant, sinon plus, que le steak artificiel.

Elle lui tendit sa fausse carte de visite. Imitant l'accent britannique, elle déclara travailler pour le magazine *New Scientist*, établi à Londres. Elle précisa avoir lu un article dans *Les Échos* qui lui avait donné envie de rencontrer le fondateur d'Animax.

— Ah, très bien. Je suis flatté. (Puis, se tournant enfin vers Lola :) Et vous êtes… ?

— Miss Diesel n'a pas l'habitude de conduire à droite. Je suis son chauffeur personnel.

— D'accord. (Il s'adressa de nouveau à Ingrid :) Pardonnez-moi, mais je m'étonne que vous n'ayez pas pris contact au préalable avec mon attaché de presse, mademoiselle.

— C'est ce que j'ai fait, tenta-t-elle. Un homme charmant. Il m'a donné votre adresse.

Son interlocuteur se massa la nuque et afficha une mimique moqueuse. Ingrid sentit que son stratagème prenait l'eau.

— Max n'est pas un homme *charmant*. Et il ne donnerait

jamais mon adresse personnelle à une journaliste sans me prévenir.

Ton narquois, sourire sardonique. La porte se refermait.

Fuck !

Lola prit le relais :

— Vous avez raison. Ingrid n'est pas plus journaliste que je ne suis chauffeuse.

Le sourire sardonique de Danglois vira à la grimace.

— Je ne comprends pas.

— Vous allez comprendre. Je suis une ex-commissaire de police reconvertie dans les enquêtes privées. (Elle fit émerger sa vieille carte de sa poche.) La carte de visite de ma jeune camarade est bidon, pas celle-ci. Même si elle est périmée.

— Mais à quoi vous jouez, à la fin ?

— La famille de Bertrand Kernec m'emploie, mentit Lola. Nous voulons simplement vous poser quelques questions.

Il fronça les sourcils, la dévisagea, poussa un gros soupir et déclara qu'il n'appréciait pas ses méthodes.

— Personne ne les apprécie, c'est ce qui les rend efficaces.

Ingrid cligna des yeux. Le ton et les techniques à la hussarde de Lola ne produiraient pas l'effet escompté. Il fallait rattraper le coup.

— Nous prendrons le minimum de votre temps, tempéra-t-elle. Les personnes aussi occupées que vous n'accordent pas facilement de rendez-vous. On espérait vous convaincre sur place.

Elle sentit, en revanche, que la flatterie fonctionnait. Pour ne pas perdre la face, Danglois leva tout de même les yeux au ciel et produisit un claquement de langue agacé.

— Je connaissais à peine Kernec. Sa mort est une tragédie. Que voulez-vous que je vous dise d'autre ?

— Les gens du coin affirment pourtant que vous vous

détestiez, reprit Lola. Et il y a cette vidéo en ligne. Votre débat diffusé sur France 3 Bretagne. En replay sur YouTube.

— Oui, et alors ?! Ce débat est un boomerang. On m'en parle sans arrêt. Ah, si j'avais su !

Il s'énervait de nouveau, ce qui dénotait une certaine faiblesse de caractère, jaugea Ingrid. Le pousser dans ses retranchements était un quitte ou double.

— En fait, en cherchant bien, vous étiez son meilleur ennemi, lui dit-elle avec douceur et sans se départir de son sourire. C'est pour ça qu'on a besoin de votre point de vue.

Il joua à la carpe. Allait-il leur claquer la porte au nez ? Il soupira, se passa la main dans les cheveux et fit mijoter sa réponse.

— Bon. Entrez.

Ingrid sut qu'à ce moment Lola poussait en pensée un soupir de soulagement. Et certes, il s'en était fallu de peu.

*

Une bonne heure s'était écoulée lorsqu'elles quittèrent la villa du start-upeur. Lola mâchonnait sa déception en bougonnant. Toute cette dépense d'énergie pour rien : Danglois ne leur avait appris que des broutilles. Deux déclarations vaguement intéressantes émergeaient. Un : « Kernec était un contradicteur respectable, nettement plus que l'affairiste Paul Lamberti qui se fiche bien des salariés de Poulets Dorés. » Deux : « La dernière fois que j'ai vu Kernec, il ne m'a rien balancé à la figure. Il semblait accaparé par ses propres soucis. »

Se rendant compte qu'elle avait faim, Lola proposa une descente dans une crêperie.

Elles revinrent en centre-ville et trouvèrent facilement une enseigne alléchante. Ingrid opta pour une galette aux champignons et au fromage, Lola commanda sa variante à l'andouille. À coup sûr, Ingrid allait chipoter ; sa moue rêveuse n'annonçait rien de positif. Et on sentait que sa soudaine mélancolie n'avait aucun rapport avec leur enquête.

Lola s'attaquait à sa galette quand sa comparse avoua :

— J'ai rêvé de Baz.

La fourchette de Lola fit une petite rotation en l'air.

— Tu ne crois pas qu'on est un peu occupées, là ?

— Raison de plus pour parler d'autre chose.

— Admettons, dit Lola en s'accordant enfin une bouchée.

La galette se révéla une petite merveille moelleuse et goûteuse. L'andouille de Guémené avait du caractère, mais, dans le duel de saveurs, la farine de sarrasin ne s'en laissait pas conter.

— Et c'était un rêve chaudasse, insista Ingrid.

Lola faillit s'étrangler. *Encore cet adjectif ?*

— *Chaud*, c'est suffisant, soupira-t-elle.

— *Are you sure ?*

— Oui.

— Je sais bien que ce n'est pas sérieux de penser à des trucs pareils alors qu'on nage en plein drame, mais je n'y peux rien si mon corps me téléphone pendant la nuit. Il fallait que j'en parle. Voilà, c'est fait.

Lola réfléchit un instant. Dans le fond, elle compatissait, mais elle ne voyait pas comment remonter le moral à Ingrid.

— Les affaires de cœur, ça n'a jamais été trop mon rayon, tenta-t-elle, mais te focaliser sur notre enquête va t'aider.

— À relativiser ? Oui, tu as raison.

Finalement, l'amie américaine consentit à manger sa galette et à goûter une gorgée de cidre brut, voire brutal. Il était intéressant mais sentait quand même un peu la ferme qui se néglige ; elle fit la grimace.

Lola commanda une crêpe au chocolat maison, puis une autre à la crème de marrons. Ingrid la regarda les déguster d'un air philosophe et se contenta d'un café sans sucre.

— Bien, pour moi ce sera un double expresso, annonça Lola. J'ai besoin de me concentrer. Ce Danglois n'était pas franchement stimulant. Il nous faut un autre angle.

— Moi, j'ai une idée, répondit Ingrid.

— Ah oui ?

— Tu te souviens de ce syndicaliste qui voulait empêcher Gisèle Tanguivieux d'assister à la réunion des Poulets Dorés ?

— Un gros costaud. Prénommé Bruno, si je ne m'abuse.

— Oui. Il appréciait beaucoup son patron.

— Comment le sais-tu ?

— Le Guern me l'a cancanoté.

— Ah, j'aurais dû m'en douter. Mais…

— *Yes ?*

— Désolée de te décevoir. Le verbe *cancanoter* n'existe pas. « Cancaner », en revanche… Bon, en attendant…

Interroger Bruno ou pas ? Lola fit tourner l'idée en tous sens comme les facettes d'un Rubik's Cube. Elle ne vit pas d'objection à cette proposition. C'était voté. On irait donc sonder le syndicaliste.

19.

Le même jour
Quimper

Ils étaient attablés dans un café du centre-ville où le syndicaliste de Poulets Dorés avait ses habitudes. Direct et chaleureux, Bruno leur avait demandé pourquoi elles piétinaient les plates-bandes de la gendarmerie. Plus par curiosité que par méfiance.

Il venait de leur confirmer qu'il avait trouvé Kernec très inquiet ces dernières semaines.

— Sûrement au sujet de l'avenir de la boîte. Le patron parlait souvent de la concurrence internationale, très rude. Les Brésiliens nous taillent des croupières. Au Brésil, les salaires sont dérisoires. En prime, ils utilisent des travailleurs haïtiens qu'ils paient encore moins que leurs nationaux. Ils produisent leurs propres céréales pour nourrir leurs poulets. À bas prix. Et grâce à la richesse de leur terre et à leur climat, ils ont deux récoltes par an.

— Bertrand Kernec avait donc de quoi se faire du souci, réagit Lola.

Ils discutèrent longuement. Bruno jugeait les morts successives du P-DG et de l'éleveur aussi tristes qu'incompréhensibles. Si c'était un coup des antispécistes, ça signifiait qu'on avait affaire à une bande de « mecs complètement givrés ».

— Vous y croyez ? demanda Lola.

— Les antispécistes aiment les vidéos chocs. Notamment filmées dans les abattoirs. Et souvent les interventions musclées. Ça s'est amplement confirmé ces derniers temps. Bon, j'ai cru comprendre que tous les groupes ne partageaient pas forcément les mêmes idées, et de là à passer au meurtre… On ne sait jamais, mais c'est un peu gros.

— Pas faux. J'aimerais qu'on revienne à la situation de l'entreprise. Son état de santé relatif est la seule donnée tangible qu'on a.

— Bien d'accord avec vous.

— Qui connaît précisément la situation financière de Poulets Dorés, d'après vous ? Le banquier de Kernec ?

— Oui, bien sûr.

Il leur communiqua le nom et l'adresse de l'agence concernée. Elle était située à Quimper.

— Enfin, ça m'étonnerait qu'un banquier accepte de vous donner des infos comme ça, reprit-il. Vous êtes très sympathiques, toutes les deux, d'accord. Mais, à mon avis, ça ne va pas suffire !

— Vous avez raison, Bruno. Connaissez-vous quelqu'un qui accepterait de nous renseigner ?

— Celle qui travaillait au plus près du patron et pour qui la situation financière de la boîte n'a pas de secret, c'est Magali.

— Magali ?

— Magali Merlieux, la comptable. Essayez de la contacter.

— Si on tente le coup en frappant à la porte de son bureau, vous croyez qu'elle acceptera de nous parler ?

— À bien y réfléchir, tiens… Je ne l'ai pas vue depuis un moment. Elle a peut-être chopé le virus. Enfin, je ne lui souhaite pas… Ou alors elle est simplement en congé, ou en télétravail. On ne sait plus trop qui fait quoi et quand dans la boîte. Et les conversations à la machine à café tournent surtout autour des horreurs qui nous sont tombées dessus.

— Si elle est en congé ou en télétravail, les ressources humaines doivent être au courant…, tenta Lola.

— Oui, sûrement.

— Vous accepteriez de leur passer un coup de fil ?

Il hésita un instant, puis appela. Il s'entretint avec une personne qu'il semblait bien connaître. Enfin, Lola obtint sa réponse :

— Magali est en formation à Douarnenez, expliqua Bruno. Je suppose qu'elle rentre chez elle le soir. Il faut compter une demi-heure en voiture.

— Vous avez éventuellement son 06 ? Ou son adresse ?

— Les deux. Une de mes cousines vit dans le même coin. C'est vraiment en pleine cambrousse.

Ingrid gara son bolide au bord du trottoir. Lola mit pied à terre et scruta le minuscule hameau. La maison du premier voisin de Magali Merlieux se trouvait à une dizaine de mètres de la sienne. Elle nota que les volets de la comptable étaient fermés. *En plein jour, c'est étrange*, pensa-t-elle. Encore plus que son portable éteint : tous leurs appels avaient abouti au répondeur.

Autant réessayer. Lola composa le numéro. Après une dizaine de sonneries, la voix tristounette de l'employée retentit encore une fois pour débiter son message d'accueil.

— Je crois que j'ai entendu un portable sonner à l'intérieur, annonça Ingrid, dont l'oreille était d'une finesse proverbiale.

Lola appuya sur la sonnette du portail. Bruno n'avait pas précisé si la comptable vivait seule ou non. En tout cas, personne ne se manifesta.

Lola agrippa la poignée du portail de la propriété. Qui refusa de s'ouvrir. Que faire ? Ces volets fermés ne lui plaisaient décidément pas. À vrai dire, son instinct commençait même à lui mordiller le plexus comme un petit chien son os.

Ingrid, au diapason, escaladait carrément la palissade en bois. Elle sauta souplement de l'autre côté, assez loin pour ne pas se noyer dans les troènes qui doublaient l'enceinte, et vint débloquer la porte pour Lola. Elles échangèrent un sourire complice.

Elles parcoururent le court chemin dallé, gravirent les quelques marches menant au perron. Lola tambourina à la porte de la maison. Toujours rien. Ingrid posa son nez sur l'interstice entre la porte et le chambranle.

— Je crois que ça pue un peu, dit-elle en redressant le buste, l'œil alarmé.

Son oreille bionique se doublait d'un remarquable odorat. Lola considérait qu'elle aurait pu mettre ce don au service d'une grande carrière de sommelière, et que préférer le Coca Light au puligny-montrachet avec un nez pareil tenait du gros gâchis. *Mais ce n'est pas notre sujet prioritaire*, songea-t-elle.

— Ça pue quoi ?

— Je ne sais pas trop. L'animal mort.

— Aïe.

Lola remit ses gants de moto et, à tout hasard, saisit le bouton en cuivre. La porte refusa de s'ouvrir.

Elles firent le tour de la maison et débouchèrent dans un jardin bien entretenu. Lola repéra une autre porte, en actionna la poignée et poussa un cri de joie en constatant qu'elle n'était pas fermée à clé.

Au moment de pénétrer dans la maison, elle se demanda si elles ne s'affolaient pas pour rien. La comptable souffrait peut-être juste d'une phobie du ménage. Elle pouvait avoir oublié de sortir la poubelle. Ou bien le nez d'Ingrid avait trop d'imagination. Mais, dans tous les cas, le fait que Magali Merlieux ne prenne pas leurs appels insistants restait un mystère à élucider. Ça sentait l'embrouille.

Ingrid, qui connaissait bien Lola, devança ses scrupules :

— On visite. Mais on ne touche à rien.

— Le risque est trop grand de laisser de l'ADN. On aura les pires ennuis.

— Dans ce cas, on alerte la gendarmerie.

— S'il n'y a rien à signaler, Chauvigny nous passera un savon et je serai ridicule.

— Le ridicule ne me fait pas peur.

— Je sais, Ingrid. Mais à moi, si. Bon, j'ai une idée. Suis-moi.

Elle se dirigea vers la moto et fit signe à son amie de mettre les gaz.

— On va où ?

— S'équiper un peu.

Une demi-heure plus tard, elles étaient de retour.

Une fois devant la porte du jardin, Lola enfila sa tenue, vite imitée par sa comparse. Dans un magasin de bricolage, elles avaient fait l'emplette de combinaisons à capuche, de surchaussures et de masques.

— On a vraiment l'allure de techniciennes de l'identification, commenta Lola. (Elle entrouvrit la porte.) Hé ! Ho ! Il y a quelqu'un ?

Silence. Le terrain était libre. Elle repensait à la sage résolution d'Ingrid de ne toucher à rien et songeait qu'on pourrait peut-être quand même trouver par hasard des documents compromettants. Excitée comme à ses débuts, elle se glissa dans la maison.

Son allégresse s'évanouit aussitôt.

L'odeur qui lui sautait au visage l'alarma. Dans sa longue carrière, elle y avait régulièrement été confrontée.

Ingrid la suivit à l'intérieur et n'eut pas besoin d'explications. Elle était parvenue à la même implacable conclusion que Lola. Il fallait alerter immédiatement la gendarmerie.

Elles échangèrent un regard.

— On fait quoi ? chuchota Ingrid comme si elle était dans une église.

— Maintenant qu'on est là…
— On continue, c'est ça ?
Lola confirma et elles traversèrent la cuisine, propre et bien rangée. Arrivées dans le couloir, elles constatèrent que l'odeur s'accusait.
Sur leur droite, un salon et une salle à manger aussi ordonnés et déserts que la cuisine. Devant elles, un escalier.
Lola ne tenta pas de dissuader Ingrid de l'accompagner à l'étage. En matière de relations amoureuses, l'Américaine avait la sensibilité d'une héroïne de Jane Austen, mais pour une raison mystérieuse elle était capable de voir les pires horreurs sans vomir partout.
Elles trouvèrent Magali Merlieux lorsqu'elles poussèrent la porte de l'étroite salle de bains du premier.
La scène n'était pas belle à voir. Le corps, nu et livide, paraissait horriblement gonflé. La marbrure sur sa tempe gauche et une savonnette esseulée sur le carrelage plaidaient pour une chute à la sortie de la douche. Son crâne avait dû heurter violemment le bord du lavabo. *A priori*, un accident.
Au jugé, ça faisait environ une semaine qu'elle était morte là, une semaine que son corps les attendait. Lola se souvint des paroles de Bruno, le syndicaliste : « Magali est en formation à Douarnenez… » Elle songea qu'une méchante poisse se répandait à jet continu sur Poulets Dorés. Après les morts violentes du P-DG Kernec et de son fournisseur Monier, c'était au tour de la pauvre comptable de l'entreprise.
En tant qu'ex-commissaire, Lola en avait vu d'autres ; elle avala néanmoins sa salive avec difficulté. À ses côtés, Ingrid demeurait mutique et accablée.
Un accident, vraiment ?
Ses responsabilités dans la police lui avaient appris à douter ; elle sortit son smartphone de sa poche et mitrailla la salle de bains et le corps sous tous les angles.
Elles firent un rapide tour des autres pièces de l'étage. Aucune trace d'effraction.

Elles redescendirent au rez-de-chaussée en silence. Ingrid désigna le téléviseur encastré dans le mur et l'étagère remplie de jeux vidéo. L'un d'eux, posé sur la table basse du salon, voisinait avec un casque de réalité virtuelle, une pile de magazines de vulgarisation scientifique et quelques mangas.

Sans aucun doute, la comptable était fan de nouvelles technologies.

— Pourtant je n'ai pas vu de tablette ou d'ordinateur dans sa chambre, nota Lola.

— *Exactly*.

Lola lut le résumé du scénario du dernier jeu auquel avait joué Magali Merlieux : *Outramondo*. Une aventure se déroulant dans le royaume des morts. Ingrid précisa qu'elle connaissait bien ce jeu et qu'il était passionnant.

Elle s'interrompit dans ses explications, leva le doigt en l'air, plissa les yeux.

— Tu as entendu, Lola ?

— Non. Quoi ?

— Des miaulements.

Elle retourna à pas de loup dans la cuisine. Lola marqua un temps d'arrêt, puis la suivit.

Elle découvrit Ingrid se tenant à bonne distance d'un joli chat noir et blanc. Qui faisait le gros dos. Ingrid avait raison d'être prudente : l'animal, terriblement efflanqué, semblait terrorisé et prêt à lui labourer le visage de ses griffes au premier mouvement d'approche.

Lola avisa une gamelle en inox vide posée sur le carrelage et la désigna à Ingrid.

Celle-ci fouilla les placards. Elle trouva vite une boîte de croquettes et en remplit la gamelle. Ne demandant pas son reste, le chat se précipita sur l'offrande.

Elles le laissèrent manger. Une fois repu, il vint danser autour des chevilles d'Ingrid. Cette dernière s'accroupit à son niveau. La petite bête gracieuse accueillit les caresses en ronronnant.

— Il a un collier et une médaille, constata Ingrid.

Elles venaient de rencontrer l'autre habitant de la maison ; d'ailleurs, il était entré par une chatière.

— Cette médaille est bizarre, reprit Ingrid. Elle n'a pas d'inscription.

Ingrid saisit délicatement le félin et se rapprocha de Lola. Celle-ci scruta la médaille. D'environ un centimètre d'épaisseur, elle se composait de deux parties égales scindées en leur milieu. Elle la détacha du collier. Elle tira doucement ; les moitiés se séparèrent. L'une d'elles se prolongeait d'une clé USB ultraplate.

— Dis-moi, Ingrid…

— Oui ?

— Mon portable est une antiquité, mais pas le tien.

— Et… donc ?

— Est-ce que tu crois qu'il pourrait lire ce truc ?

Ingrid examina la fiche.

— C'est une prise Lightning mâle. Pas besoin de câble, j'ai une prise femelle sur mon smartphone.

— Je crois que je comprendrai mieux avec les yeux qu'avec les oreilles, sans parler du cerveau. Montre-moi.

Ingrid brancha la clé sur son téléphone et en téléchargea le contenu. Après quoi elle reconstitua la médaille et la fixa au collier du chat.

Quand l'Estafette de la gendarmerie arriva, elles patientaient sagement devant la maison, leur matériel de fausses techniciennes dissimulé dans le side-car.

Baz Chauvigny descendit du véhicule et mit le cap sur elles, l'œil noir. Tout à l'heure, ce n'était pourtant pas lui que Lola avait eu au téléphone, mais un autre officier. *Zut, ça va chauffer.*

— Vous avez sûrement eu le temps de bricoler une explication, lança-t-il.

Les mâchoires crispées et le ton glacial, il évitait de regarder Ingrid.

— À quel sujet ? lâcha-t-elle d'un air badin.

— J'ai la fâcheuse impression que vous vous mêlez de

mon enquête à tout va, madame Jost. Que faites-vous ici ?

— Oui, j'avoue, cette affaire m'intrigue. J'ai voulu interroger Magali Merlieux…

— En quel honneur ?

— En tant que comptable, elle pouvait nous apprendre si son patron avait des problèmes financiers.

Il pencha la tête sans cesser de la dévisager. À l'évidence, il se maîtrisait pour ne pas exploser. Elle enchaîna. C'était le moment de ne raconter qu'une partie de la vérité. On mentait toujours plus efficacement de cette façon.

— La porte à l'arrière, donnant sur la cuisine, n'était pas fermée.

Il plissa les yeux.

— Ne me dites pas que vous êtes entrées…, siffla-t-il entre ses dents.

— Bien sûr que non. Soyez rassuré, à part la poignée de porte, on n'a touché à rien.

— Je ne vous trouve pas particulièrement *rassurante*, madame Jost. Dernier avertissement : cessez de vous mêler de ce qui ne vous concerne pas.

Elle était au bord de lui répliquer que, sans leur intervention, il aurait fallu attendre que les poules aient des dents pour que l'infortunée Magali Merlieux soit découverte. Mais vu les circonstances la formule risquait de passer pour une provocation. Autre danger : que le jeune capitaine ne connaisse pas cette expression peut-être légèrement passée de mode et la prenne pour une folle.

L'arrivée de la camionnette de l'identification criminelle coupa court à leur discussion. Chauvigny alla accueillir l'équipe et donner des directives à un technicien. Peu de temps après, celui-ci demanda à Ingrid et à Lola de se prêter à une prise d'empreintes et à un relevé d'ADN.

— Mais pourquoi ? demanda Lola. Je vous répète qu'on n'a pas mis un pied dans cette maison.

— Ne discutez pas.

Elle savait bien où il voulait en venir. Il craignait qu'Ingrid et elle n'aient « contaminé la scène ». Il fallait pouvoir distinguer leurs traces de celles qu'on relèverait à l'intérieur de la maison.

Bon, ça ne rigole plus du tout, jugea-t-elle. Mais l'hostilité de Chauvigny ne la décourageait en rien de poursuivre ses investigations parallèles. C'était comme pour les puzzles : quand elle en commençait un, il lui fallait aller jusqu'au bout.

Elle observa Ingrid. Celle-ci prenait sur elle. L'attitude de Baz à son égard était dure à avaler, mais elle avait sa fierté.

Good girl, pensa Lola en lui tapotant l'épaule.

Il était temps de dégager de là en vitesse. Lola priait pour que le contenu de la clé USB ait des révélations à leur faire.

— Bon, on vous laisse, lâcha-t-elle à Chauvigny.

— Non. Vous attendez que je vous y autorise.

Le capitaine leur avait déjà tourné le dos et distribuait des ordres à ses hommes.

*

Chauvigny et l'adjudant qu'il avait désigné pour l'accompagner enfilèrent des surchaussures et des gants, puis pénétrèrent dans la maison.

Le corps en état de putréfaction les attendait dans la salle de bains.

Chauvigny se figea, puis prit sur lui. Aucune chance que les morts rapprochées du P-DG et de sa comptable soient une coïncidence.

Il se tourna vers le sous-officier. Celui-ci avait le teint verdâtre, et pas seulement à cause de l'état du cadavre.

— J'espère que tu as eu le temps de l'interroger avant…

— C'était prévu, capitaine, mais…

— Mais quoi ?

— J'ai essayé. Au bout du compte, le service du personnel m'a appris qu'elle était en formation à Douarnenez…

— Douarnenez, c'est pas Tombouctou. Rien ne t'empêchait de la questionner. *Au bout du compte.*

— J'ai laissé des messages sur son téléphone. Un soir, je suis même passé chez elle. Finalement…

— Finalement ?

— … ce qu'on voulait, c'était savoir s'il y avait quelque chose de suspect dans les finances de la boîte. Les collègues avaient déjà vu le banquier de Poulets Dorés…

— Et ?

— Le banquier leur avait dit que tout était clair de ce côté-là. La comptable, j'ai pensé que je finirais par la voir. Je ne suis pas resté bras ballants, capitaine, je vous jure !

L'adjudant avait les larmes aux yeux. Chauvigny souffla entre ses dents et se retint de l'agonir d'injures. L'autre se mit bêtement au garde-à-vous.

Chauvigny lui fit signe de le suivre.

Il redescendit au rez-de-chaussée et annonça à Lola et à Ingrid qu'elles pouvaient quitter les lieux. Celles-ci ne se firent pas prier.

Le capitaine attendit que leur moto ait disparu au bout de la rue. Il appela son supérieur à la cellule Demeter. Forcément, la conversation s'envenima d'emblée.

— Un homicide ?

— Ça m'en a l'air. Maquillé en suicide.

— Ça s'alourdit, ce bilan, Chauvigny !

— On fait tout ce qu'on peut. On a déjà interrogé plus d'une centaine de personnes chez Poulets Dorés, parmi les éleveurs et leurs contacts…

— Mais vous ne l'aviez pas questionnée, cette foutue comptable ?

— …

— Je croyais que depuis la mort du P-DG vous aviez mis les bouchées doubles ! Et les Renseignements généraux, ils n'ont rien à vous fourguer ? Bien avant que la viande froide s'amoncelle, des groupuscules s'étaient fait les dents sur des boucheries !

— Oui, ces magasins sont tous quimpérois. Du coup, on a redémarré une enquête de voisinage. Quant à la DGSI, je suis en contact régulier. On n'a que de vagues pistes, mais je ne lâche rien…

— Quelles pistes ?

Elles ne parurent pas convaincre son supérieur, qui continua à lui savonner la tête.

Quand il raccrocha, un technicien lui fit signe.

Il annonça avoir trouvé une clé USB dans la maison et une caméra fixée sur la façade ouest.

Le capitaine s'adossa à l'Estafette, croisa les bras et observa le bout de ses bottes.

Une situation critique, mais pas désespérée.

Cette caméra leur permettrait peut-être de savoir si la mort de cette femme avait un rapport quelconque avec celle de son patron et, *a fortiori*, avec celle de l'éleveur et partenaire commercial dudit patron.

Avec un peu de chance, le ou les agresseurs avaient été filmés.

*

De retour dans sa maison de campagne, Ingrid téléchargea le contenu de la clé USB sur son ordinateur portable.

Lola s'attendait à tout et à rien. Et si la mort de la comptable résultait bel et bien d'un simple accident domestique ? Qu'elle soit survenue juste avant celle de son patron, Bertrand Kernec, pouvait se révéler pure coïncidence.

Ingrid cliqua sur le fichier et fit apparaître des colonnes de chiffres. À vue de nez, des extraits de compte de la société Poulets Dorés. Lola se questionna à haute voix et en détachant les syllabes :

— Pourquoi une comptable éprouve-t-elle le besoin de mettre des documents professionnels dans le collier de son chat ?

— Pour les planquer, répliqua Ingrid aussi sec.

— Les comptes d'une entreprise, ce n'est pas franchement un secret. Ils sont même consultables pour qui en a besoin. De plus, on a trouvé cette clé en à peine quelques minutes.

— Oui, mais le chat a senti qu'on n'était pas des malfaisantes.

— Tu veux dire que si, scénario improbable, la comptable s'était fait agresser chez elle, son chat aurait flairé la dangerosité de ses attaquants… et serait resté caché ?

— C'est ça. Et il n'aurait pas montré non plus le bout de sa truffe si quelqu'un avait fouillé la maison de sa maîtresse en son absence.

Là, il fallait avouer qu'Ingrid marquait un point. Ses déboires amoureux n'avaient pas altéré ses capacités cognitives. Bien au contraire.

L'agression n'était peut-être pas un scénario plus improbable que l'accident. Lola agrippa son smartphone et observa les photos qu'elle avait prises dans la salle de bains de cette pauvre femme.

D'après l'agencement de la pièce et le positionnement du corps, tout portait à croire que Merlieux avait glissé. Mais rien ne prouvait que la scène n'avait pas été habilement arrangée dans ce but. D'ailleurs ce bloc de savon perdu au milieu du carrelage en faisait un peu trop pour plaider l'accident. Les techniciens de la gendarmerie retrouveraient probablement des traces de ce même savon sur les voûtes plantaires de la comptable. Néanmoins, un éventuel meurtrier avait pu les en enduire lui-même.

Elles échangèrent quelques théories.

Et si la comptable avait été éliminée parce qu'elle savait quelque chose de significatif sur son patron ? Sur les comptes de Poulets Dorés ? Des infos susceptibles de gêner quelqu'un ? D'où cette clé USB habilement dissimulée.

— Cette mémoire électronique, il faut la faire parler, décida Lola. On a juste besoin d'un *traducteur*.

Elle déclara que leur meilleure option était de questionner le banquier de l'entreprise. Après tout, Bruno le syndicaliste leur avait donné le nom de l'agence à Quimper.

Ingrid hésita :

— Si Baz l'apprend, ça va très mal se passer.

— Pas faux.

— On devrait peut-être simplement lui dire qu'on a trouvé ces fichiers.

— Ça supposerait d'admettre qu'on a menti. Et souillé sa scène de crime. Je ne recommande pas cette option.

— Bon, d'accord.

— Et puis cette clé, on l'a laissée sur place. Avec cette armada de techniciens, ils vont mettre la main dessus, tu ne crois pas ?

— Le chat risque d'avoir peur d'eux. Il se cachera dans le jardin, à mon avis.

Lola fit la grimace. Le raisonnement d'Ingrid tenait la route. D'un autre côté, elle devait se l'avouer : cela faisait des lustres qu'elle ne s'était pas sentie aussi vivante. Ses séances parisiennes de puzzle agrémentées au porto soixante ans d'âge étaient agréables, mais monotones. Quand leurs vacances se termineraient, elle retrouverait son quotidien, sa rue de l'Échiquier et ses promenades au bord du canal Saint-Martin. *Sans savoir ce qui s'est joué dans le Finistère ? Vraiment ?*

Eh non, impossible.

— Admettons que le banquier accepte de nous parler, et ce n'est pas gagné, ça risque même d'être très sportif, et admettons qu'on déniche quelque chose, de toute façon cet homme devra alors en informer quelqu'un. Donc, on ne fait rien de mal. Et je dirais d'ailleurs qu'on met le turbo pour le bénéfice de la gendarmerie. Je nous sens utiles ! Les salopards qui s'en sont pris au P-DG et à sa comptable ne méritent pas de courir la campagne. Toi et moi, on va les empêcher de nuire vite fait !

— Tu es sûre de toi, Lola ?

— Écoute, dans cette histoire, il y a énormément de poulets et un seul chat. Eh bien, dis-toi qu'il y a désormais deux chats supplémentaires. L'un a le style épanoui du matou Garfield, l'autre est un siamois pure race.

— De quoi tu parles ?

— De nous. On va faire les chats ninjas.

— C'est n'importe quoi ! s'esclaffa Ingrid.

L'amie américaine leva les yeux au ciel, puis soupira. Lola la connaissait bien, elle savait qu'elle se laisserait convaincre. Au fil de leurs « enquêtes interdites », jamais Ingrid ne l'avait lâchée.

Ça n'allait pas commencer aujourd'hui.

— Je vais aller voir un garagiste, annonça Ingrid.

— Pourquoi ? La moto a des problèmes ? s'alarma Lola.

Ingrid sourit. Sa partenaire avait beau bougonner chaque fois qu'elles montaient sur la BMW, elle l'avait adoptée.

— Non, mais comme notre enquête accélère, je me suis dit que j'allais la soulever un peu.

— Hein ?

— En faisant dévisser le side-car.

— Ah oui, bien vu. Tu vas l'*alléger* un peu. Et ça va *augmenter* sa puissance. Et tu sais quoi ?

— Non.

— En prime, on se fera moins repérer.

— Encore une méthode très ninja.

20.

Vendredi 11 novembre
Centre-ville de Quimper

La veille, Lola avait pris rendez-vous avec le banquier de Poulets Dorés. En se présentant comme une commissaire de police enquêtant sur la mort de Bertrand Kernec. Objectivement, il ne s'agissait pas d'un mensonge : elle enquêtait pour de bon, elle serait toujours policière dans l'âme et, surtout, elle n'avait pas précisé si elle était ou non rattachée à un commissariat en particulier. Les paroles non prononcées ne comptaient pas comme des contre-vérités. De plus, le banquier aurait pu poser des questions ou faire des vérifications ; or, il les leur avait épargnées. Bref, le dieu de la Chance continuait de se mêler à la partie et leur souriait de toutes ses dents.

Lola avait exigé d'Ingrid une tenue sobre : pas de jean troué, ni de combi trop moulante. Elle devait avoir l'allure d'un discret lieutenant assistant sa supérieure. À condition bien sûr qu'elle ne prononce pas un seul mot mais se contente de prendre un air concentré, l'affaire serait pliée. Les officiers de police français n'étaient pas censés avoir l'accent américain. Lola se contenterait de mentionner son patronyme, et pas son grade imaginaire. La vérité, toujours la vérité, à peine arrangée.

Elles pénétrèrent dans l'agence déserte. Un employé les accompagna jusqu'au bureau du gestionnaire du compte Poulets Dorés. Quelqu'un d'affable à première vue. Avant même qu'il ne l'en priât, Lola lui montra sa carte périmée. Il y jeta un rapide coup d'œil, cala ses coudes sur son bureau, fit une petite tente avec ses mains et demanda aimablement en quoi il pouvait les aider. Lola lui répéta ce qu'elle lui avait dit au téléphone : l'affaire Kernec était un homicide. La police prêtait main-forte à la gendarmerie. Une affirmation pas plus mensongère que le reste. En ce moment même, de *vrais* policiers prêtaient *certainement* main-forte aux gendarmes.

— Je ne peux pas vous dire autre chose que ce que j'ai déjà déclaré aux gendarmes quand ils sont venus me voir, répondit le banquier. M. Kernec avait rendez-vous ici avec moi. Malheureusement… il est mort avant la date convenue.

Lola parvint à afficher un calme parfait. À ses côtés, Ingrid fit de même.

— C'était un rendez-vous que vous qualifieriez d'ordinaire ?

— Non, une demande impromptue. Bertrand Kernec a laissé un message sur mon répondeur le vendredi 4 novembre, tard le soir. Je n'étais plus à mon bureau. Il me disait qu'il passerait tôt le lundi suivant dans nos locaux pour me voir. Il avait quelque chose d'important à m'annoncer. Mais il n'a pas donné de détails.

Le moment fatidique était arrivé. Lola fit signe à Ingrid de lui tendre le dossier cartonné qui patientait sur ses genoux. Elle l'avait acheté juste avant de venir, ça faisait plus sérieux. Lola sortit les extraits de compte qu'elle avait préalablement imprimés et les soumit au gestionnaire.

— Nous aimerions avoir votre opinion.

Son interlocuteur chaussa ses lunettes, émit un petit toussotement et les consulta.

Sa bonhomie se désagrégea en quelques secondes, puis

son regard fit des allers-retours express entre les documents et Lola.

— Excusez-moi, mais... d'où... tenez-vous ces extraits ? balbutia-t-il, les joues soudain exsangues.

Ayant anticipé la question, elle n'hésita pas :

— D'une personne proche de Kernec.

— C'est-à-dire... ?

— À ce stade de l'enquête, on ne m'autorise pas à vous dévoiler son identité. Il y a un problème ?

Il desserra sa cravate et agrippa une bouteille d'eau minérale posée à côté de son bureau. Il s'offrit une rapide gorgée, s'excusa. Sur ses traits, l'incertitude le disputait à la crainte. Surprenant ; en réalité, Lola n'avait jamais vu un banquier dans cet état-là.

— Ces comptes ne correspondent pas à ceux que je connais. Et qui étaient positifs. Ceux-ci... révèlent des pertes énormes.

— Vraiment ?

— Oui. Si on se fie à ces chiffres, Poulets Dorés est au bord de la faillite.

Quelque chose ne collait pas dans cette histoire.

— Mais... je m'étonne que vous n'en ayez rien su, risqua Lola.

— Eh bien, si les comptes d'une entreprise sont habilement trafiqués, la banque peut n'y voir que du feu.

Le cerveau de Lola surchauffait. Elle se revit dans le salon de Magali Merlieux. Le salon d'une femme qui vivait seule. Elle se revit ensuite dans sa salle de bains. Face à son corps salement amoché par la mort.

— Bertrand Kernec a donc falsifié les comptes avec l'aide de sa comptable..., tenta-t-elle.

— C'est une explication qui semble assez logique, articula le gestionnaire en se mordillant les lèvres et en se tordant les mains.

— Sans doute, mais pourquoi ?

— Je suppose que son but était de continuer à obtenir

des prêts. Mais ça ne me dit toujours pas pourquoi il voulait me voir…

— Si je vous suis bien, vous affirmez que la banque peut ne pas s'apercevoir que des comptes sont truqués. Qu'en est-il des actionnaires ?

— C'est plus difficile, concéda-t-il.

Lola lui laissa la copie papier des documents et le remercia. Elle quitta les lieux, Ingrid sur ses talons.

Avant de mettre son casque, l'Américaine agrippa sa comparse par la manche.

— Ça devient vraiment très chaudasse ! dit-elle.

— Oui, très, rétorqua Lola, encore sous le coup de ces révélations.

— On fait quoi ?

— On réfléchit.

*

Le banquier de Bertrand Kernec se massa les joues, puis s'enfonça dans son siège à roulettes et poussa un énorme soupir. *Notre agence est dans la panade*, pensa-t-il.

Il ne perdit pas une seconde et appela son supérieur régional. Ce dernier lui demanda de bloquer les comptes de Poulets Dorés et déclara qu'il allait envoyer une équipe d'inspection sur le site de l'entreprise.

Le supérieur régional raccrocha et garda la main sur le combiné du téléphone. *On est dans une cagouille internationale*, admit-il. Il appela aussitôt son patron à Paris et lui détailla ce qu'il avait appris. Celui-ci prit les choses avec un calme effrayant.

Après avoir raccroché, le directeur parisien demeura immobile. *La banque est dans la merde*, se dit-il. Son regard semblait fixé sur la grande toile abstraite qui décorait son bureau de l'avenue Hoche. En réalité, il ne voyait plus ni les motifs ni les couleurs. Ce qui se dessinait devant ses yeux était un visage. Celui d'une jolie femme.

Il fit défiler ses contacts téléphoniques sur son iPhone

et appuya sur un 06 préenregistré. Un numéro qu'il utilisait avec parcimonie. L'héritière lui répondit dès la deuxième sonnerie : elle ne plaisantait pas avec sa fortune. Il lui annonça la mauvaise nouvelle avec toutes les précautions oratoires possibles.

Selon toute apparence, elle tombait des nues.

Elle déclara que Kernec lui avait toujours soumis des comptes positifs. Qu'elle approuvait en conseil d'administration. D'ailleurs, elle dialoguait à peine avec l'industriel, pour la simple raison qu'elle déléguait la gestion de ses actifs. Et que son gestionnaire était *de facto* l'interlocuteur de Kernec. Ces informations-là, le banquier parisien les connaissait déjà. Mais il lui sembla que Laura Smetters avait besoin de prononcer ces mots pour s'aider à prendre pleinement conscience de sa situation personnelle.

Elle l'assura qu'elle allait s'occuper de cette affaire et qu'elle reviendrait bientôt avec des informations supplémentaires.

Le banquier parisien raccrocha et posa ses deux mains à plat sur son bureau. Il imaginait très bien l'état d'esprit de l'héritière. Elle était effondrée. Et pour cause. Cette histoire sentait la ruine à plein nez.

Concernant le dossier Smetters, la banque avait pris des garanties, sur le patrimoine immobilier de la cliente. Et pour éponger ses pertes, la banque n'aurait pas d'autre choix que de vendre les immeubles qu'elle possédait.

Ce qui ne lui laisserait pas grand-chose pour assurer ses vieux jours.

*

Paul Lamberti vit « Laura » s'afficher sur l'écran de son portable. Il l'imagina allongée dans un transat à Palavas-les-Flots. Il était toutefois un peu tôt pour elle. Il la savait rarement d'attaque avant 10 heures du matin. Il répondit immédiatement :

— Allô ? Tout va bien, ma chérie ?

— Tu m'as menti, Paul.

Une froideur inédite poissait sa voix. Comme il ne l'avait pas trompée avec qui que ce soit, il en conclut que son appel avait des motivations business. Une très mauvaise nouvelle.

Laura ne perdit pas de temps. Elle lui parla des comptes de Poulets Dorés.

— Ils ne sont pas devenus négatifs en une seule nuit, Paul. Tu étais forcément au courant. J'exige des explications.

Sa voix tremblait à présent. Elle était inquiète en tant que cliente et meurtrie en tant que femme. Une combinaison alarmante.

Lamberti s'approcha de la fenêtre de sa chambre d'hôtel, observa la vue. Le ciel gris, les arbres carmin et mordorés chahutés par le vent. Il réfléchit en se massant la racine du nez. Il ne pouvait plus rien lui cacher. Laura avait oublié d'être idiote.

Il admit que, concernant ses propres affaires, ça n'allait pas au mieux. Il avait mené des opérations financières hasardeuses et plongé dans le rouge.

— Toi et tes actions étiez ma dernière chance, Laura.

— Mais… Paul, comment as-tu pu en arriver là… ? Je te voyais comme un gestionnaire brillant. Et je tiens beaucoup à toi. Tu le sais.

Oui, ça, il n'en avait jamais douté. Laura était trop sensible ; il aurait mieux valu qu'elle ait le cœur parfaitement sec. Comme son père.

— On a tout de même vécu de bons moments, toi et moi, dit-il. Je tiens à ce que tu le saches.

— Paul, attends… Il y a forcément une solution…

Il raccrocha.

Un rayon de soleil fusait derrière un nuage gris. Mais ça ne dura que deux secondes.

Il appela son chauffeur. Celui-ci répondit immédiatement.

*

Ingrid avait tenu à passer à la maison pour remettre sa combinaison de motarde en cuir noir et y glisser sa matraque télescopique. Depuis qu'elle avait croisé le cadavre de Magali Merlieux, elle considérait qu'il fallait « être sur ses gardes ».

Lola et elle venaient de faire halte dans un café.

— À qui profite le crime ?

— À ceux qui détiennent le vrai pouvoir, proposa Ingrid.

— Et ce banquier nous a expliqué que les actionnaires connaissaient évidemment l'état des comptes. Ou alors…

Lola revoyait l'actionnaire majoritaire, Laura Smetters, et Paul Lamberti s'exprimer pendant la réunion des salariés et sous-traitants de Poulets Dorés. Lamberti avait été mandaté pour prendre les rênes de l'entreprise avant que soit trouvée une solution plus pérenne. Cet homme ne débarquait pas de la Lune. Il était le gestionnaire de fortune de Laura Smetters depuis des années. Et qui plus est, son amant.

— Lamberti savait, théorisa-t-elle.

— C'est très possible, admit Ingrid.

— À l'heure qu'il est, Smetters est probablement déjà au courant. La banque a dû la prévenir.

— Tu ne la vois pas trempant là-dedans ?

— Smetters est jet-set.

— Elle ne t'a pas fait l'effet d'une femme passionnée par le poulet industriel.

— C'est ça.

— On est bien d'accord.

— Elle ne mettait quasiment jamais les pieds dans le Finistère. Elle déléguait à Paul Lamberti.

— Tu marques un point, Lola.

— Il me semble aussi.

— Cette fois, il faut *vraiment* prévenir Baz. Sinon, Lamberti risque de filer.

Lola hocha la tête. Ingrid ou la voix de la raison.

L'amie américaine téléphona au capitaine. Tombant sur son répondeur, elle lui laissa un message : « On revient de chez le banquier de Poulets Dorés. Les comptes sont trafiqués. Tu devrais interroger Paul Lamberti. Et vite. »

Une façon efficace de résumer la situation. La balle était désormais dans le camp du capitaine.

En attendant, Ingrid arborait une expression inédite. Celle de quelqu'un qui se souvenait d'un détail intéressant.

— En fait, je sais où est descendu Lamberti…

— Ah oui ?

— On en a parlé avec Le Guern. Suite au scandale que Morgan Monier avait fait en pleine réunion. Au sujet des goûts de luxe de Lamberti.

Lola fit une recherche en ligne. Puis montra le résultat à son amie. L'homme d'affaires avait opté pour l'hôtel le plus chic de la région, bien en retrait du centre-ville de Quimper.

Sur ce, Ingrid enfila son casque, monta sur son bolide avec grâce et fit démarrer le moteur. Lola se hissa à son tour sur le siège en essayant d'imiter le style de sa copine. Peine perdue, une douleur imprévue lui ramona les reins.

Elle fit contre mauvaise fortune bon cœur, enlaça Ingrid et sentit leurs deux corps fendre le vent dans un rugissement tonitruant. Lola se souvint que dans le temps elle avait eu une Twingo, le premier modèle de la série. Un moyen de locomotion beaucoup moins rapide, mais nettement plus confortable.

*

Paul Lamberti échangea un regard avec son chauffeur dans le rétroviseur de la Mercedes. Gilles roulait vite mais gardait son calme. Ils atteindraient l'aéroport de Quimper-Bretagne dans peu de temps.

Lamberti se pencha de nouveau sur l'écran de son smartphone. Il venait de se connecter pour leur acheter deux billets en jet privé. Le projet était simple : rallier la Turquie.

Le vol, d'un peu moins de quatre heures, coûtait dans les dix mille quatre cent cinquante euros la place. Un mal pour un bien.

Il rempocha son téléphone, s'adossa confortablement et regarda défiler le paysage. Le portable chantait dans sa poche. Le bruit lui faisait penser aux cris des Pokémon dont il suivait les aventures étant gamin. En réalité, il s'agissait des incessantes tentatives d'appel de Laura. Elle voulait poursuivre la discussion. Elle imaginait une issue.

Laura avait été élevée par des gens qui lui avaient inculqué que la plupart des problèmes avaient une solution. Surtout pour ceux qui bénéficiaient d'un patrimoine important et d'un énorme portefeuille d'actions. Poulets Dorés avait été une boîte *très* rentable.

Il ne savait pas encore si Laura lui manquerait. Probablement pas ou, du moins, pas longtemps. Même s'ils avaient partagé cinq ans de leur vie. Il ne lui avait pas menti : ils avaient eu de bons moments.

*

Ingrid freina devant l'entrée du cinq-étoiles.

Lola poussa un soupir de soulagement. Ce trajet avait été cauchemardesque. Ingrid avait roulé à très vive allure et méchamment zigzagué entre les voitures.

Elles descendirent de moto. Lola voulut évoquer un plan de bataille, mais, déjà, l'amie américaine déboulait sur l'allée bordée de palmiers en pots et filait vers la réception. Dans l'opération, elle enleva son casque et secoua son opulente chevelure blonde.

Lola suivit. Elle vit sa partenaire ralentir, adopter une démarche chaloupée et s'adresser au réceptionniste.

Lola s'approcha. Ingrid se lançait dans un grand numéro. Elle assura être la bassiste de Mylène Farmer. M. Lamberti était un ami intime de la star. Ils avaient rendez-vous le soir même, mais Mylène avait un contretemps.

— Elle m'a chargée de prévenir Paul Lamberti de son arrivée tardive.

— Ah, malheureusement, M. Lamberti vient de régler sa note.

— Oh, c'est très embêtant. Je vais me faire déconstruire par Mylène !

— Euh, *déconstruire*… ?

— Démolir, si vous préférez.

— Ah. J'en suis navré.

— Où allait-il ?

Le réceptionniste lui apprit que l'homme d'affaires était parti quelques minutes auparavant pour l'aéroport de Quimper-Bretagne.

— C'est loin d'ici ?

— Environ dix minutes en voiture. Mais ce n'est pas garanti. Il peut y avoir pas mal de trafic, des camions notamment.

Il fit signe au bagagiste.

Ingrid remercia le réceptionniste, consulta l'heure sur son smartphone et se tourna vers Lola.

— Appelle Baz. Moi, je vais seule à l'aéroport. J'irai plus vite.

Un fait indéniable. Mais sans elle, Ingrid allait jouer les tornades. Un jeu dangereux sur ces routes enduites de crachin.

Ingrid donna un pourboire au bagagiste et obtint une description de la voiture de Lamberti : une berline Mercedes noire, pilotée par le chauffeur personnel de l'homme d'affaires.

— Sois prudente ! cria Lola.

Pas certain qu'Ingrid l'ait entendue. Elle avait déjà son casque sur la tête.

Lola se mordit les lèvres. Elle culpabilisait. C'était toujours elle qui plongeait leur duo dans des bouillabaisses de compétition, mais Ingrid endossait souvent les risques physiques. Parce qu'elle avait un courage de tigresse. Son nom de scène lui collait à la peau. Gabriella Tiger n'avait pas froid aux yeux.

D'ailleurs, elle avait déjà enfourché sa moto.

Elle mit les gaz d'un geste énergique et fila droit devant elle. Lola la regarda s'éloigner.

La fatigue lui jouait des tours, elle se sentait anesthésiée. Elle se secoua et appela Chauvigny.

En vain. Décidément, ce capitaine se faisait salement désirer ! Elle se concentra pour recouvrer son calme, puis abandonna un message sur son répondeur.

Que faire ? se demanda-t-elle.

La meilleure solution : s'inspirer des écologistes et privilégier le circuit court. Autrement dit, joindre directement la sécurité de l'aéroport.

Elle composa le numéro du standard, fut accueillie par un autre laïus enregistré, ravala un juron, et lança l'alerte une seconde fois.

21.

Le même jour
Quimper

Pour le moment, la berline restait introuvable.

Ingrid fonçait sur un tronçon de route à deux voies. Surplombé par la voûte du ciel, encadré par une colonne de buissons et d'arbustes épais comme du crin de chaque côté, il semblait encastré dans le paysage.

Une sombre masse émeraude apparut. Un rond-point.

Elle freina, s'arrêta, posa un pied et laissa passer un camion-citerne, deux camionnettes de livraison, plusieurs voitures. Concernant l'intensité du trafic, le réceptionniste n'avait pas exagéré.

S'engageant sur le rond-point, elle repéra vite un bouquet de panneaux. Au niveau de la troisième sortie, le panneau du bas, orné d'un dessin d'avion, indiquait « Pluguffan ».

Elle mit les gaz et avala un virage avec souplesse.

Au-delà, la route rétrécit et s'obscurcit. Elle dut ralentir. Une file ininterrompue de véhicules avançait au pas et obstruait le passage.

Dans d'autres circonstances, elle aurait savouré cette virée dans la campagne et pris son temps. Le crachin sublimait les senteurs. De grands arbres aux feuillages dorés se penchaient sur elle et sa moto comme des dieux protecteurs.

Elle avisa un panneau de limitation de vitesse à soixante-dix. Se félicitant d'avoir fait déboulonner son side-car, elle accéléra, commença à doubler les voitures, laissant derrière elle un mini-concert de klaxons.

De là, la route se dégageait enfin et filait tout droit. Elle s'offrit une pointe à cent quatre-vingts.

Les arbres vénérables cédèrent le terrain à de frêles bosquets, puis à des haies et à des jardins ponctués de rares maisons aux toitures imitant la couleur du ciel.

Quelques kilomètres plus loin, encore des grappes de véhicules ici et là. Concentrée, son corps ne faisant qu'un avec sa BMW, Ingrid effectua une série de gymkhanas.

Toujours aucune berline en vue. Elle s'inquiéta. Le réceptionniste avait annoncé un délai d'une dizaine de minutes pour rallier l'aéroport de Quimper-Bretagne. Et si Lamberti avait déjà décollé ?

Mais bientôt elle la vit, de profil, gracieusement lancée dans une courbe. Impossible de se tromper, la longue silhouette noire tranchait avec la modestie des autres voitures. Et il n'y avait qu'un passager à l'arrière.

Elle ralentit. Seules deux autos la séparaient de sa cible. Un bouclier qui lui permettrait de ne pas se faire repérer.

Elle suivit le mouvement, dépassant des champs et une suite de petites localités. Plus de haies charnues ou de chênes centenaires, le ciel se déployait, reprenait possession du paysage. Encore un rond-point, et la route rasa une zone résidentielle tranquille. Quelques secondes de plus et la tour de contrôle fut en vue.

La berline s'engagea sur la voie menant au hall central, le dépassa et alla se garer deux cents mètres plus loin, devant une zone grillagée.

Ingrid vit qu'il s'agissait d'un tarmac.

En toute probabilité, Baz avait déjà ameuté le personnel de sécurité de l'aéroport. *Je n'aurai pas à intervenir.*

Elle s'arrêta. Lamberti et son chauffeur sortaient de la Mercedes et se dirigeaient vers l'entrée.

En tout état de cause, cet espace appartenait à une compagnie privée : trois jets aux carlingues blanc et gris y patientaient.

Elle scruta les environs. Aucune trace d'un quelconque renfort. Elle consulta l'heure sur son smartphone. Il lui avait fallu huit minutes pour rallier sa destination.

Lamberti et son chauffeur s'entretenaient avec un steward. Ils présentaient leurs passeports et leurs titres d'embarquement.

Les traits du chauffeur lui étaient familiers. Elle se souvint : cet homme avait empêché Morgan Monier de piquer sa crise devant les salariés de Poulets Dorés. Elle l'observa en détail. Ses muscles gonflant sa veste de costume, ses cheveux coupés ras, sa posture trahissaient l'ex-militaire ou le pugiliste chevronné.

La BMW d'Ingrid ronronnait entre ses cuisses comme un animal fidèle. *Dommage que tu ne sois pas douée de parole pour pouvoir me souffler une idée constructive*, pensa-t-elle.

Elle soupira, coupa le moteur, descendit de son engin, enleva son casque et le posa sur la selle.

Elle progressa vers le tarmac. Lamberti et son homme s'éloignaient vers l'un des jets.

Le steward, la voyant arriver, vint aussitôt à sa rencontre.

— Je peux vous aider ?

— Ces deux hommes sont recherchés par la police, répondit-elle.

— Pardon ?

— Il ne faut pas qu'ils décollent.

L'employé eut un mouvement de recul et la dévisagea.

— Et vous, vous *êtes* de la police ? lâcha-t-il d'un ton extrêmement méfiant.

— Non, mais j'ai fait prévenir le capitaine Baz. *No, shit !* Je veux dire Chauvigny…

L'attitude du steward changea immédiatement. Il la toisa comme s'il avait affaire à une parfaite idiote.

— Mademoiselle, désolé, mais vous ne pouvez pas perturber notre clientèle. Je vais vous demander de vous en aller.

Mon allure et mon accent jouent contre moi, songea-t-elle. Pendant ce temps, Lamberti et son comparse avaient atteint l'échelle d'embarquement.

Lamberti s'y engagea.

Le moment de la méthode absolument pas recommandable est arrivé.

Elle plaqua sa main sur la poitrine du steward, banda ses abdominaux et poussa le plus fort possible. Un geste travaillé mille fois avec ses *boys*, dont le buste résistait à la puissance de sa patte de tigre. Le type n'avait pas leur entraînement : il bascula en arrière et atterrit sur son derrière.

— Hé ! Mais ça va pas ?!

Le laissant patauger dans ses protestations, Ingrid piqua un sprint.

Lorsqu'elle parvint près de l'avion, Lamberti s'apprêtait à se glisser dans la cabine. Son chauffeur avait gravi la moitié de l'échelle.

— Lamberti ! hurla-t-elle à pleins poumons.

Les deux hommes se figèrent, puis firent volte-face et la découvrirent. Le boss resta impassible, son subalterne la dévisagea.

— C'est qui ? demanda-t-il.

— Connais pas, répliqua Lamberti en se tournant de nouveau vers la cabine.

Je ne l'impressionne pas, diagnostiqua Ingrid. L'homme d'affaires comptait déguerpir comme si de rien n'était.

Elle se propulsa vers l'échelle.

— Tu me l'évacues, ordonna Lamberti sans se départir de son calme.

— Oh, toi, la meuf ! Dégage !

Ayant atteint l'échelle, Ingrid empoigna la rambarde et

commença à gravir les marches. De son côté, le chauffeur en dévala quelques-unes.

Ingrid se figea. Lui aussi.

Elle analysa la situation. Elle le dominait d'environ cinq centimètres, mais lui d'au moins trente kilos. Et il avait l'avantage de la surplomber. Aucune raison qu'elle parvienne à lui mettre un direct dans la mâchoire ou le plexus. Lui pouvait en revanche lui administrer un efficace coup de latte.

Elle monta une nouvelle marche.

— Casse-toi ! Je vais pas te le répéter ! menaça-t-il.

Certain de l'issue de cette confrontation, son boss observait la scène d'un air décontracté. Une hôtesse de l'air pointa son nez. Un mot de Lamberti la fit vite rentrer dans la cabine. Quant au steward, Ingrid l'entendait téléphoner à un responsable de la sécurité dans son dos.

— Pas question que vous décolliez d'ici, articula-t-elle.

Le chauffeur émit une grimace incrédule, puis roula des yeux.

— T'as vraiment envie de te faire déboîter, dis-moi !

Il attaqua avec sa jambe droite. Comme prévu, un coup de piston latéral. Ingrid fit un bond en arrière et se réceptionna sur le tarmac.

— T'as compris, maintenant ? ricana le gars. Assez joué. Barre-toi.

Ingrid scruta rapidement les lieux. Toujours aucun gendarme en vue. Elle devait les empêcher de fuir à tout prix.

Elle prit un air apeuré et leva les mains en signe de reddition. Le type sembla satisfait et s'engagea de nouveau sur l'échelle.

Ingrid actionna alors la fermeture Éclair de sa combi intégrale et dégagea sa matraque télescopique. Elle agita le poignet d'un coup sec. La tige se déploya en produisant le même claquement jubilatoire que d'habitude.

Le chauffeur l'avait entendu aussi. Il s'immobilisa, puis se retourna. Ingrid fonçait déjà sur lui.

Il ramena sa jambe vers son buste, sans doute dans le but de lui assener un nouveau coup de piston. Plus rapide, Ingrid abattit sa matraque sur son entrecuisse. Le hurlement de douleur sembla jaillir des tripes du gars. Le regard ahuri, les mains plaquées sur son bas-ventre, les jambes se dérobant sous lui, il tomba à genoux.

Ingrid grimaça. *Je ne voudrais pas être à ta place !*

Son regard plongea dans celui de Lamberti, lequel n'avait pas esquissé un geste.

Elle s'attendait à ce qu'il lui lançât une réflexion quelconque. Mais il cessa vite de s'intéresser à elle. Ses yeux fixaient un point. Au-delà.

Elle pivota sur elle-même.

Baz déboulait sur le tarmac au pas de course avec son équipe.

Ingrid descendit de l'échelle, puis s'écarta pour leur laisser le passage.

Trois gendarmes se ruèrent sur Lamberti et son chauffeur. Ceux-ci furent menottés et escortés jusqu'à une Estafette. L'un marcha dignement, l'autre suivit cahin-caha.

Ingrid avait observé la scène sans bouger.

Baz s'approcha.

Il empoigna son épaule, lui demanda si tout allait bien. Ses yeux disaient combien il s'était fait du souci pour elle.

Elle hocha la tête, posa sa main sur la sienne. Baz frémit.

— *I'm so happy to see you*, articula-t-elle.

L'émotion la submergeait, sa langue natale lui avait débordé des lèvres.

Baz abandonna son épaule sans cesser de la regarder, puis lui tourna le dos et rejoignit ses hommes.

22.

Samedi 12 novembre
Gendarmerie de Quimper

Après une nuit blanche, l'homme d'affaires paraissait moins frais dans son élégant costume, mais il ne se départait ni de son calme ni de sa version des faits.

Concernant la faillite imminente de Poulets Dorés, il répétait n'être au courant de rien. « C'est lamentable de penser que Bertrand a pu me manipuler ainsi. Au fil des années, je croyais que nous avions construit une relation de confiance. Je ne suis pas à plaindre. En revanche, c'est une véritable tragédie pour les salariés et leurs familles. »

Chauvigny ignorait s'il fallait voir dans le sang-froid de Lamberti le flegme des hommes habitués à négocier des contrats aux sommes vertigineuses avec des partenaires en tous genres, ou l'impassibilité que manifestaient certains criminels endurcis.

Son chauffeur et homme à tout faire, un trentenaire dénommé Gilles Lavalette, natif de Marseille, s'était mis au diapason. Certes, il se tortillait sur sa chaise, mais apparemment plus en raison du coup de matraque qu'Ingrid lui avait administré la veille que d'une nervosité coupable. Il avait déclaré être au service de son patron depuis trois ans.

Ils avaient été installés dans des salles différentes. Pour l'instant, leurs déclarations concordaient. Rien d'étonnant à ça : elles étaient maigres.

Lamberti prétendait qu'il n'avait aucunement voulu prendre la fuite, mais qu'il se rendait à un rendez-vous professionnel à Ankara. Il ne s'expliquait pas l'agression sur le tarmac de l'aéroport. Son chauffeur avait simplement pris sa défense face à une inconnue visiblement dérangée.

Le fait qu'on avait trouvé un Taser dans le sac à dos de Lavalette ne déstabilisait ni ce dernier ni son employeur.

Lavalette déclarait l'avoir en sa possession depuis des années ; il l'avait acquis auprès d'un revendeur marseillais. Une transaction illégale qui, selon lui, justifiait que son fournisseur ait gardé l'anonymat. Au labo, on n'avait relevé aucune trace sur l'arme hormis les empreintes de son propriétaire. Même si la coïncidence était remarquable, pour le moment, rien ne permettait de la relier à l'assassinat de Bertrand Kernec.

Chauvigny se leva et jeta un dernier regard au suspect assis derrière la table, les mains menottées et l'air paisible. Il quitta la salle et se massa la nuque pour détendre ses muscles engourdis. Cette nouvelle séance d'interrogatoire n'avait rien donné de plus que les autres.

Les relevés effectués sur les scènes de crime avaient été comparés aux ADN de Lamberti et de Lavalette. L'examen n'avait révélé aucune concordance. Chauvigny fondait ses espoirs sur de possibles découvertes sur les antécédents des deux suspects.

Un technicien s'échinait dans son coin sur la caméra de Magali Merlieux. Il s'agissait d'un modèle qui permettait à son utilisatrice de consulter en ligne les images filmées en flux continu. Mais on était confronté à un problème de code à craquer. Et l'opération prenait plus de temps que prévu.

Le coup de fil arriva ce même jour, vers 14 heures. Un officier de police marseillais annonça au commandant que Gilles Lavalette avait un casier. Après un début de carrière et un titre de champion de *mixed martial arts*, Lavalette, domicilié à Marseille, avait été arrêté et incarcéré pour un braquage à Cannes. Visiblement, et d'après les déclarations d'un directeur de salle d'entraînement, Lavalette avait rencontré Lamberti lorsque celui-ci s'était inscrit à un cours de self-défense. Le Marseillais l'avait coaché.

Chauvigny et un lieutenant repartirent à l'attaque. Le fait qu'ils aient découvert le casier judiciaire du chauffeur ne produisit aucun effet sur ce dernier et sur son patron. Lamberti se fendit d'un : « Je crois à la rédemption, j'ai voulu lui donner sa chance. » Et les interrogatoires continuèrent de patiner.

Vers 16 heures, le technicien vint annoncer une excellente nouvelle : la caméra de la comptable était plus causante que les suspects. Elle révélait la présence de deux hommes qui avaient enjambé le muret pour pénétrer dans la propriété.

Ils portaient chacun un masque anti-Covid noir, une combinaison couvrante foncée, des gants en plastique et des surchaussures du type de celles qu'utilisaient les techniciens de l'identification criminelle. Leurs chevelures, leurs yeux, leurs fronts bien visibles coïncidaient avec ceux de Lamberti et de son chauffeur. Ils avaient voulu ne laisser aucune trace, mais n'avaient pas imaginé une seconde que Magali Merlieux, se sentant probablement menacée, avait installé un mouchard chez elle.

Chauvigny et le commandant reprirent l'interrogatoire. On montra cette vidéo à Lamberti.

— Je n'ai jamais mis les pieds chez cette femme, répliqua celui-ci sans se départir de son calme. Et ces silhouettes pourraient être celles de n'importe qui. On ne manque pas d'hommes bruns et de taille moyenne dans le Finistère, que je sache.

Ce type est plus résistant que le chiendent, pensa le capitaine en échangeant un regard avec son supérieur.

Chauvigny avait une théorie, que partageait le commandant. Kernec avait lutté pendant des années contre la concurrence internationale, pour sauver son entreprise et ses salariés. Il en était arrivé à falsifier les comptes de Poulets Dorés, très probablement avec l'aide et la complicité de sa comptable. Il voulait du temps, il pensait réussir à s'en sortir à condition de continuer à obtenir des prêts de la banque. Lamberti, son interlocuteur privilégié en tant que gestionnaire de la fortune de Smetters, l'actionnaire majoritaire, avait découvert la falsification. Et l'avait gardée pour lui.

Mais Kernec avait fini par craquer. Un scénario s'esquissait : et si le P-DG avait pris rendez-vous avec son banquier pour lui annoncer que Poulets Dorés frisait la faillite ? Et si Magali Merlieux avait été en quelque sorte le déclencheur des événements ? Elle avait dissimulé habilement les véritables extraits de compte de l'entreprise. Ce qui signifiait qu'elle envisageait de parler. Un jour ou l'autre. Et celui qui l'avait tuée l'avait compris.

Lamberti savait ce qui se passait dans l'entreprise. Avant d'être mandaté pour assurer la relève, après la mort de Kernec, il était venu régulièrement dans la région. Afin de rencontrer Kernec et de « prendre le pouls » de Poulets Dorés.

La théorie du capitaine et du commandant s'arrêtait là. La suite n'avait rien d'évident. En toute hypothèse, Lamberti voulait que la situation se maintienne. On ignorait pourquoi, mais il était possible qu'en cachant la vérité à Smetters il ait mis le doigt dans un engrenage. *On commence à mentir et on ne peut plus s'arrêter...*

Un appel du standard le tira de ses réflexions. Un homme souhaitait s'entretenir avec le responsable de l'enquête concernant la mort du P-DG de l'entreprise Poulets Dorés.

Chauvigny prit l'appel. Son interlocuteur lui déclara être un détective privé engagé par Laura Smetters. Sa cliente l'avait missionné pour mener une investigation express auprès des contacts de son gestionnaire, Paul Lamberti. Elle lui avait également remis les clés des locaux personnels de Lamberti à Nice.

— J'ai eu accès à sa comptabilité et j'ai découvert des chiffres que j'estime importants pour votre affaire, précisa-t-il. Et j'ai pu réunir des témoignages éclairants.

Le capitaine resserra sa main sur le combiné et retint sa respiration une demi-seconde.

— C'est-à-dire ? demanda-t-il.

— En gros, Paul Lamberti avait de graves soucis financiers, suite à des investissements risqués. Certains diraient même qu'il était aux abois. Mais il ne suffit pas de le dire, il faut aussi le prouver. Je peux prendre l'avion cette nuit et être à la gendarmerie demain à la première heure. Mme Smetters tient à ce que cette affaire… avance rapidement.

Chauvigny s'enfonça dans son fauteuil, se passa une main dans les cheveux et sourit.

Est-ce que le masque de Paul Lamberti allait enfin s'effriter ?

23.

Mardi 15 novembre

Après une émouvante cotriade qui avait séduit tout le monde, et surtout Le Guern, lequel avait désormais son rond de serviette, Lola sirotait un lambig en regardant les flammes danser dans l'âtre et en écoutant les bûches lancer leurs crachotements odorants. Elle leva son verre devant le feu afin que la robe orange du liquide prît une teinte encore plus riche. Cette eau-de-vie de cidre amoureusement vieillie en fût de chêne gagnait à être connue. L'artisan l'avait initiée. Il savourait la sienne en s'absorbant dans la contemplation du feu lui aussi. Tantôt, il leur avait offert les derniers potins : le banquier de Poulets Dorés aurait révélé aux gendarmes que « les comptes de la boîte étaient truqués ». Lola avait fait mine de tomber des nues.

Ingrid n'avait pas voulu les accompagner dans leurs plaisirs alcoolisés, mais elle était plongée dans un ouvrage sur les mythes et symboles de la Bretagne. Vêtue d'une tenue d'intérieur gris perle très simple qui lui allait à ravir, elle sortait d'une douche relaxante. Le Guern avait enfin mis la dernière main à la salle de bains.

Une douce soirée bien méritée, car la journée avait été longue. Et pas franchement guillerette. Elle avait débuté par une réunion dans la cour de Poulets Dorés. Elles y avaient été conviées par le syndicaliste Bruno. Lui et ses confrères avaient annoncé à l'assemblée des employés que la faillite de l'entreprise semblait désormais inévitable. À moins qu'un miraculeux repreneur ne se présente. Les espoirs restaient cependant très faibles, et Lola avait perçu presque physiquement la tristesse et l'abattement de la foule.

Seul point positif : on avait trouvé en la personne de Bruno un « papa adoptif » pour le chat de Magali Merlieux. Bien sûr, Lola avait enlevé sa médaille au bel animal avant de le confier à son nouveau maître. Chauvigny connaissant désormais la situation financière de Poulets Dorés, les infos contenues dans la clé USB ne lui serviraient plus à rien.

Elles s'étaient accordé une nouvelle grande virée le long de la côte pour se remettre. Les paysages superbes n'avaient pas vraiment calmé leur mélancolie, mais ils l'avaient embellie. Et Lola avait pensé à Chateaubriand : « Tout change en Bretagne, sauf la mer qui ne change jamais parce qu'elle change toujours. »

La sonnette de l'entrée lui fit oublier ce grand romantique de François René.

Ingrid alla ouvrir. Elle revint avec un air troublé. Baz Chauvigny la suivait.

S'attendant au pire, par exemple à une garde à vue pour effraction de domicile, Lola le toisa. Il lui sourit.

— Je suis venu faire la paix.

— Dans ce cas, donnez-moi votre manteau.

Elle le lui échangea contre un verre de lambig. Il s'installa sur le canapé, trinqua avec le trio, but une gorgée et réchauffa ses mains en les frottant devant le feu.

Il commença par les remercier. En sonnant l'alerte au sujet de la comptable, elles avaient donné un coup d'accélérateur à l'enquête, même si leurs méthodes n'étaient « absolument pas recommandables ni recommandées ». Lola se prépara à des reproches concernant leur numéro à l'agence bancaire. Pour une raison inconnue, il n'évoqua pas le sujet. Avec un peu de chance le gestionnaire, croyant avoir eu affaire à des enquêtrices légitimes, n'avait pas jugé utile de lui parler d'elles.

Au lieu de cela, Chauvigny se mit à évoquer une vidéo. Enregistrée par une caméra installée sur la façade avant de la maison de Magali Merlieux, elle montrait « deux individus » s'introduisant chez elle.

— Des *individus*. Vous pourriez être plus précis, franchement ! s'esclaffa Lola sans se démonter. Après tout ce qu'on a vécu.

Elle se doutait bien que cette caméra les avait immortalisées elles aussi. Alors qu'elles entraient et sortaient de la propriété. Le problème, c'était le laps de temps entre leurs deux apparitions – pendant lequel elles avaient fouillé la maison et découvert le corps.

— D'ailleurs, accessoirement, on vous y voit. Dites-le-moi franchement. Ingrid et vous avez pénétré dans le domicile, n'est-ce pas ?

— Non. On a patienté dans le jardin.

— Pendant près d'une demi-heure. Surprenant.

— Oui, c'est un joli jardin. Qui invite à la méditation. Pleines d'espoir, nous attendions gentiment le retour de Magali. De toute façon, vous avez relevé nos ADN. Donc, si nous avions contaminé votre scène de crime, vous l'auriez su. J'ai tort ?

Il lui décocha un petit sourire et se garda de rétorquer.

Évidemment, Lola voulut insister et lui tirer les vers du nez, mais il lui fit remarquer que le « secret de l'enquête » exigeait aussi l'« exclusion des commissaires à la retraite ».

— Ah, on le saura que j'ai raccroché ! grogna-t-elle en levant les yeux au ciel. Mais vous pouvez quand même nous dire si c'est bien Lamberti qui a éliminé Kernec, Merlieux et Monier.

— L'affaire est désormais du ressort du juge d'instruction.

— Oh, Baz, descendez de vos grands chevaux, bon sang !

— Bon. La mort de Morgan Monier n'a rien à voir avec les deux autres homicides.

Lola se servit une nouvelle dose de lambig. Jusque-là, Ingrid n'avait pas prononcé une parole, se contentant de dévorer le capitaine des yeux.

— J'interroge les témoins éventuels à propos de Gisèle Tanguivieux, reprit-il, et j'aimerais savoir si vous avez de ses nouvelles.

— On devrait ? demanda Lola.

— Je vous ai déjà vues discuter avec elle. Vous sembliez avoir pas mal de choses à vous dire. Quant à vous, Le Guern, vous savez tout sur tout le monde.

— Non, Gisèle ne m'a pas contacté, répliqua l'intéressé, légèrement vexé. Pourquoi ?

— Elle a appelé les urgences, dans la nuit du 8 au 9 novembre. Pour signaler un blessé dans l'ancienne fabrique Prigent. Depuis, aucun signe de vie de sa part.

— Et quel rapport avec Morgan ?

— L'appel de Tanguivieux a été donné quelques heures avant la revendication de l'assassinat de Morgan et la découverte de son corps dans les algues vertes. Qui portait des traces de coups et une profonde blessure à la cuisse. De plus, c'est son sang qu'on a relevé dans la fabrique.

— J'imagine que vous êtes passé au domicile de Gisèle.

— Bien sûr. Il n'y avait personne et sa voiture n'était pas garée dans la cour. Bref, vous ne savez rien, visiblement.

Il se leva et remit son manteau. Son lambig était resté presque intact.

— Eh bien, au plaisir, capitaine.

— Madame Jost, cette fois, évitez de vous en mêler.

Il souriait. Lola aussi.

*

Ingrid annonça qu'elle le raccompagnait.

Pour lutter contre la fraîcheur du soir, assez pénétrante, elle enfila un ciré. Ils marchèrent en silence jusqu'à la barrière. Il l'ouvrit et se tourna vers elle.

— Tes vacances sont bientôt finies ?

— Oui, on rentre dans quelques jours.

— Et donc, tu vas retrouver Paris et… tes massages.

À son regard, elle comprit soudain ce qu'il sous-entendait, et ce fut une épiphanie. Elle se souvint de ces soirées où Lola, assez imbibée, avait raconté leurs vies respectives à Le Guern. Confidences pour confidences. Elle avait voulu distraire l'artisan, l'amadouer, pour que cette pipelette balance tout ce qu'il savait sur les meurtres.

Elle se remémora le coup d'œil de Baz en direction de Le Guern quand Lola lui tirait les vers du nez sur l'évolution de l'affaire. Baz était conscient que Le Guern avait la discrétion d'un concierge.

Le Guern avait parlé. Le Guern avait confié à Baz qu'elle était strip-teaseuse à Pigalle. Elle voulut en avoir le cœur net.

— Tu sais, dit-elle.

— Je sais quoi ?

— Arrête. Que je danse à Pigalle. Ce n'est pas du strip-tease vulgaire, vois-tu ? C'est de l'art, du burlesque.

Elle se mordit les lèvres. Pourquoi voulait-elle se justifier ? Elle faisait ce qu'elle avait envie de faire. Et elle le ferait toujours.

Il la regardait et son regard était illisible. Ce n'était pas parce qu'il avait de beaux yeux brun profond qu'il pratiquait l'empathie. Elle avait commis une erreur d'appréciation.

— Tu as un esprit tout petit, reprit-elle en levant son pouce et son index à peine éloignés.

— Tu crois ?

— Oui.

Il lui lança un sourire triste et s'en alla.

— Bon retour à Paris, lâcha-t-il sans se retourner.

Sentant les larmes monter, elle partit faire les cent pas dans le jardin.

*

Lola vit Ingrid revenir après un long quart d'heure. Elle n'avait pas l'air dans son assiette. Avisant le verre abandonné du capitaine, elle engloutit son contenu en deux gorgées, grimaça, puis s'adressa à Le Guern :

— Vous lui avez raconté pour mes spectacles à Pigalle.

— Euh, non…

— Si.

— Ah, je lui en ai peut-être… parlé quand on s'est croisés au café. Oui, c'est possible. Maintenant que j'y pense… Désolé, je ne savais pas que…

Ingrid agrippa un coussin, se le plaqua sur le ventre et se laissa avaler par le canapé.

— Ingrid, tu veux mon avis ? demanda Lola. (Son amie acquiesça.) Tu n'allais pas essayer de passer pour ce que tu n'es pas. Ou cacher ce que tu es. Bref, ce qui est fait est fait. Vois ça comme un test. Si Baz ne t'accepte pas dans toute ta magnifique bizarrerie, c'est qu'il n'en vaut pas la peine.

— Ça, c'est vrai, commenta Le Guern. Et c'est la preuve que les hommes peuvent être très cons. Pour Gisèle, c'est pareil.

Lola fronça les sourcils et observa l'artisan.

— Je ne vous suis pas bien, il va falloir développer. De qui parlez-vous ?

— Gisèle a eu une liaison avec Danglois.

— Le P-DG d'Animax ?

— Ouais. Le gars l'a rendue chèvre avant de la larguer, salement. Depuis, elle lui en veut. Normal. Comme vous, j'ai expliqué à Gisèle que ce type ne lui arrivait pas à la cheville. Il peut refiler de l'argent aux antispécistes, ça ne fait pas de lui un héros…

— Houla ! Tout doux… Danglois aurait donné de l'argent aux antispécistes ?

— Oui.

— Et pourquoi diable a-t-il fait ça ?

— Une sorte de mécénat, sûrement. Quelqu'un qui fabrique des steaks synthétiques doit être du côté de ceux qui n'aiment pas qu'on fasse souffrir les bêtes, vous ne croyez pas ?

Lola prit une grande inspiration et se massa la racine du nez.

— Je crois surtout que vous auriez pu nous raconter ça plus tôt, soupira-t-elle.

Le Guern ou l'indic au rabais. Et dire qu'elle l'avait travaillé au corps comme une bête !

— Sa philosophie, c'est pas ce qu'il y a de pire chez lui, osa-t-il. En réalité, je suis plutôt d'accord avec leurs idées, même si je trouve que les antispécistes poussent le bouchon un peu loin et…

Elle l'interrompit :

— C'est Gisèle qui vous a dit que Danglois les finançait ?

— Ah oui, une nuit, au café. Elle était très en colère. On a parlé longtemps. On a même pris une cuite. Ça lui a fait du bien. Elle m'a tout déballé sur Danglois. Un gars très content de lui-même !

Lola eut l'impression que sa tête passait à l'essorage rapide. Danglois était « le meilleur ennemi de Kernec ». Danglois finançait en douce les antispécistes. Danglois avait été l'amant de Tanguivieux, qui ne donnait plus de nouvelles depuis le meurtre de Morgan. Lequel Morgan avait été retrouvé le lendemain, asphyxié dans les algues vertes. Une conséquence de l'élevage intensif, l'un des piliers de la filière viande. Et le meurtre avait été revendiqué par une cellule d'activistes, la Lune guerrière.

Est-ce que Danglois les finançait aussi, ces nouveaux venus dans le décor ?

Et pourtant quand Ingrid et elle avaient interrogé le start-upeur dans sa villa de luxe, celui-ci ne lui avait pas paru plus dangereux qu'un plat d'endives gratinées au gruyère.

Elle revit le capitaine Chauvigny, droit dans ses bottes bien cirées et le sourire aux lèvres : « Madame Jost, cette fois, évitez de vous en mêler. »

Certes, Lamberti et son gorille étaient arrêtés, mais le meurtrier de Morgan courait toujours. Ça faisait désordre.

Elle se souvint de ce proverbe oriental : « Ne jouez jamais à saute-mouton avec une licorne. »

Un gendarme n'avait rien d'une licorne.

Elle se leva, vérifia que les trois lambig ingurgités ne sapaient pas trop son équilibre et s'adressa à Ingrid :

— Ça te tenterait d'aller faire un tour chez Gisèle Tanguivieux ?

— Mais Baz vient de dire qu'il n'avait rien trouvé là-bas.

— Je ne sais pas si tu as remarqué, mais nous, quand on déboule quelque part, on découvre toujours quelque chose. Je dis ça, je dis rien.

De toute façon, elle avait un plan en tête. Si Tanguivieux ne réapparaissait pas, ou n'avait laissé aucun indice, on pourrait se rabattre sur Danglois. Cet énergumène se prenait bien trop au sérieux.

Nuit du mardi 15 au mercredi 16 novembre

1 h 50 du matin. Elles avaient revêtu leurs tenues de motardes et bravé la froidure de la nuit.

À présent, juchées sur la BMW, elles observaient le domicile de Gisèle Tanguivieux. Nulle trace de son break. La maison ne disposant pas de garage, on en concluait que la journaliste était partie à bord de son véhicule on ne savait où.

Collée au corps d'Ingrid pour se réchauffer, Lola se demandait si elles n'étaient pas allées trop vite en besogne, lorsqu'elle sentit son amie se raidir.

— Je crois que j'ai vu quelque chose bouger, murmura celle-ci.

— Où ça ?

— Derrière une fenêtre du rez-de-chaussée.

Lola plissa les yeux. Elle ne remarqua rien. Mais elle faisait confiance aux sens affûtés d'Ingrid.

— On y va, dit-elle.

Le portail métallique n'était pas fermé. Elles se glissèrent discrètement dans la propriété, puis marchèrent jusqu'à la porte d'entrée. Ingrid plaqua une oreille contre le panneau de bois et fit comprendre qu'il y avait du mouvement.

— Gisèle serait revenue chez elle sans sa voiture ? suggéra Lola dans un murmure.

— Dans ce cas, autant sonner, répliqua Ingrid d'une voix normale. OK ?

Mmm... Pas faux.

Ingrid appuya sur la sonnette. Personne ne répondit. Lola sonna à son tour. Longuement.

— Gisèle ! Ouvrez, c'est Ingrid et Lola. On a du nouveau !

Elle ne recueillit que le silence. Le duo patienta, Lola jouant encore un peu avec l'idée que Tanguivieux pouvait se planquer dans sa propre maison.

Mais ça n'aurait aucun sens, admit-elle.

Quelqu'un fouillait peut-être les affaires de la journaliste en son absence. Elle fit signe à Ingrid d'aller bloquer une éventuelle fuite. Celle-ci fonça vers l'arrière du pavillon.

Quelques minutes s'égrenèrent, puis Lola perçut des bruits de pas.

Ingrid, de retour. Accompagnée d'une frêle jeune fille échevelée et vêtue d'un pyjama trop grand pour elle.

— Elle essayait de s'échapper par une fenêtre du rez-de-chaussée, expliqua l'Américaine.

La gamine était terrorisée et le froid la faisait claquer des dents. Ingrid repartit vers l'arrière d'un pas décontracté.

— On ne vous veut aucun mal, lui assura Lola. Gisèle Tanguivieux a disparu. Nous sommes ses amies et…

— On est quel jour ? bafouilla la petite en plissant les yeux.

Lola se demanda si elle était shootée ou simplement endormie.

— On est déjà mercredi, répondit-elle après avoir regardé la date sur son smartphone.

— Oh, j'ai été dans les vapes pendant longtemps…

Le pavillon s'ouvrit sur Ingrid. Lola en fut ravie. On commençait à sérieusement s'engourdir la tête et les jambes par ces températures hostiles.

Elles s'installèrent au salon. La fille s'enroula dans un plaid. Elle expliqua qu'elle avait été malade et que Gisèle l'avait hébergée. Cette môme semblait réellement inquiète du sort de la journaliste.

— On va tout faire pour la retrouver, tenta Lola. Faites-nous confiance.

— Ça, c'est difficile. La gendarmerie est venue. Et maintenant, c'est votre tour. Vous êtes des flics en civil, c'est ça ?

— Vous avez ma parole que non. On se contente de piétiner leurs plates-bandes. Du moins, celles des gendarmes. D'ailleurs, pardonnez-moi, mais je ne comprends pas pourquoi ils ne vous ont pas embarquée.

— Ils ont tambouriné à la porte. Je me suis bien gardée de bouger, j'étais dans les vapes. Lumière éteinte.

— Oui, je les vois mal utiliser un bélier.

— Vous ne m'enlèverez pas de l'idée que vous êtes de la police. Ayez au moins le courage de jouer franc jeu !

Pour une fois, Lola dut déployer toute sa force de persuasion pour convaincre qu'elle *n'était pas* de la « grande maison ». Avec l'aide d'Ingrid, qui exsudait bien évidemment l'empathie par tous les pores, elle travailla la jeune femme au corps. Et lui précisa que Gisèle avait laissé un message aux urgences indiquant la présence d'un blessé grave dans la vieille fabrique Prigent, et que, depuis, on n'avait plus de nouvelles d'elle.

La gamine encaissa l'information avec une grimace coupable. Elle fit encore un peu de résistance, puis elle abandonna le combat. Elle leur révéla ce qu'elle savait.

Ingrid et Lola apprirent ainsi son allégeance à la Tribu rouge. Elle avait été affreusement peinée par la mort de son chef, quelqu'un de « profondément humain et courageux ». Elle avait d'abord cru que son meurtrier était Morgan Monier. Qui aurait agi pour venger la destruction de sa ferme. Mais lors de ses journées et de ses nuits passées là à lutter contre la fièvre et à perdre la notion du temps, bizarrement, elle avait vu clair.

— Vali est un sale type, lâcha-t-elle avec de la colère dans les yeux.

— Qui est Vali ?

— Un autre militant. Un ex-légionnaire brutal et bizarre. Je me demande si ce n'est pas lui qui a tué Puma.

— Puma ?

— Notre chef. Vali voulait prendre sa place. C'est aussi… triste et ridicule que ça. Il se sentait minable. On avait découvert qu'il savait à peine lire et écrire…

— Vous avez vu le corps de Puma ?

— Non. On m'a prévenue de sa mort. En tout cas, Gisèle a suivi Vali et les autres quand ils ont embarqué l'éleveur.

— Jusqu'à l'ancienne fabrique Prigent ?

— C'est ça.

— Mais ils n'y sont plus.

— Ah.

Si elle les menait en bateau, l'interprétation était extrêmement réussie. Lola décida de lui faire confiance.

— Vous êtes au courant pour l'éleveur ?

— Non…

— Il est mort.

Lola expliqua que la gendarmerie avait repêché le corps de Monier dans les algues vertes. Elle observa la réaction de la gamine. Sa surprise semblait décidément sincère. Son écœurement aussi.

— La Lune guerrière, c'est un autre de vos noms ? voulut savoir Lola.

— Non, et ça ne me dit rien. Je ne connais aucun groupe qui s'appelle comme ça.

Lola garda le silence quelques secondes.

— Bon, il faut absolument qu'on retrouve Gisèle. Où est-ce que ce Vali et les autres pourraient se planquer ?

— J'ai bien une adresse à Quimper. On se rejoignait toujours là-bas.

24.

Le même jour
Quimper

Elles venaient d'arriver dans le quartier de l'Eau-Blanche à Quimper. Une rue paisible. L'étroite maison en pierre du pays dépeinte par la gamine s'insérait entre deux autres bâtisses presque identiques et aussi tranquilles. Le seul signe de vie était une lumière mouvante. Une douce lueur qui allait et venait entre deux pièces du rez-de-chaussée. Lola trouvait ça bizarre.

Ingrid avait gardé son casque.

— On pourrait faire le coup du livreur, proposa-t-elle.

— À 3 heures du matin ? réagit Lola. C'est tiré par les cheveux.

— Pas faux. Mais on ne va pas passer la nuit ici.

Elle enleva son casque et annonça qu'elle comptait regarder de plus près à quoi correspondait cette lumière. Lola suivit le mouvement.

Évitant les halos des réverbères, elles s'approchèrent silencieusement de leur objectif.

Ingrid gravit l'escalier menant au perron, pencha son corps souple vers la première fenêtre accessible et observa attentivement ce qui se passait au-delà.

— Je vois une vieille dame faire des allées et venues avec une bougie, annonça-t-elle.

— Je n'imaginais pas les antispécistes comme ça, ironisa Lola depuis le trottoir.

Elle rejoignit son amie sur le perron, leva le poing et interrogea Ingrid du regard. Celle-ci approuva son idée de tenter le tout pour le tout. Lola frappa doucement. Bientôt, des pas traînants se firent entendre. Et la porte s'ouvrit. Sur la vieille dame en question. Elle leur décocha un petit sourire rapide et fit demi-tour en laissant la voie libre.

Elles échangèrent un nouveau regard interrogatif, puis pénétrèrent lentement dans la maison. La vieille dame était dans la cuisine. Installée sur une chaise, elle avait posé sa bougie sur le plan de travail et regardait la flamme onduler.

Elles visitèrent les lieux. Une salle à manger, un bureau qui n'avait pas servi depuis longtemps, un salon avec une table basse encombrée de cartons de pizza vides et de canettes de soda. À vue de nez, trois personnes au moins avaient adopté le même régime pendant plusieurs jours et sans éprouver le besoin de faire un peu de ménage.

— J'imagine que ce n'est pas le genre d'aliments qu'ingurgite une vieille dame, dit Lola. Je crois qu'on est au bon endroit.

Elles poursuivirent leur exploration. Lola avisa une porte au fond du couloir. Elle l'ouvrit, découvrit une courte volée de marches, menant à un sous-sol. Une odeur désagréable flottait dans l'atmosphère. Désagréable, mais pas sinistre. Plutôt celle d'un corps vivant. Elle poussa un soupir de soulagement. Ingrid avait déjà activé le mode lampe de poche de son smartphone. Elle s'engagea dans l'escalier la première, Lola dans son sillage.

Elles découvrirent un gros van à la carrosserie jaune. Lola pensa qu'elle en avait vu du même type dans sa jeunesse. Ceux qui les conduisaient aimaient porter des pantalons pattes d'éph. Une époque où la musique était envoûtante.

Elle chassa cette crise de nostalgie malvenue et continua de suivre Ingrid. Celle-ci pila net et Lola faillit lui rentrer dedans. Elle se pencha pour voir. Le téléphone d'Ingrid éclairait le corps saucissonné d'une femme allongée à côté d'un seau en plastique, et d'une écuelle en inox empruntée à un animal domestique. Son bâillon cachait ses traits, mais la chevelure évoquait celle de Gisèle Tanguivieux.

*

Vali avait été alerté par des bruits. Tous sens en alarme, il cherchait une réponse. Cette fois, il en aurait mis sa tête à couper, ce n'était pas la vieille chouette et ses insomnies.

Est-ce que Choucas avait rappliqué pour causer en douce à la fouille-merde ? Ça aurait bien été son genre. Il l'imaginait peut-être de leur côté. Tout ça parce qu'elle se bagarrait contre l'agriculture et l'élevage intensifs. Choucas était au moins aussi con que Grizzli.

Vali s'attardait dans cette baraque parce qu'il voulait savoir où en était Louvette. Elle n'avait plus donné de nouvelles depuis la mort de Puma, mais elle finirait par se pointer. Il devait s'assurer qu'elle ne lui ferait pas un petit dans le dos. Bien sûr, elle ne pouvait pas aller aux flics. Étant la moins naze de la troupe, elle mijotait peut-être une saloperie. Il savait où elle habitait pour l'avoir suivie. Il y était passé et repassé, elle n'avait pas montré le bout de son nez. Même chose pour son boulot à la crèche. Personne ne l'avait vue.

Il fallait qu'il se casse d'ici. Il devait trouver le moyen de faire enfin cracher son fric à l'autre abruti.

Il descendit à la cuisine. La vieille glandait, assise à sa table. Elle fixait une bougie. Ça ne s'arrangeait pas dans sa pauvre caboche. Le pull de Grizzli patientait sur une chaise, toujours à la même place.

— Mes amies sont venues me voir. On va prendre le thé.

Vali sursauta. La grand-tante avait baragouiné. Il entendait sa voix pour la première fois. Et en parlant de voix… Il venait de capter quelque chose. Ça venait d'où ?

Il s'aventura dans le couloir, tendit l'oreille. Ça causait. À plusieurs. Des femmes manifestement.

Il revint dans la cuisine, fouilla les poches de Grizzli, trouva la clé du van et la fourra dans sa propre poche.

Direction le garage.

Il descendit les trois marches à pas de loup, vit une lueur gigoter. La fouille-merde n'avait plus de bâillon. Elle chouinait, racontait sa vie à deux autres gonzesses. L'une avait un drôle d'accent. Peut-être bien américain.

Une idée fusa : la CIA s'intéressait aux antispécistes *made in France* ? Non ! Les Ricains avaient suffisamment de mabouls chez eux pour ne pas avoir besoin d'aller chasser ceux des autres.

Mais on pouvait se demander d'où sortaient ces nanas. Des copines de la fouille-merde ? Impossible, il les avait entendues la vouvoyer.

Arrivé dans le garage, il actionna l'interrupteur.

Une blonde et une grosse se tenaient accroupies à côté de Tanguivieux.

Le voyant, elles écarquillèrent les yeux.

Ils se lancèrent dans un concours de regards qui tuent. Personne ne gagna, mais la grosse fit jaillir une carte d'un blouson qui lui allait comme un Perfecto à un sanglier.

— Ouais, et alors ?

— On est de la police ! jappa-t-elle.

— Les keufs recrutent des vioques et des Amerloques, maintenant ? J'ai dû rater un épisode.

Le bouton de commande du rideau de fer, à deux pas. Il recula, appuya dessus.

Le rideau commença à remonter en grinçant lamentablement. Vali leva les yeux au ciel. Cet abruti de Grizzli avait toujours été infichu de s'occuper de cette baraque.

Il se dirigea vers le van. La blonde se redressa. Il entendit un claquement sec. Dans un style *James Bond girl*, la gonzesse avait déployé une matraque télescopique.

Il plissa les yeux et l'évalua. Une beauté, d'accord. Le scoop, c'est qu'elle était surtout très musclée. Et le dépassait d'une dizaine de centimètres.

Elle s'avança de deux pas. En souplesse et en continuant de le regarder comme une fille en jeûne depuis quinze jours materait un tournedos. Des yeux bleu saphir. Aussi froids que des icebergs miniatures.

Il sortit son couteau à cran d'arrêt de son blouson, fit émerger la lame. L'Américaine ralentit, mais fit un pas de plus.

— T'es sûre ? lui demanda-t-il.

Non seulement elle jouait dans la catégorie très baisable, mais, en prime, elle devait être maligne : elle leva les mains en l'air.

Méfiance. Il la soupçonnait d'être plus rapide qu'un cobra. Le genre qui vous crache son venin à la gueule sans prévenir.

La grosse avait compris qu'il n'avait pas envie de taper la discute. Elle la bouclait. Une bonne nouvelle.

Sans quitter la Ricaine des yeux, il s'approcha du van à reculons, se glissa dedans, mit le contact, démarra, accéléra et déboula dans la rue.

Arrivé au croisement, il jeta un coup d'œil dans le rétro. Si ces deux amazones dépareillées comptaient le poursuivre en bagnole, c'était déjà mort pour elles.

Il alla se garer dans une rue adjacente.

Il poussa un soupir de soulagement et appela ce crétin qui se prenait pour le bouclier de Danglois.

— Allô…, grogna le type.

— Doutermans, c'est moi.

— Hein ?

— Fini les conneries. Je veux mon blé.

— C'est encore toi, espèce d'étron ! T'es vraiment pas gêné !

Ce mec avait une voix de crécelle. Vali s'imagina scalpant ce minus à la tronçonneuse. Il les avait suivis Danglois et lui alors qu'ils sortaient de chez Animax. Cet abruti avait l'air d'une tarlouze avec ses petits costumes.

— Si ton boss ne me file pas le fric, je contacte les télés. Tout de suite. Je leur crache que Danglois a donné du blé à la Tribu rouge. Pour les soutenir.

— Tu racontes n'importe quoi, petite merde. Va te faire foutre !

Et il raccrocha.

Vali fixa le téléphone comme s'il avait le pouvoir de le faire fondre avec ses yeux. Cet empaffé osait lui parler d'une façon qui méritait qu'on le bute et qu'on jette son cadavre aux chiens.

Au bout de quelques minutes, il réussit à se calmer. Max Doutermans essayait de jouer la montre. Même réveillée en pleine nuit, cette fiotte n'avait pas perdu le nord. Il avait évité de dire quoi que ce soit de compromettant. *Et s'il avait peur que je l'enregistre ?*

Ils le prenaient au sérieux finalement.

Sauf qu'il n'avait plus le temps de jouer.

Il soupira de soulagement. Maintenant, son plan était tracé. On se foutait de savoir ce que magouillait Louvette. Et on se foutait aussi de l'identité de ces deux femmes. Et on se foutait de faire ravaler ses paroles à cet abruti.

L'heure était venue de collecter.

Vali gara le van à une dizaine de mètres du palais de Danglois. Pendant son repérage, il l'avait filé des bureaux de sa boîte jusqu'ici. Plusieurs fois.

Ce type se sapait mieux qu'un prince. Jamais le même costard, des pompes cirées à mort. Il ne s'emmerdait pas.

En tout cas, il vivait seul. Génial. On allait le traire.

Dès le départ, ça avait été ça, l'idée. Et la seule raison pour zoner avec cet halluciné de Puma.

Il n'en avait jamais rien eu à battre des bestioles et de

la façon dont on les traitait. Le seul dieu dans ce monde de merde, c'était le flouze.

Il remonta la capuche de son sweat sur son crâne et rebroussa chemin à pied jusqu'à la villa.

Comment s'inviter chez ce nabab ?

Lui faire le coup du flic porteur d'une mauvaise nouvelle ? Du genre : « Votre collaborateur Doutermans a eu un accident, il est à l'hôpital et on n'arrive pas à joindre sa famille… » ? Non, trop compliqué, trop risqué.

Il réfléchit. Il avait eu l'occasion de les espionner dans un bar à vins. Ils se tutoyaient. Doutermans avait forcé sur le pinard. Il causait à son boss comme à un vieux pote.

Oui, bonne idée.

Il s'avança jusqu'au portail, avisa l'interphone, appuya sur le bouton, attendit. Rien ne se passa. Il appuya de nouveau et laissa son doigt en place.

Au bout d'un moment, quelqu'un poussa une crise dans l'appareil :

— Oh, ça va ! Qu'est-ce qu'il y a ?!

Danglois. Forcément. Même si sa voix ne ressemblait pas à l'originale : un Danglois tiré de son plumard et de mauvais poil.

Vali fit de gros efforts pour se donner les intonations d'un Doutermans bourré. Il se bricola une bouche pâteuse, se força à murmurer :

— Hello… C'est Max…

— Quoi ?

— C'est Max, j'te dis…

— …

— Laurent, c'est Doutermans…

— Mais qu'est-ce qui te prend ?

— Laurent, s'te plaît… Ouvre.

— Tu as vu l'heure ?!

— … J'me sens pas bien.

— Je ne comprends rien à ce que tu me racontes.

— J'ai paumé mes clés… Ça caille…

— Tu exagères, quand même !

— Pardon, Laurent… S'te plaît…

Putain, c'est fatigant tout ce théâtre, se dit Vali.

Quelques secondes plus tard, un déclic suivi d'un coulissement. Le gars venait de débloquer son portail. Vali s'engouffra dans l'ouverture et fonça vers la villa.

La porte s'ouvrit sur le proprio. Qui pétait dans la soie, mais portait un pyjama tout bête en coton gris. Vali fit un pas en avant en le menaçant avec son couteau. L'autre fronça les sourcils, leva les mains devant lui, recula. Vali se glissa à l'intérieur, referma derrière lui.

Un couloir aux dalles de marbre blanc à veines noires. Une ouverture sur la gauche. Il passa une tête, mata un salon format hall de gare. Un troupeau de canapés couleur moutarde, des tableaux et des tapis géants, un lustre qui valait une blinde.

Le bourge sirotait un whisky en solo et en pleine nuit en matant les *news*. Une bouteille et un verre orphelin poireautaient sur une table basse devant une télé à écran plat maousse, encastrée dans le mur.

Ça schlinguait le luxe.

D'ailleurs, ça cocotait pour de vrai. Genre à vous coller la migraine. Ce type se parfumait comme une gonzesse ? Non, ça venait d'un énorme bouquet de fleurs blanches. Et il y en avait un autre dans l'entrée.

Un mec qui foutait des fleurs partout. C'était quoi cette époque de dégénérés ?

— Vous êtes qui ?

— Vali.

— Vali ?

— Tu devrais le connaître, mon nom. J'ai essayé vingt fois de te téléphoner, mais ton larbin n'a jamais accepté qu'on cause, toi et moi.

— Vali… Ah, si, Max m'a parlé de vous. Il m'a demandé si je savais qui vous étiez. Mais il ne m'a pas dit que vous vouliez discuter avec moi. Vous n'étiez pas obligé de faire tout ce cirque pour y arriver… Qu'est-ce que vous cherchez, au juste ?

Bam, ça a pas loupé. Ce prétentieux le matait d'un air dégoûté, comme s'il était un vagabond pelé.

— Au début, à te faire chanter. Quand Puma m'a appris que tu finançais en douce la Tribu rouge, j'y ai vu une occasion en or. J'allais t'expliquer que, si tu me payais pas, je fourguerais l'histoire aux médias.

L'autre roula des yeux. À croire qu'il entendait une vieille rengaine. *Vraiment une tête à gnons.*

— Mais ça sert à rien, reprit Vali. On va faire plus simple. (Il lui tendit le papier sur lequel il avait noté son propre numéro de compte.) Tu vas virer cent cinquante mille euros là-dessus.

— Hein ?

Vali n'en croyait pas ses yeux. Deux secondes avant, le mec s'emmerdait ferme. Là, il souriait.

— J'ai dit un truc marrant ?

— Vous vous imaginez qu'on vire une telle somme en un claquement de doigts ?

— Toi, tu peux.

— Moi, mais pourquoi ?

— Tu vis dans un clapier ? *Niet*, alors aboule.

— Mes virements sont limités. Justement pour éviter ce genre de situation.

Vali s'imagina lui tailladant le gras d'une épaule avec son couteau. C'était pas l'envie qui lui manquait. Mais on voulait éviter les cris, la fatigue, la crise de panique ou n'importe quel bordel qui ferait perdre du temps. *Suffit de plaquer la lame à la naissance de ses narines.*

Ce qu'il fit.

Les yeux du gars virèrent aux boules de loto. Il respirait par la bouche. Son haleine sentait la gnôle à deux cents sacs la bouteille. Ça donnait presque envie de s'en jeter un dans le gosier.

— Tu veux pas finir la tronche en steak tartare ? Évite de me prendre pour une burne. D'accord ?

Cette fois, le mec avait percuté. Impossible de hocher la tête, alors il cligna des yeux.

— C'est bon..., souffla-t-il.

— Combien tu peux me filer ?

— Cinq mille.

Merde. Tout ça pour ça. Écœuré, Vali manqua de cracher sur les dalles. Il fit un effort de dingue pour réussir à se calmer.

Sans changer de posture, il se creusa la cervelle. Dans un film américain qu'il avait vu, un type récupérait pourtant un paquet de fric sur son compte grâce à un téléphone portable. Pourquoi ça ne marchait pas dans la vraie vie ?

— Dis-moi, le virement, il arrivera quand ?

— Mmm... Dans trois ou quatre jours, je dirais...

La voix de Danglois avait changé. Il lui racontait des craques.

— Tu te fous de ma gueule. Grosse erreur.

Il enfonça la lame de quelques millimètres. Assez pour que le sang pisse. Le gars couina.

— Aïe ! OK ! C'est bon ! Ma banque m'autorise les virements instantanés. À condition que ça ne dépasse pas quinze mille euros.

Quinze mille euros, c'était un peu mieux. Mais ce type avait oublié d'être con.

— Et je devrais gober ton baratin parce que... ?

Danglois expliqua qu'il lui prouverait sa bonne foi s'il le laissait accéder au site de sa banque.

Vali lâcha prise, recula.

— Vas-y, mais essaie pas de m'entourlouper.

L'autre sortit son smartphone de la poche arrière de son pyjama, pianota sur les touches, montra le résultat. Vali ne pouvait pas franchement lire le texte mais voyait bien le chiffre. Bon, OK. Cette limite, c'était peut-être pas du flan.

Quinze mille balles, pas plus... À moins que...

Une idée venait de lui traverser l'esprit.

— C'est quoi comme marque, ta bagnole ?

— Une Tesla, Model S.

Vali savait que cette voiture valait dans les cent trente mille euros. Des gens étaient forcément sur liste d'attente pour ce genre de caisse. Il la fourguerait sans mal, en tirerait au moins la moitié de sa valeur.

Il ressortit de son blouson le papier avec son numéro de compte, le colla sous le nez du richard.

— Allez ! J'ai pas toute la nuit.

Le gars obéit illico. Avec son propre téléphone, Vali se connecta sur son compte en banque. Il était fâché avec les lettres, mais un peu moins avec les chiffres.

Il attendit un peu, vérifia.

Le fric était arrivé. *No problemo.*

— Écoute-moi bien, ducon. Si tu préviens un pote ou les keufs, je reviens et j'te massacre. En prenant mon temps. On est raccord ?

— Oui, c'est compris.

Il lui arracha son smartphone des mains et l'empocha.

— Maintenant, tu me files ta clé de bagnole.

Danglois tendit le menton vers la table en verre avec le gros bouquet puant. Un boîtier électronique se trouvait à côté du vase. Vali le chopa. Il avait ses fidèles colliers de serrage en poche. Il s'en servit pour lier les poignets de ce connard trop sûr de lui.

Il dégusta une seconde sa bobine de vaincu et tourna les talons. Une fierté à laquelle il n'était pas habitué palpitait à ses tempes. *Ça a glissé comme dans du beurre. J'ai de quoi voir venir.* Pour un peu, il se serait mis à danser.

Il ralentit le pas, regarda la porte vitrée. Prête à s'ouvrir sur la nuit dans laquelle il disparaîtrait.

Il ralentit encore. De minuscules sauterelles se bagarraient au fond du puits de sa poitrine. *Quand une emmerde me pend au nez, toujours la même sensation.*

Quelque chose ne collait pas.

Ç'avait été trop facile. Le fric qui filait d'un compte à un autre. La bagnole qui changeait de propriétaire en un clin d'œil. Juste un surin au ras du pif et Danglois qui craquait comme une branche morte sous un pied.

Tous disaient qu'il était un petit génie. Un de ces mecs capables de sauver la planète.

Il m'aurait entubé ?

Il se retourna.

L'autre n'avait pas bougé.

C'est sa tronche qui avait changé. Il éteignit d'un coup l'espèce de sourire qui lui remontait jusqu'aux yeux. *Clac.* Un basculement d'interrupteur.

Tu t'es foutu de moi, enculé. Mais comment ?

Le virement ? Il se reconnecta sur son compte.

Le fric était pourtant bien là. Sur l'écran blanc, les chiffres noirs faisaient penser à des mouches sur du lait.

Il fronça les sourcils, se mordit les lèvres, réfléchit.

Il avait envie de téléphoner à Choucas. Lui s'y entendait en virements, Internet et autres complications.

Mais il sentait que la réponse était à quelques millimètres de sa peau. Certains l'avaient traité de chien galeux. Peut-être bien qu'il en était un : ces bêtes-là connaissaient la vie. Elles flairaient la vérité.

Il fallait seulement bien se concentrer.

Des mouches sur du lait…

Des mouches imaginaires. Intouchables… Pareil pour le fric. On ne pouvait pas empoigner les billets de Danglois. Ils étaient ailleurs. Dans le monde que ces rois de la tech avaient inventé sans demander l'avis de personne.

Ce type sourit parce qu'il sait que son blé n'atterrira jamais dans ma poche ? Une fois libéré, il préviendrait ses banquiers ?

Quinze mille, pour lui, c'est de la gnognote, pourtant.

La voiture ? Elle avait peut-être un antivol spécial. Il était le seul à pouvoir mettre le contact ? Avec son empreinte digitale ?

Non, un jour, Vali avait vu Doutermans l'emprunter.

Il aurait fallu embarquer Danglois, attendre l'ouverture de sa banque et le forcer à retirer le maximum de cash. Et le buter. Mais pas le temps. Trop risqué. Les gendarmes étaient au taquet. Et se flanquer un nouveau crime sur le dos…

C'est pas des aigles, ces keufs campagnards, mais tout de même. Il leur arrive de se bouger le cul. Surtout si trop de macchabées leur tombent sur le râble.

Le pognon envolé n'inquiétait pas son propriétaire. Ni la Tesla, qui devait être bien assurée.

Alors qu'est-ce qui faisait marrer Danglois ? Il était fier d'avoir pu protéger des possessions *vraiment* intéressantes ?

C'était ça. Dans cette luxueuse baraque, il y avait moyen de se payer. Avec du solide.

— Où est le coffre ?

— Mais… je n'en ai pas. Ou plutôt si, à la banque.

Des phrases balancées trop vite. Son numéro de théâtreux valait que dalle.

Vali resserra sa prise sur le manche de son couteau. On n'appelait pas ça un couteau de para pour rien. Un ami pour la vie.

Il se jeta sur le richard et lui trancha la joue gauche.

*

Elles faisaient le guet en silence.

Elles avaient suivi le van de Vali à bonne distance et, tous feux éteints, s'étaient garées une quinzaine de mètres derrière lui.

Vali était entré dans une villa depuis environ vingt minutes. Et cette villa n'était autre que celle de Laurent Danglois.

Un cri les fit sursauter. Il était certes assourdi, mais immanquable.

— Fini la rigolade ! lâcha Ingrid. On appelle Baz et on ne hasarde plus rien.

— On ne *tente* plus rien, Ingrid.

— *Yes.* Si tu veux.

Lola réfléchit. Pour une fois, il était peut-être bon d'écouter la voix de la raison, même si elle avait l'accent yankee.

Ingrid saisit son smartphone et composa le numéro de téléphone personnel de Chauvigny.

— Il est sur répondeur, annonça-t-elle, dépitée.

— Appelle le standard de la gendarmerie, suggéra Lola. Et demande qu'on le réveille.

— Bonne idée !

Lola la regarda faire. La tentative patinait. Apparemment, le standardiste jouait les cerbères ou croyait à une blague idiote.

Quelques minutes plus tard, Ingrid parlementait toujours, mais Lola nota que la situation évoluait.

La porte automatique du garage de la villa se levait. Bientôt, les phares de la Tesla trouèrent l'allée. Et la voiture quitta son abri.

Le portail s'ouvrit à son tour.

Lola plissa les yeux. C'était Vali qui était au volant. Et seul.

Vite, un coup de coude dans les côtes d'Ingrid, toujours au téléphone.

— Il ressort, marmonna-t-elle entre ses dents.

La Tesla tourna sur la droite et fila dans la rue à vive allure. Ingrid écarquilla les yeux et haussa le ton.

Une poignée de secondes de plus et elle réussit à parler à Baz. Elle lui expliqua la situation posément, puis raccrocha.

— On a fait ce qu'on avait à faire, Lola, dit-elle.

Cette dernière était déçue. Elle se serait bien vue foncer dans la nuit et prendre des virages à fond aux trousses du véhicule du P-DG d'Animax piloté par ce gros teigneux qui avait osé les menacer.

Mais Ingrid avait raison. Fini la rigolade.

Il fallait aller à la rescousse de Laurent Danglois. En cas de besoin, on lui prodiguerait les premiers secours.

En plus, Gisèle Tanguivieux patientait dans le side-car.

Et, même si elle semblait en relative bonne forme malgré sa séquestration prolongée, la priorité était de la conduire aux urgences.

Oui, il ne fallait pas exagérer.

*

La montre de Chauvigny indiquait 6 h 47.

Si les murs métalliques d'un entrepôt n'avaient pas scintillé trois cents mètres devant lui, il se serait cru dans un monde épargné par l'activité humaine.

Noir profond, violette, mauve, la nuit avait glissé subtilement. Depuis peu, les oiseaux se répondaient d'arbre en arbre. Les vapeurs des champs voulaient rejoindre celles du ciel. La nature sécrétait l'innocence.

Et pourtant, c'était ici que la violence allait débarquer. Sous les traits d'un homme que la cupidité avait soumis à ses exigences et projeté dans une spirale sanglante.

Le capitaine était athée. Pour lui, le mal était une notion à laisser aux croyants. Celui qui tentait de lui échapper n'était pas un monstre. Les monstres n'existaient pas. C'était une affaire de curseur, qui se déplaçait sur un spectre commun à tous les êtres humains. Du clair au sombre, avec une infinité de nuances dans l'intervalle.

Si son groupe et lui parvenaient à l'arrêter, il devrait l'interroger. Sa noirceur dégoulinerait d'abord comme un goudron. Il faudrait y piocher ces morceaux de passé qui avaient fait de lui un meurtrier, puis soupeser, trier. Obtenir des aveux obligeait à écouter, à tenter de comprendre, à entrer dans la logique du prévenu.

On en ressortait toujours un peu sale, chargé.

En attendant, on devait réussir à lui mettre la main dessus.

Le contingent de la gendarmerie avait été mobilisé, les barrages routiers dressés. Chauvigny et son escadron se trouvaient sur celui qui coupait la D15.

On venait de lui annoncer par radio que cette voie de fuite était la bonne.

Dans le vent paisible, la campagne bougeait à peine.

Un point s'inscrivit entre l'horizon et la bande grise de la route. La Tesla volée. Les orbites jaunes des phares grossirent vite. Bien que la nuit fût finie, le fugitif ne les avait pas éteints.

Impossible qu'il ne les ait pas repérés. Pourtant, il ne ralentit pas.

Chauvigny sut ce qui allait se produire.

La puissante voiture les prenait pour cible.

Il hurla à ses hommes de s'écarter. La Tesla fila devant leurs yeux. Son passage, bien que fulgurant, avait révélé que le fuyard était seul. Il n'avait pas pris d'otage après l'alerte donnée par Ingrid. Un soulagement.

Chauvigny ordonna à son meilleur tireur de viser les pneus. La salve du fusil-mitrailleur pulvérisa la sérénité de la campagne.

La Tesla poursuivit sa course folle sur quelques dizaines de mètres, puis se mit à zigzaguer violemment, sembla reprendre le contrôle et le perdre à nouveau.

Elle braqua subitement sur la droite et fonça sur l'entrepôt, comme aimantée par ses parois de métal.

Chauvigny et son escadron se précipitèrent. Le vacarme de l'impact écrasa le bruit de leurs pas.

Arrivés sur le parking, ils ralentirent.

L'avant de la Tesla s'était encastré dans un engin encore non identifiable.

On aurait dit un gros animal pris d'assaut par un prédateur supérieur. De son ventre mécanique exsudaient des ondes de chaleur.

Chauvigny souffla, évacuant la tension. S'approchant, il découvrit que la Tesla s'était empalée sur un chariot élévateur de la taille d'un éléphanteau. Mystérieusement, l'opérateur n'avait pas cru bon de placer ses deux défenses de fer en position basse avant de garer le véhicule.

Sur l'accordéon gris qu'était devenue la carrosserie, sur

le macadam fissuré du parking, les débris du pare-brise explosé scintillaient telles des larmes. Le capitaine les sentit crisser sous les semelles de ses bottes.

Il s'immobilisa.

Sur une vision bizarre. Atrocement calme.

Le fuyard semblait calfeutré dans un troupeau de nuages. Mais leur blancheur se maculait de sang.

La Tesla disposait d'une série d'airbags. Le dispositif latéral avait résisté, la ceinture de sécurité aussi. Mais pas l'airbag frontal. L'une des fourches du chariot élévateur avait embroché l'homme en pleine poitrine.

Il gardait les yeux ouverts, sa bouche tombait. L'effroi de la mort s'était gravé dans ses traits.

Chauvigny avala sa salive, puis fit un pas supplémentaire et observa la blessure béante.

La cage thoracique de celui qu'il n'interrogerait jamais évoquait une méduse rouge.

L'un de ses hommes lui apporta une mallette légère et carrée, au plastique gris ensanglanté. Le capitaine enfila une paire de gants en nitrile, fit glisser la fermeture Éclair, ouvrit.

D'épaisses liasses de billets de cent euros tenaient compagnie à trois montres. Il s'en saisit pour les ausculter : le trio était signé Jaeger-LeCoultre, Rolex et Patek Philippe.

Il les remit calmement en place, referma le bagage, se déganta, puis leva la tête vers le ciel où subsistaient les traces des étoiles les plus brillantes.

Il venait de se souvenir de ce gang en Guadeloupe, spécialisé dans la contrefaçon. Quand il avait arrêté leur chef, un Martiniquais qui se trimballait un culot de la taille de la montagne Pelée, le gars lui avait proposé un pot-de-vin s'il lui rendait sa liberté et la fermait sur ses activités. « Ce serait dommage que tu me brises mon business, monsieur de la maréchaussée. Je peux t'en faire profiter en douce. Et puis, vois ça comme ça : je suis un bienfaiteur. Moi, je rends service à ceux qui ne pourront jamais s'offrir de telles beautés. Tu sais combien ça vaut une *vraie* Patek Philippe ? » À l'époque, Chauvigny l'ignorait, mais il avait vérifié. Les prix démarraient aux alentours de quinze mille euros, mais certains collectionneurs étaient prêts à investir une fortune pour l'acquisition d'une mythique Patek Philippe Nautilus de seconde main, le modèle le plus convoité de la marque. Quelques années auparavant, Christie's avait vendu un exemplaire en platine à environ six cent mille euros.

Le fugitif avait cru gagner le jackpot en tabassant Danglois pour qu'il lui ouvre son coffre. Avant que l'ambulance l'emmène à l'hôpital, l'entrepreneur, pourtant salement amoché, avait réussi à articuler que le butin comprenait une montre héritée de son père : une Nautilus. « Je vous en prie, retrouvez-la. J'y tiens énormément ! »

Le capitaine se retourna vers la voiture et le corps empalé.

Une vision aussi triste que grotesque.

25.

Vendredi 18 novembre

L'enterrement de Morgan Monier avait eu lieu dans la petite église de Queménarvou. Lola avait été surprise d'entendre Ingrid, armée d'un livret procuré par le curé, entonner les cantiques avec allégresse. Elle avait une voix formidable et chantait parfaitement juste. Lola se disait que si on l'avait laissée faire, elle aurait transformé cette modeste messe en une splendide cérémonie gospel.

Les forces de l'ordre étaient représentées par le commandant de la gendarmerie de Quimper. Un homme à l'imposante chevelure grise et au port altier. Le patron de Baz. Et puisqu'on parlait de l'affriolant capitaine, celui-ci n'avait pas daigné montrer le bout de son nez. Lola n'avait eu droit qu'à une sobre conversation téléphonique quelques heures après que le dénommé Vali avait été tué sur la départementale en tentant de fuir. Chauvigny l'avait certes remerciée, ainsi qu'Ingrid, pour avoir lancé l'alerte, mais, au ton de sa voix, on devinait sa satisfaction de les voir enfin déguerpir.

Évidemment, il avait refusé de répondre à ses questions concernant les motivations de Vali. Mais Lola ne s'inquiétait pas de ce côté-là. Elle comptait rendre une visite à Gisèle Tanguivieux à l'hôpital de Quimper aujourd'hui même. Étant donné qu'Ingrid et elle avaient permis son sauvetage, la journaliste leur raconterait tout ce qu'elle savait.

Après l'enterrement, on se réunit dans la ferme de Rosie, qui se trouvait à cinq kilomètres du cimetière. La sœur de Morgan était soutenue par les uns et les autres. Un groupe lui avait prêté main-forte pour préparer un repas assez impressionnant.

Le soleil débordait de bonne humeur. On put s'installer au jardin.

Lola s'assit entre Le Guern et Ingrid. Ils dégustèrent un poulet aux fonds d'artichaut et aux pommes de terre. Une réussite absolue. Lola ne se souvenait pas d'avoir jamais mangé une viande aussi savoureuse.

— Il faut dire que Rosie a une méthode imbattable, expliqua Le Guern. Elle refile des crêpes et du kouign-amann à ses volailles.

— C'est quoi, la *queen Aman* ? voulut savoir Ingrid.

— Un truc bien gras et bien goûteux qui n'a rien de californien ni de princier, osa Lola.

Rosie, très touchée qu'elles se soient impliquées dans l'affaire à leurs risques et périls, vint les remercier.

— Grâce à vous, le meurtrier de mon frère a pu être découvert. Je crois que, sans votre aide et votre courage, on en serait encore à se torturer l'esprit.

Le soir venu, Le Guern avait enfin remballé son bazar et regagné ses pénates. Les deux amies savouraient leur dernière soirée dans la maison de campagne d'Ingrid. Le chantier était terminé. Dès demain, on rentrerait à Paris.

Un feu ondulait dans l'âtre. Et elles parlaient à bâtons rompus de tout ce qui s'était passé en un peu plus de deux semaines.

Gisèle Tanguivieux, prolixe, les avait très bien renseignées. La journaliste séjournait dans le même hôpital que

Laurent Danglois. Gravement blessé par son agresseur, l'entrepreneur se remettait doucement d'un traumatisme crânien, avait le visage couturé, les côtes en bouillie et des contusions.

Malgré cela, Gisèle avait été sans pitié. Ayant découvert sa présence, elle n'avait pas hésité à aller lui tirer les vers du nez. Son ex-amant, sans doute effrayé qu'elle sache qu'il avait joué les mécènes pour la Tribu rouge, avait été généreux en infos. Lola avait appris quel lien existait entre Puma et Danglois (ils avaient fréquenté la même université et s'étaient revus par hasard, des années plus tard), et ce que Vali lui avait infligé dans sa villa.

Visiblement, Vali n'avait milité avec les antispécistes que dans un seul but : soutirer l'argent du créateur d'Animax. Morgan Monier avait fait les frais de la rage de cet ancien légionnaire qui semblait avoir un problème massif d'ego et de self-control. En gros, et pour rester dans l'ambiance animalière, Vali avait joué le loup dans la bergerie. Et il n'y avait guère eu que Louvette pour flairer sa dangerosité.

Chauvigny avait au moins raison sur un point : le meurtre de Morgan n'avait rien à voir avec celui de Kernec et de Merlieux.

On savait que le premier texte de revendication, celui qui concernait l'incendie de la ferme-usine de Morgan, provenait bien des antispécistes. Mais Louvette leur avait déclaré qu'ils n'étaient pas responsables du second.

Celui-ci se révélait donc une copie. Gisèle validait d'ailleurs cette analyse.

Revendiquant la mort de Kernec, désignant l'être humain comme un « troisième chimpanzé », il ne pouvait être que de la main de Paul Lamberti, lequel avait eu l'idée, brillante, d'instrumentaliser la Tribu rouge en lui attribuant le meurtre du P-DG de Poulets Dorés.

Cette affaire sera gravée dans mes annales, songea Lola. *Elle a été nettement plus coriace que nombre de mes enquêtes lorsque je dirigeais le commissariat du dixième arrondissement.*

En résumé, ces vacances dans le Finistère avaient pris une drôle de tournure.

26.

Un mois plus tard, vers 1 heure du matin
Paris

— LE NAIN, BARRE-TOI ! C'EST GABRIELLA QU'ON VEUT ! brama un malpoli.

Le maître de cérémonie fit mine de ne pas avoir entendu. Le sourire intact et l'attitude digne, il repartit dans les coulisses en quelques entrechats.

— Ah, je te les laisse, tes adorateurs, Ingrid ! Je ne sais pas ce qu'ils ont, ce soir. Ça doit être la pleine lune.

La divinité du Calypso lui sourit et prit le relais. Après un mois de « danse de la méduse », elle expérimentait enfin son nouveau show.

L'ambiance serait radicalement différente. Cette fois, elle n'incarnait plus un animal mais un être de légende.

— TIGER ! TIGER ! TIGER ! hurlait la foule.

Ses *boys* piaffaient derrière elle en une file désordonnée. Ils étaient déguisés en druides et en chevaliers de la Table ronde ; le plus grand jouait Merlin l'Enchanteur.

Le livre sur les mythes celtiques découvert dans la bibliothèque de sa maison de campagne l'avait follement inspirée.

Cette nuit, elle se glissait dans la peau de la fée Morgane et régnait sur la forêt de Brocéliande.

Sa robe, qui avait nécessité encore plus de travail et de patience que la précédente, froufroutait dans une gamme de verts qui paraissait infinie, et sa longue perruque brune s'agrémentait d'une couronne de fleurs fraîches.

Elle avait d'abord songé à la chanson traditionnelle « Tri martolod » interprétée en duo par Nolwenn Leroy et Alan Stivell. Une musique celtique qui vous hypnotisait dès les premières mesures et qui sublimait l'histoire touchante de trois jeunes marins. En l'écoutant, elle avait eu la sensation que son ADN recelait des gènes celtes et que ses ancêtres lui parlaient depuis l'au-delà. *Tu es revenue parmi nous... On t'a attendue si longtemps...* Mais le tempo était assez lent, et l'atmosphère incongrue pour un strip-tease.

Ingrid avait finalement opté pour « Nue », de Clara Luciani. Aucun rapport avec la légende arthurienne, mais du mélange des genres jaillissait souvent la beauté. Ça, elle le savait mieux que personne.

Le son surgit. Un rythme joyeux et chaloupé, qui vous prenait au corps immédiatement. La voix assez grave de la chanteuse éclata telle une bombe de soie.

« Je rêve, pince-moi pour voir / J'avoue j'ai du mal, du mal à le croire... »

Et Gabriella Tiger entra glorieusement en scène avec ses *boys* sous un déluge de hourras et de bravos.

Lola l'appela au beau milieu de sa séance de démaquillage. Il était très tard. Généralement, son amie meublait ses insomnies avec des puzzles. Mais ça, c'était avant leurs aventures finistériennes.

— Le pauvre Lamberti n'avait pas la moindre chance de s'en tirer, gloussa-t-elle dans le téléphone. La caméra sur la façade de Magali Merlieux a filmé plus que sa silhouette et celle de son chauffeur.

— Ah bon ?

— Lamberti ne s'y attendait pas. La caméra a filmé sa voiture. La plaque d'immatriculation était floue, mais un logiciel a permis de la déchiffrer. On a su qu'elle avait été louée par le dénommé Lavalette, son chauffeur. D'après mes contacts, le juge a une théorie solide : quand Kernec a pris conscience qu'il ne parviendrait pas à sauver la boîte, il a dit à Lamberti qu'il comptait tout avouer à son banquier. L'homme d'affaires vivait sur la fortune de l'héritière. Il ne pouvait pas se permettre de perdre son job. Ou, du moins, il avait besoin de temps pour se ménager une sortie. Son chauffeur et lui ont d'abord éliminé la comptable. Puis Kernec. Et fait porter le chapeau aux antispécistes.

Depuis leur retour de Bretagne, Lola n'avait ni molli ni flanché. Elle avait secoué comme des cocotiers les relations qu'elle gardait dans la « grande maison ». Et la récolte avait été généreuse. L'ex-commissaire connaissait désormais le fin mot de l'histoire. Du moins, pour ce qui concernait l'affaire Kernec.

— Et du côté de l'affaire Monier, on en est où ? demanda Ingrid.

— Ah, là aussi, on a du nouveau. J'allais te le dire. Tu sais que Le Guern surveille ça pour moi comme le lait sur le feu ?

— Bien sûr.

— Tu sais également que ce militant surnommé Grizzli a été vite repéré grâce à la planque où on a retrouvé Tanguivieux ?

— Oui, le domicile d'une parente. La vieille dame à la bougie.

— C'est ça. Eh bien, Grizzli a refusé de dénoncer ses copains…

— Mais ?

— Un certain Choucas avait commis une grosse bourde.

— Encore un antispéciste ?

— Exact. Il avait aidé le tueur, le fameux Vali, à récupérer des bouteilles et des respirateurs dans le magasin de plongée qui l'employait.

— Pour faire quoi ?

— Asphyxier Morgan dans les algues vertes. Ils ont pénétré de nuit dans le magasin et ont été repérés par un autre salarié. Ce gars n'a rien dit sur le moment, mais il a reconnu Vali quand sa trombine est passée à la télé. Il a donné l'alerte. Du coup, les enquêteurs ont pu remonter jusqu'à Choucas.

Ingrid nota que son amie avait l'élégance de préférer le terme « enquêteurs » à celui de « gendarmes ». Une façon de moins remuer le couteau dans la plaie. Charmante délicatesse de sa part, mais qui tombait à l'eau. Ingrid avait l'impression que Baz était penché au-dessus de son épaule.

— Tu ne sais pas le plus drôle, reprit Lola.

— Non, raconte.

— Ces respirateurs, ils auraient pu s'en passer. En plein été, quand il n'y a pas trop de vent et qu'il fait chaud, les algues vertes, ça macère et ça dégage des émanations délétères. Mais aucun risque en novembre avec du vent plein les naseaux.

— Morgan est pourtant bien mort asphyxié…

— Ces salauds l'ont estourbi et enseveli sous ces fichues salades de la mer.

— Mais ils sont du coin, non ? Ils auraient dû savoir ça.

— Vali n'est pas breton. Les deux autres le suivaient comme s'il était le joueur de flûte de Hamelin et eux, des rats.

— *What ?*

— Un musicien à la flûte enchantée, produisant des mélodies envoûtantes.

— OK.

— Il leur a expliqué pourquoi il avait besoin des respirateurs une fois sur la plage. Donc, ils ne les ont pas utilisés, mais c'était trop tard. Ils avaient été repérés.

— La connerie, c'est dangereux.

— Très. D'autant que ce duo a cru Vali quand il a prétendu que Morgan avait tué leur chef. L'idéaliste surnommé Puma s'appelait en réalité Pierre Vanier et était le fils d'un couple de bouchers. On ne retrouvera sans doute jamais son corps. Vali aurait forcé Choucas et Grizzli à le jeter en mer.

— Du coup, les enquêteurs pensent que Vali est le meurtrier ?

— Oui, mais ça restera à jamais une hypothèse. Bref, sur les trois survivants, deux se sont fait coffrer. Louvette a eu de la chance.

— Louvette a également eu de la chance d'avoir affaire à toi, Lola. Parce que tu ne la dénonceras jamais.

— J'ai peut-être eu tort… mais cette gamine n'a aucune responsabilité dans la mort de Morgan et elle m'a promis qu'elle allait renoncer aux actions violentes. Plus de poulaillers incendiés ou de boucheries saccagées. Elle fera avancer pacifiquement ses idées.

— Pourvu qu'elle tienne ses promesses.

— Elle a intérêt. Je l'ai à l'œil. En tout cas, on repart *quimpériser* quand tu veux, ma belle. J'ai adoré notre voyage ! Sur ce, bonne nuit.

— *Quimpériser*, ça existe, ce mot, Lola ?

— Non.

— OK. Bonne nuit à toi aussi.

Ingrid raccrocha.

Le miroir de sa loge lui renvoya son reflet encore lourdement fardé. Des cils longs et dorés, un teint de geisha, une bouche couleur compote de framboises.

Elle posa son smartphone sur la table et barbouilla abondamment son visage de cold cream. Rien de tel pour venir à bout du mascara waterproof.

« On repart *quimpériser* quand tu veux, ma belle. » Ingrid soupira. Elle n'était pas certaine de vouloir revenir dans le Finistère. L'idée de vendre sa maison de campagne lui avait traversé l'esprit. Damien Le Guern l'ayant bien retapée, elle trouverait facilement preneur.

Cette nuit, seule certitude, le show avait été un succès,

et c'était déjà ça de pris sur l'adversité. Les spectateurs l'avaient applaudie avec une chaleur débordante, des mots doux avaient fusé comme des feux d'artifice, des fans lui avaient même lancé des bouquets.

Il était temps de faire retomber la tension et d'aller dormir. Ou du moins d'essayer.

Elle appliqua de la crème hydratante sur son visage démaquillé, remit son T-shirt, son jean, son blouson de cuir, ébouriffa ses cheveux et quitta sa loge.

Une musique électronique irradiait de la salle de spectacle. Le prestidigitateur démarrait son numéro. Il faisait le lien avec le show de Katia, la petite nouvelle qui débarquait de Suède. Ingrid l'avait observée en répétition. Une excellente artiste, forte de son impeccable technique de danseuse. Elle avait aussi un fameux caractère. Et le tempérament s'imposait pour séduire un public qui aimait la *bravouche* – un mot qu'Ingrid avait inventé en comprimant « bravoure » et « panache ». La langue française était si plastique et si amusante.

Une rivale sérieuse, cette Katia, lui avait susurré le maître de cérémonie. Ingrid ne voyait pas les choses comme lui. Le Calypso continuait d'exister parce qu'il avait la réputation d'un lieu où les performeurs avaient du talent.

Les shows de Katia étaient stimulants, pas inquiétants.

Et, de fait, dans un mois, il faudrait monter sur scène avec un nouveau concept. Ingrid avait commencé à jongler avec quelques idées.

Quand elle sortit du Calypso, des flocons tourbillonnaient dans l'air. Ils avaient la finesse du sucre glace mais donnaient tout de même l'impression que la place Pigalle avait été enfermée dans une boule à neige. *Ah, ça, c'est poétique*, se dit-elle. Un show dans lequel elle et ses *boys* évolueraient dans une boule à neige géante… Oui, à creuser.

Sa moto l'attendait, garée le long de la façade du cabaret. Aucun risque de vol. Enrique lui avait assuré qu'il la surveillait. On pouvait lui faire confiance, le portier du Calypso était un véritable bouledogue.

Ils se saluèrent aimablement, puis Ingrid marcha jusqu'à son engin. Elle s'accroupit pour ouvrir son side-car et récupérer son casque.

— Ton show était vraiment très beau.

Des milliers de clous minuscules lui criblèrent le cœur. Elle n'aurait pas su qualifier la sensation de bonne ou d'affreuse. Ni d'un quelconque mot inventé entre les deux.

Elle se redressa vivement, se retourna. Baz, en manteau noir et écharpe claire enroulée autour du cou, lui souriait.

Elle retrouva l'usage de sa voix :

— Tu fais du tourisme ?

— Non, je suis venu pour toi, Ingrid. Tu as beau être partie, tu danses dans ma tête.

Cette entrée en matière, il avait dû la préparer avec soin, mais c'était un peu facile. Il venait lui dire bonjour à Paris, histoire qu'elle cesse de « danser dans sa tête ». Et dès demain, il repartirait chez lui. Pour exercer son job et vivre sa vie.

Une partie d'elle explosait de joie. Il lui avait atrocement manqué, mais elle n'était pas dupe. Cette histoire entre eux n'avait aucune chance. Leurs différences les conduiraient droit dans le mur. *Et moi encore plus vite que lui*, pensa-t-elle.

Elle se jucha sur sa moto, mit les gaz, fit mugir le moteur.

Il la regardait, le visage grave, les mains dans les poches.

— Monte, dit-elle.

Il lui décocha un grand sourire et ne se fit pas prier.

Elle démarra, fit le tour de la place Pigalle et fila vers la rue Duperré. Elle déboula dans la rue Mansart, puis dans la rue Blanche. Lorsqu'elle accéléra, elle sentit les bras de Baz se resserrer et son corps se lover contre le sien. Une impression troublante, déchirante.

Dix minutes plus tard, elle ralentit dans la rue du Départ. Devant eux, la gare Montparnasse.

Elle releva la visière de son casque.

— Descends.

Il resta un instant interdit mais n'insista pas, fit ce qu'elle lui demandait.

Il avait saisi. Elle voulait qu'il saute dans le premier train pour Quimper.

Elle réfléchit. Il fallait trouver une formule d'adieu. Qui lui fasse comprendre qu'elle ne se vengeait pas de son mépris de jadis. Ce n'était simplement pas possible entre eux. Il devait en prendre conscience.

— Ça ne peut pas coller entre nous, Baz. Mais tout se passera bien pour toi, j'en suis certaine. Allez, *good night.*

— C'est toi… qui décides, Ingrid. Bonne nuit.

Elle rabattit sa visière, redémarra et prit l'avenue du Maine. Elle tourna immédiatement à gauche, dans la rue de la Gaîté. Direction le dixième arrondissement et son appartement du passage du Désir. Direction la vie qu'elle avait choisie. Et que personne ne lui dicterait.

Elle s'arrêta à un feu. Elle souleva sa visière pour prendre une profonde inspiration. Il faisait froid, mais elle avait besoin de ça. Une grande claque glacée.

Le carrefour avec le boulevard Edgar-Quinet était désert, au loin quelques phares de voiture, quelques passants aux silhouettes effilochées. La neige déjà fondue avait cessé d'adoucir le paysage urbain.

Elle suivit le boulevard. À sa droite, le cimetière du Montparnasse. Le vent ramenait l'odeur des arbres.

Ces arbres qui veillaient sur des morts et sur des histoires que le monde oubliait, petit à petit.

La nuit, vide.

Elle ralentit, freina, se retourna. Une voiture. Au loin.

Elle fit demi-tour.

La rue du Départ.

Quand Ingrid arriva à l'endroit où elle l'avait déposé,

bien sûr Baz n'y était plus. Elle pensa qu'il devait errer à la recherche d'un hôtel ou marcher au hasard des rues pour se calmer les nerfs.

Elle accéléra, fonça droit devant elle, se fit une promesse. *Je te retrouverai.*

Après tout, Paris était bien plus petit que le Finistère.

L'AUTEURE

Née en 1957, Dominique Sylvain est l'auteure d'une vingtaine de romans et la lauréate de nombreux prix, dont le Grand Prix des lectrices de *ELLE* 2005 pour *Passage du désir*, le prix Claude Chabrol 2020 pour *Une femme de rêve* et le prix France-Canada 2022 pour *Mousson froide*. Entre de fréquents séjours à Montréal, elle séjourne à Paris et à Saint-Malo.

Retrouvez Ingrid Diesel et Lola Jost

Passage du Désir
La Fille du samouraï
Manta Corridor
L'Absence de l'ogre
Guerre sale
Ombres et soleil

PARUS DANS
LA BÊTE NOIRE

NOÉMIE ADENIS
Le Loup des ardents (Grand Prix des Enquêteurs 2021. Prix Polar en séries 2022)

KATERINA AUTET
La Chute de la maison Whyte (Grand Prix des Enquêteurs 2020. Prix littéraire de la Renaissance française 2020)
Les Deux Morts de Charity Quinn

CÉDRIC BANNEL
Baad (Prix du Meilleur polar des lecteurs de *Points* 2017)
Kaboul Express
L'Espion français

JACQUES-OLIVIER BOSCO
Brutale
Coupable

RHYS BOWEN
Son Espionne royale
Tome 1, *Son Espionne royale mène l'enquête*
Tome 2, *Son Espionne royale et le mystère bavarois*
Tome 3, *Son Espionne royale et la partie de chasse*
Tome 4, *Son Espionne royale et la fiancée de Transylvanie*
Tome 5, *Son Espionne royale et le collier de la reine*
Tome 6, *Son Espionne royale et les douze crimes de Noël*
Tome 7, *Son Espionne royale et l'héritier australien*
Tome 8, *Son Espionne royale et les conspirations du palais*

Tome 9, *Son Espionne royale et les conspirations du palais*
Tome 10, *Son Espionne royale et le baron irlandais*

FRANCK CALDERON, HERVÉ DE MORAS
Là où rien ne meurt

JULIA CHAPMAN
Les Détectives du Yorkshire
Tome 1, *Rendez-vous avec le crime*
Tome 2, *Rendez-vous avec le mal*
Tome 3, *Rendez-vous avec le mystère*
Tome 4, *Rendez-vous avec le poison*
Tome 5, *Rendez-vous avec le danger*
Tome 6, *Rendez-vous avec la ruse*
Tome 7, *Rendez-vous avec la menace*
Tome 8, *Rendez-vous avec le diable*

KAREN CLEVELAND
Toute la vérité

DANIEL COLE
Ragdoll
Tome 1, *Ragdoll* (Prix Griffe noire du polar de l'année 2017)
Tome 2, *L'Appât* (Prix Bête noire des libraires 2018)
Tome 3, *Les Loups*
Pietà

COLLECTIF, sous la direction de Lisette Lombé, Elvira Masson, Fabrice Rose et Delphine de Vigan
Histoires de femmes – Les Ondes

SANDRONE DAZIERI
Tu tueras le Père

Tu tueras l'Ange
Tu tueras le Roi
La Danse du gorille

LARA DEARMAN
La Griffe du diable
L'Île au ciel noir

INGRID DESJOURS
Les Fauves
La Prunelle de ses yeux

CLAIRE FAVAN
Serre-moi fort (Prix Griffe noire du meilleur polar français 2016)
Dompteur d'anges
Inexorable

REBECCA FLEET
L'Échange
La Seconde Épouse

DOMINIQUE FORMA
Coups de vieux

OLIVIER GALLIEN
Dans la neige ardente (Prix Bête noire des libraires 2022)

AMY GENTRY
Les Filles des autres
De si bonnes amies

MARIA GRUND
La Fille-renard

PATRICE GUIRAO
Le Bûcher de Moorea
Les Disparus de Pukatapu
Rivage obscur

L. S. HILTON
Maestra
Domina
Ultima

INGAR JOHNSRUD
Les Adeptes
Les Survivants

ELIZABETH KEY
Sept Mensonges

MATHIEU LECERF
La Part du démon (Prix Bête noire des libraires 2021 ; Prix Nouvelles Voix du polar 2022, roman français)
Au royaume des cris

SARA LÖVESTAM
Chacun sa vérité (Grand Prix de littérature policière 2017, domaine étranger. Prix Nouvelles voix du polar 2018, roman étranger)
Ça ne coûte rien de demander
Libre comme l'air
Là où se trouve le cœur

FABIO MITCHELLI
Une forêt obscure
Le Tueur au miroir
Le Loup dans la bergerie (Prix Méditerranée Polar 2021)

Nadine Monfils
Les folles enquêtes de Magritte et Georgette
Nom d'une pipe !
À Knokke-le-Zoute !
Les Fantômes de Bruges
Liège en eaux troubles

Nicole Neubauer
Sous son toit

Vincent Ortis
Pour seul refuge (Grand Prix des Enquêteurs 2019)
Patiente

Gin Phillips
Le Zoo (Prix Transfuge du meilleur polar étranger 2017)

Antoine Renand
L'Empathie (Prix des lecteurs Gouttes de Sang d'Encre 2019. Prix Nouvelles voix du polar 2020, roman français)
Fermer les yeux
S'adapter ou mourir

Fabrice Rose
Tel père, telle fille (Prix Bête noire des libraires 2020)
Le Plan

Rydahl & Kazinski
La Mort d'une sirène

Romain Slocombe
La Trilogie des collabos
L'Affaire Léon Sadorski (Prix Libr'à Nous 2017, catégorie polar)
L'Étoile jaune de l'inspecteur Sadorski

Sadorski et l'Ange du péché
La Trilogie de la guerre civile
La Gestapo Sadorski
L'inspecteur Sadorski libère Paris
J'étais le collabo Léon Sadorski

THIBAUT SOLANO
Les Noyés du Clain
Les Dévorés

CLÉMENTINE THIEBAULT
En votre intime conviction – Les Ondes

DATO TOURACHVILI
Génération denim

ILARIA TUTI
Sur le toit de l'enfer (Prix Bête noire des libraires 2019. Prix Nouvelles voix du polar 2020, roman étranger)
La Nymphe endormie
À la lumière de la nuit
Fille de cendre

HARRIET TYCE
Blood Orange

DAMIEN et SIBYLLE VÉRON
Tiphaine où es-tu ? – Les Ondes

ADRIENNE WEICK
La Septième Diabolique

ANNETTE WIENERS
Cœur de lapin

Composition réalisée
par Rosa Beaumont

Ce livre existe grâce au travail de toute une équipe.

Communication : Caroline Babulle, Sandrine Perrier-Replein, Typhaine Maison, Inès Paulin, Adélaïde Yvert.

Coordination administrative : Martine Rivierre.

Studio : Pascaline Bressan, Barbara Cassouto-Lhenry, Joël Renaudat.

Fabrication : Muriel Le Ménez, Céline Ducournau, Bernadette Cristini, Sophia Paroussoglou, Isabelle Goulhot.

Commercial, relation libraires et marketing : Laetitia Beauvillain, Perrine Therond, Ombeline Ermeneux, Élise Iwasinta, Morgane Rissel, Arthur Rossi, Aurélie Scart.

Cessions de droits : Isabelle Votier, Benita Edzard, Lucile Besse, Sonia Guerreiro, Costanza Corri.

Gestion : Sophie Veisseyre, Chloé Hocquet, Isabelle Déxès, Camille Douin.

Services auteurs : Viviane Ouadenni, Jean-François Rechtman, Catherine Reimbold.

Ressources humaines : Mylène Bourreau.

Juridique : Laëtitia Doré, Anaïs Rebouh, Valérie Robe, Lucie Bergeras, Julia Crosnier.

Avec le soutien des équipes d'Interforum et d'Editis qui participent à la création, la diffusion et la distribution de ce livre.

Canoros Vehit Canentes

Pour plus d'information :

Imprimé sur du papier issu de forêts gérées durablement.

Imprimé en France en mai 2023
par l'Imprimerie Maury S.A.S. à Millau (12)
pour le compte des Éditions Robert Laffont
92, avenue de France, 75013 Paris

N° d'édition : 66078/07
Dépôt légal : janvier 2023
N° d'impression : E23/73137P